Doris Lessing

Der Preis der Wahrheit

London Stories

Aus dem Englischen von Anette Grube

Hoffmann und Campe

Die Originalausgabe erscheint 1992 unter dem Titel »London Observed« bei HarperCollins, London. Vorab erschienen bereits: Debbie und Julie (»Debbie and Julie«) 1988 in Antaeus, New York, Das neue Café (»The New Café«) 1990 in The Independent Magazine, London, Die Mutter des fraglichen Kindes (»The Mother of the Child in Question«) 1988 in London Magazine, London, Liebe 1988 (»Romance 1988«) 1988 in The Independent Magazine, London, Sturm (»Storms«) 1991 in Icarus, New York, Die Falle (»The Pit«) 1988 in Lear's Magazine, New York, Soziales (»DHSS«) 1990 in Mississippi Valley Review, Mississippi, Das Unfallopfer (»Casualty«) 1988 in Fiction Magazine, London, Im Rosengarten (»Among the Roses«) 1988 in The Observer Magazine, London, Aus Prinzip (»Principles«) 1988 in The Observer Magazine, London, Worum es wirklich geht (»The Real Thing«) 1988 in Partisan Review, Boston, Tiere im Park (»Pleasures in the Park«) 1991 in The Hampstead & Highgate Express, London, Die »Gebärmutterstation« (»Womb Ward«) 1987 in The New Yorker, New York, Spatzen (»Sparrows«) 1989 in The Irish Times, Dublin, Flugzeuge am Himmel (»Events in the Skies«) 1987 in Granta, Cambridge, und Der Preis der Wahrheit (»What Price the Truth«) 1991 in The New Yorker, New York
William Blake, Kindchen Freude, aus: ders., »Lieder der Unschuld und Erfahrung«, Limes Verlag, München/Wiesbaden 1972, S. 25 (Übersetzung: W. Wilhelm). Mit freundlicher Genehmigung des Verlages

Die Deutsche Bibliothek - CIP-Einheitsaufnahme

Lessing, Doris:
Der Preis der Wahrheit = London stories / Doris Lessing. Aus dem Engl. von Anette Grube. – 1. Aufl. – Hamburg : Hoffmann und Campe, 1991
Einheitssacht.: London stories <dt.>
ISBN 3-455-04388-7

Schutzumschlag: Lo Breier unter Verwendung eines Fotos von Brigitte Hellgoth
Satz: Utesch Satztechnik GmbH, Hamburg
Gesetzt aus der Concorde Antiqua
Druck und Bindung: Ebner Ulm
Printed in Germany

Inhalt

Debbie und Julie 7
Das neue Café 35
Die Mutter des fraglichen Kindes 41
Diebe 1988. 49
Sturm 56
Die Falle 65
Soziales 100
Zwei alte Damen und ein junger Mann 108
Das Unfallopfer 120
Sie 128
Im Rosengarten 135
Aus Prinzip 144
Worum es wirklich geht 149
Tiere im Park 187
Zur Verteidigung der Underground 196
Die »Gebärmutterstation« 218
Spatzen. 228
Flugzeuge am Himmel 239
Der Preis der Wahrheit. 245

Debbie und Julie

Das dicke Mädchen in dem himmelblauen Mantel trat noch einmal vor den Spiegel. Sie mußte ganz einfach in ihn hineinsehen. Warum machten die anderen keine Bemerkung über ihr rotfleckiges Gesicht, das aussah, als hätte sie Masern, und über ihr schweißverklebtes Haar? Aber sie nahmen keine Notiz von ihr; sie nehmen mich nicht einmal wahr, dachte Julie. Weil Debbie sie beschützte, deswegen hätten sie nichts davon, wenn sie von ihr Notiz nähmen.

Sie wußte, draußen war es kalt, denn sie hatte ein Fenster geöffnet, um sicherzugehen. Hier in der Wohnung war es warm, das glaubte sie zumindest, doch die Heizung im Haus war unberechenbar, besonders bei schlechtem Wetter, und wenn sie ausfiel, mußten sie die elektrischen Heizstrahler hervorholen, und Debbie hatte dann immer geflucht und gejammert und gesagt, sie werde bald umziehen. Aber Julie wußte, daß Debbie nicht umziehen würde. Sie konnte nicht, sie hatte um diese Wohnung gekämpft, und Leute (Männer) von überall her – »aus der ganzen Welt«, wie Julie sich im stillen voller Stolz sagte – wußten, daß Debbie hier wohnte. Und außerdem würde Julie, wenn sie erst wieder zu Hause war, an Debbie und an diese Wohnung denken wollen: sich an die hellen, lärmerfüllten Räume erinnern, wo ständig Leute ein und aus gingen. Manche jagten Julie Angst ein, aber niemand tat ihr etwas, weil Debbie auf sie aufpaßte.

Sie war so verschwitzt, daß sie befürchtete, feuchte, schmatzende Geräusche zu produzieren. Was, wenn der

Schweiß den Mantel durchnäßte? Sie ging zurück ins Bad und zog ihn aus. Das Kleid – das sie wie den ehemals schikken Mantel von Debbie hatte – war mittlerweile orangefarben statt gelb, da es völlig durchgeschwitzt war. Julie wußte, daß sie zu einem bestimmten Zeitpunkt mit einer Menge Wasser rechnen mußte, das stand zumindest in dem Taschenbuch, das Debbie ihr gekauft hatte, doch im Moment war sie nicht sicher, ob sie nicht einfach nur schwitzte. Alles, was in dem Buch beschrieben wurde, wirkte so sauber und normal, und sie hatte die Passagen über die verschiedenen Stadien, die sie erwarteten, zigmal gelesen. Mit weit gespreizten Beinen stand sie auf dem Badezimmerteppich, der flaumig war wie ein Hundefell, sie war umgeben von Badezusätzen und Lotionen, die auf einem Brett aufgereiht standen, das rund ums ganze Bad verlief, und spürte, wie ihr kalter Schweiß auf die Stirn trat und heißes Wasser an den Beinen hinunterlief. Ihr ganzer Körper schien zu schmerzen, doch konnte sie das, was sie spürte, nicht mit dem, was sie in dem Buch gelesen hatte, in Einklang bringen.

Sie zog den blauen Mantel wieder an. Weil Debbie groß und sie selbst eher klein war, saß er nach wie vor locker. Zurück vor dem hohen Spiegel in Debbies Zimmer und angesichts dessen, was sie da sah, des Ausdrucks qualvoller Schmerzen auf ihrem Gesicht, entschloß sie sich aufzubrechen. Sie sehnte sich nach Debbie, die vielleicht doch noch auftauchen würde. Sie ertrug es nicht zu gehen, ohne sie noch einmal gesehen zu haben ... *sie hatte es versprochen*! Aber sie mußte los, und zwar sofort, und so schrieb sie auf einen Zettel, den sie für diesen Fall bereithielt: »Ich gehe jetzt. Danke für alles. Danke, danke, danke. Alles Liebe, Julie.« Dann noch die Adresse ihrer Eltern. Sie steckte den Brief in einen schlichten weißen Umschlag und schob ihn hinter den Rahmen von Debbies Spiegel. Anschließend ging sie ins Wohnzimmer, wo eine Menge Leute herumsaß und fernsah. Nein, nicht wirklich eine Menge, doch mit vier Personen war das kleine Zimmer voll. Niemand sah sie an. Dann bemerkte der Mann, vor dem sie Angst hatte und der versucht hatte, sie »rumzukriegen«, daß sie dastand, dick und breit in ihrem blauen Mantel, und dumm lächelte, und er warf ihr den Blick zu, mit dem er sie immer bedachte und der besagte, daß er nicht begriff, was Debbie an ihr fand, daß es ihm jedoch egal war. Er war schlau und gewandt, gut aussehend, wie sie vermutete, auf eine auffällige, arabische Art. Er kam aus dem Libanon, und man mußte bedenken, daß dort Krieg herrschte. Neben ihm auf dem Sofa saß das Mädchen, das für ihn die Drogen verkaufte. Sie war schlau und gewandt wie er, aber blond und schillernd und sah aus wie ein Fotomodell für billige Kleider. Fotomodell, genau das behauptete sie auch zu sein, doch Julie wußte, daß es nicht stimmte. Und dann waren da noch zwei Mädchen, die Julie nie zuvor gesehen hatte, und sie vermutete, daß sie genauso unbedarft waren, wie sie es gewesen war. Sie kicherten ständig und wollten unbedingt gefallen, und sie warteten. Auf Debbie?

Julie ging still durch das Zimmer hinaus ins Treppenhaus und drückte auf den Knopf für den Aufzug. Sie überprüfte den Inhalt der Einkaufstüte, die seit einem Monat unter ihrem Bett bereitgelegen hatte. Eine Taschenlampe, in Plastik eingewickelte Schnurstücke, zwei Schlüpfer, eine Strickjacke, ein dickes Handtuch, in das eine alte, weiche Seidenbluse von Debbie eingerollt war, die sie aufgeschnitten hatte, und ein paar Binden. Die Binden waren ebenfalls von Debbie. Sie hatte starke Monatsblutungen. Der Aufzug kam, doch voller Ängste ging Julie noch einmal zurück in die Wohnung. Sie fühlte sich schlecht vorbereitet, von irgend etwas hatte sie nicht genug, aber wovon? Ihre Gefühle halfen ihr nicht, besagten lediglich, daß das, was ihr bevorstand, unkontrollierbar sein würde, und bis heute hatte sie alles unter Kontrolle gehabt, war sogar zuversichtlich gewesen.

Aus dem Regal im Bad nahm sie willkürlich ein paar Handtücher und stopfte sie in die Tüte. Sie sagte sich, daß sie Debbie bestahl, aber sie wußte, daß es ihr nichts ausmachen würde. Nichts hatte ihr je etwas ausgemacht, sie hatte immer nur gesagt: »Nimm, was du willst, Schätzchen.« Und dann hatte sie gelacht und gesagt: »Nimm ganz einfach, was du willst, und zwar *ohne* zu bezahlen!« Das war ihre Maxime gewesen, die sie bei jeder Gelegenheit zum besten gegeben hatte. Aber Julie war nicht so dumm. Debbie mochte es wiederholen, sooft sie wollte. Was Julie von Debbie gelernt hatte, waren andere, schlichte Wahrheiten: Was die Dinge kosteten, was sie wert waren, was die Menschen wert waren und das, was man für sie tat und wie sie es einem vergalten. Als sie zum erstenmal diese Wohnung betreten hatte, nachdem Debbie sie an ihrem ersten Abend in London um Mitternacht mutterseelenallein auf einem Bahnsteig in Waterloo Station aufgelesen hatte, war Julie so grün hinter den Ohren gewesen wie... wie diese Mädchen drüben im Wohnzimmer; auch sie hatte gewartet und nicht gewußt, worauf. Unschuldig und dumm war sie gewesen und hatte – und letzlich ging es um nichts anderes – nicht gewußt, was die Dinge kosten. Sie hatte nicht gewußt, wofür man zahlen mußte. Das war es, was sie von Debbie gelernt hatte. Obwohl Debbie ihr nie gestattet hatte, für irgend etwas zu bezahlen, nie.

Von jenem Augenblick an, als Debbie sie vor fünf Monaten an jenem schwülen, nieseligen Abend im August auf dem Bahnsteig aufgelesen hatte, war ihr immer wieder vor Augen geführt worden, wie unwissend sie war. Damals war sie nicht nur Debbie aufgefallen; eine Menge anderer Leute, die überall auf dem Bahnhof auf der Lauer lagen, wäre wie die Haie über sie hergefallen, wäre ihnen Debbie nicht zuvorgekommen. Manche von diesen Leuten waren in Ordnung, manche nicht, aber die wirklich netten hätten sie auf der Stelle wieder nach Hause geschickt.

Wieder durchquerte sie das Wohnzimmer, und niemand beachtete sie. Der Libanese lächelte und redete wie ein älterer Bruder auf die neuen Mädchen ein. Sie würden auf sich aufpassen müssen.

Wieder wartete sie auf den Aufzug, und die Schmerzen peinigten sie. Waren sie schlimmer geworden? Ja, sie waren schlimmer.

Auf der kalten, schwarzen Straße, auf der sich die Lichter der Lampen und Autoscheinwerfer spiegelten, zog sie sich in einen Bus. Drei Haltestellen, und als sie ankam, wo sie hinwollte, wußte sie, daß ihr Zeitplan zu knapp kalkuliert war. Sie stand in einem Graupelschauer unter einer Straßenlampe und sah, wie der blaue Mantel von der Nässe dunkler wurde. Ihr war nicht mehr zu heiß, und sie hätte zittern und mit den Zähnen klappern mögen, konnte aber nicht mit Bestimmtheit sagen, ob das nicht an ihrer Panik lag. Als sie alles geplant hatte, waren ihr die Dinge ganz einfach erschienen, eins nach dem anderen, aber daß sie an einer Bushaltestelle stehen und sich nicht trauen würde, das Licht zu verlassen, daß sie nicht einmal würde sagen können, unter welchen Empfindungen sich ihr Körper wand, das hatte sie nicht vorhergesehen. War ihr heiß? Kalt? War ihr schlecht? Hatte sie Hunger? Nur gut, daß das Wetter so miserabel war; die Straßen waren menschenleer. Tapfer ging sie durch den Graupelschauer und bog in eine enge, dunkle Gasse, wo sie schneller ausschritt, weil es stank und sie sich ängstigte. Sie betrat einen Hof, in dem Bauschutt und rostige Förderkörbe lagen. Weiter hinten stand ein verlassener Schuppen, den sie erst vor drei Tagen noch einmal aufgesucht hatte, um sich zu vergewissern, daß er noch da und nicht abgerissen worden war, daß sich die Tür noch öffnen ließ. Dieser Schuppen war ihr Ziel. Doch erneut wurde sie mit etwas Unvorhergesehenem konfrontiert. Ein großer Hund stand knurrend in der Tür, ein riesiges, schwarzes, bedrohliches Tier. Sie sah seine

Augen und Zähne schimmern. Aber sie wußte, daß sie in den Schuppen mußte, und zwar schnell. Wieder lief ihr heißes Wasser an den Beinen hinunter. Ihr schwindelte. Scharfe Messer schnitten ihr in den Rücken. Sie fand einen zerbrochenen Ziegelstein und warf ihn neben der Tür gegen die Wand. Knurrend verzog sich der Hund in den Schuppen. Es war schrecklich ... Julie folgte ihm, zog unter Schwierigkeiten die Tür hinter sich zu, die in gebrochenen Angeln hing, und knipste die Taschenlampe an. Der Hund stand an die Wand gedrängt und blickte zu ihr herüber, und jetzt sah sie, daß er ihr nichts tun würde. Sein Schwanz fegte über den schmutzigen Boden, und er war dürr, seine Rippen standen unter dem schmutzigen, schwarzen, verfilzten Fell hervor. Der Blick in seinen hellen Augen war verzweifelt. Er wollte, daß sie gut zu ihm war. Sie sagte: »Ist ja gut, ich bin's nur«, ging in die gegenüberliegende Ecke, weg von dem Hund, und breitete eine Decke aus, die sie bereits früher hergebracht hatte. Der Hund hatte darauf gelegen, und sie breitete sie mit der sauberen Innenseite nach oben aus. Jetzt, da sie ihre Zufluchtsstätte ereicht hatte, wußte sie nicht, was tun. Sie zog ihren nassen Schlüpfer aus und stellte die Tüte neben die Decke. Weil sie Angst hatte, jemand könnte den Lichtschein entdecken, vergewisserte sie sich, wo sie lag, und schaltete die Taschenlampe aus. Sie hörte den Atem des Hundes und sein Schwanzwedeln. Er legte sich in ihre Nähe. Sie roch seine Feuchtigkeit und war dankbar dafür, empfand die Anwesenheit des Hundes als angenehm. Sie zweifelte nicht daran, daß sie die Hütte gerade noch rechtzeitig erreicht hatte. Ihr Körper war wieder heiß und wurde von Schmerzen geschüttelt, und sie wollte laut herausschreien, wußte aber, daß sie das nicht durfte. Sie stöhnte und hörte sich sagen: »Debbie, Debbie, Debbie ...« All die Monate hatte Debbie ihr gesagt: »Mach dir keine Sorgen, wenn es soweit ist, werde ich mich schon um alles kümmern.« Aber dann war sie mit diesem neuen Mann nach Paris gefahren, hatte gesagt, daß sie in einer Woche zurück sei, und später hatte sie aus New York angerufen und gefragt: »Wie geht es dir, Liebes? In ein paar Tagen bin ich zurück.« Das war vor drei Wochen gewesen. Als sie »Liebes« gesagt hatte, hatte Julie gewußt, daß dieser Mann anders war als die anderen, nicht nur, weil er Amerikaner war: Debbie hatte sie immer nur Julie genannt, hatte behauptet, ihr würde nicht im Traum einfallen, sich wegen eines Mannes zu ändern, aber das Wort »Liebes« hatte nicht Julie gegolten, sondern dem Mann, der mit zuhörte. »Ich nehm es ihr nicht übel«, murmelte Julie jetzt. »Sie hat immer gesagt, daß sie einen ganz bestimmten Mann will und nicht irgendwen.« Aber während sie sich noch dazu zwang, zu denken, daß sie es ihr nicht übelnahm, stöhnte sie: »O Debbie, Debbie, warum hast du mich allein gelassen?«

Debbie hatte sie sich selbst überlassen, nachdem sie für alles gesorgt hatte, für ein Dach über dem Kopf, für Lebensmittel, für Besuche beim Arzt, für Kleider und den himmelblauen Mantel, in den sie so gut paßte, daß niemand etwas bemerkte. Zusammen hatten sie sich darüber mokiert, wie wenig den Leuten auffiel. »Du solltest nicht soviel essen«, hatte der Libanese gesagt. »Laß dich nicht die ganze Zeit von ihr« – damit hatte er Debbie gemeint – »mit Fressalien vollstopfen.«

Julie kniete auf allen vieren auf der Decke, der Kopf hing ihr zwischen den Armen, die Hände waren zu Fäusten geballt, und sie schluchzte. Die Schmerzen waren schrecklich, aber sie waren nicht das Schlimmste. Sie fühlte sich so entsetzlich allein, so entsetzlich einsam. Dann kam ihr in den Sinn, daß es möglicherweise nicht richtig war, das Hinterteil in die Luft zu strecken. Also setzte sie sich, lehnte den Rükken gegen die kalte Ziegelmauer und schwitzte und ächzte. Sie hörte den Hund winseln, aus Mitgefühl, dachte sie. Wasser – oder war es Blut? – floß aus ihr heraus. Sie fürchtete sich davor, die Taschenlampe einzuschalten, um nachzusehen, sie fühlte, wie der Hund an ihrem Gesicht und an ihrem Hals schnüffelte, aber schließlich entfernte er sich wieder. Sie konnte absolut nichts erkennen, es war so dunkel. Plötzlich spürte sie ein Zerren, als ob ihr Innerstes nach außen gekehrt würde, und sie dachte: Warum steht in dem Buch nicht, daß die ganze Zeit soviel Wasser fließt? Dann dachte sie: Aber das ist ja das Baby, und sie langte hin, und auf der Decke lag ein nasser, glitschiger Klumpen. Sie tastete nach der Taschenlampe und knipste sie an. Das Baby war gräulich und blutig, und sein Mund öffnete und schloß sich. Panik überkam sie. Ursprünglich hatte sie mit dem Durchschneiden der Nabelschnur eine Weile warten wollen, weil in dem Buch stand, daß es keine Eile damit hatte, aber jetzt wollte sie es möglichst schnell hinter sich bringen, für den Fall, daß das Baby starb. Sie fand die Stelle, wo die Nabelschnur, eine fleischige, gewundene Ader voller Leben, die sich heiß und pulsierend anfühlte, mit dem Baby verbunden war, und holte die Schere und die in Plastik eingewickelte Kordel aus der Tüte. Zitternd vor Furcht, durchschnitt sie die Nabelschnur. Überall war Blut, und der Hund kam näher und setzte sich so nah neben sie, daß sie ihn berühren konnte. Seine Augen sagten: Bitte, bitte ... Er schluckte und leckte sich die Lippen wegen des Bluts, wo er doch so hungrig war.

»Warte noch ein bißchen«, sagte sie zu dem armen Hund. Mit der Kordel, die sie so lange in einem Topf ausgekocht hatte, band sie die Nabelschnur ab. Sie sorgte sich, weil sie irgend etwas falsch machte, wußte aber nicht, was. Was hatte es angesichts des Drecks in dieser Hütte für einen Sinn gehabt, die Kordel auszukochen? Landstreicher waren hier gewesen, der Hund ... und wahrscheinlich noch andere Hunde. Soweit sie wußte, hatten auch andere Mädchen hier schon Kinder auf die Welt gebracht. Die meisten dieser Schuppen und Hütten waren kleine Gartenhäuschen, standen voller Topfpflanzen und waren verschlossen. Das wußte sie, weil sie so viele ausprobiert hatte. Es gab nicht viele Plätze, wo ein Mädchen ruhig und ungestört ein Kind gebären konnte – oder ein streunender Hund einen trockenen Platz fand ... Plötzlich war ihr kindisch zumute, am liebsten hätte sie gekichert, und sie spürte, daß sie die Kontrolle über sich verlor. Das Baby lag in einer Pfütze aus Wasser und Blut, öffnete und schloß den Mund und verzog das Gesicht, und sie wußte, daß sie etwas unternehmen mußte. Sollte es nicht schreien? Es war so glitschig. In dem Buch hatte nichts darüber gestanden, daß das Baby so schmierig, naß und glitschig sein würde, daß sie Angst davor haben würde, es hochzuheben. Sie zog das Handtuch mit Debbies weicher rosa Seidenbluse aus der Tüte und breitete es auf der Decke aus. Mit beiden Händen faßte sie das Baby um den Bauch und spürte, wie es sich wand, wahrscheinlich, weil sie so kalte Hände hatte. Die zappelnde Kraft, die Wärme und das Leben, das sie fühlte, erstaunten und erfreuten sie. Gänzlich unerwartet war sie voller Glück und Stolz. Das Baby ist völlig in Ordnung, dachte sie und betrachtete im Schein der Taschenlampe seine Hände und Füße ... Wonach sollte sie noch sehen? Ach ja, es war ein Mädchen. War es mißgebildet? Das Baby hatte eine riesige Möse, einen langen faltigen Schlitz. War das normal? Warum hatte nichts darüber in dem Buch gestanden?

Sie wickelte das Baby behutsam in das Handtuch, so daß nur noch sein Gesicht zu sehen war. Dann hob sie es auf. Mit einemmal begann es krampfartig und wütend zu schreien. Und wieder setzte ihre Panik ein. Sie hatte nicht damit gerechnet, daß das Baby so laut schreien würde ... Irgend jemand würde es hören ... Was sollte sie bloß tun? Sie konnte die Hütte noch nicht verlassen, weil sie auf die Nachgeburt warten mußte. Und während sie noch überlegte, spürte sie ein weiteres Zerren in ihrem Innern, und heraus kam eine

Masse, die wie Leber aussah und an der die dicke rote Nabelschnur befestigt war.

Jetzt wußte sie, was zu tun war. Mit einer Hand drückte sie das Baby an sich und mit der anderen stützte sie sich ab und stand auf. Zitternd entfernte sie sich ein paar Schritte von dem blutigen Durcheinander und hielt dabei das Baby an ihren Körper gepreßt. Sofort kroch der Hund näher. Wobei er ihr einen verzweifelten Blick zuwarf, der besagen wollte: Komm mir nicht in die Quere. Gierig verschlang er die Nachgeburt und begann hoffnungsvoll an der blutigen Decke zu lecken, blickte dann kurz zu ihr auf und wedelte freudig mit dem langen, schmutzigen Schwanz. Dann kehrte er zurück an seinen Platz neben der Mauer und ließ sich nieder, ohne den Blick von ihr zu wenden. Das Baby schrie immer noch ärgerlich und strampelte in seinem Handtuchkokon. Julie überlegte: Soll ich das Baby einfach hierlassen und davonlaufen? Nein, der Hund... Aber noch während sie das dachte, verstummte das Baby, es lag ruhig da und sah sie an. Nein, sie würde seinen Blick nicht erwidern, sie würde es nicht lieben.

Sie mußte hier raus, und sie war durchnäßt von Blut, Wasser und Gott weiß, was. Vorsichtig sah sie sich um. Blut tropfte aus ihr heraus. Und sie hatte doch tatsächlich geglaubt, daß ein, zwei Tampons reichen würden! Ohne den Blick von dem Hund zu wenden, dessen Augen im Schein der Taschenlampe schimmerten, legte sie das Baby auf eine saubere Stelle der Decke. Sie zog einen frischen Slip an und packte ihn voll mit Binden. Anschließend versuchte sie, sich die Gästehandtücher um die Hüfte zu binden, doch sie waren zu steif. Sie hob das Baby auf, das aussah wie ein winziger Indianer und mit verschwommenen kleinen Augen in die Welt blickte. Sie nahm die Tüte und die Taschenlampe und sagte: »Armer Hund, tut mir leid.« Dann ging sie aus dem Schuppen und lehnte die Tür an, damit auch der Hund heraus konnte. Sie knipste die Taschenlampe aus, obwohl der Boden uneben war und Ziegelsteine und Holzstücke herumlagen. Alles, was sie sah, war, daß auf der gegenüberliegenden Straßenseite Lichter in den Fenstern brannten. Noch immer fiel Graupel. Sie zitterte. Und das Baby war nur durch das Handtuch gegen die Kälte geschützt... Sie schob das Bündel unter den weiten Mantel und überquerte den Hof, trat auf die übelriechende Gasse und ging bis zur Telefonzelle, die sie den Schuppen, der nur ein paar Schritte entfernt lag, hatte auswählen lassen, als sie nach einem sicheren Ort gesucht hatte. In der Nähe der Telefonzelle war niemand zu sehen, die ganze Straße war wie ausgestorben. Sie legte das Baby auf den Boden der Zelle und ging, ohne zurückzublicken, in die hellerleuchtete Kneipe an der nächsten Ecke, die übervoll war, stickig und laut. Sie fürchtete, einen starken Geruch nach Blut zu verströmen, den irgend jemand bemerken könnte, und schaffte es gerade noch bis zur Toilette. Sie zog den Slip mit den Binden aus, die bereits völlig durchnäßt waren. Mit einem der Gästehandtücher wusch sie sich. Wieder und wieder säuberte sie das Handtuch mit heißem Wasser, wrang es aus, wischte sich damit ab und sah zu, wie sofort wieder Blut auf die weiße Innenseite ihrer Oberschenkel tropfte. Sie konnte hier nicht ewig bleiben und sich waschen. Nachdem sie das Handtuch noch einmal mit heißem Wasser gesäubert und ausgewrungen hatte, rieb sie sich damit den verklebten Kopf ab. Dann kämmte sie sich. Ihr Haar würde nicht lange flach anliegen; da es von Natur aus lockig war, würde es schon bald wieder nach allen Seiten abstehen. Debbie hatten ihre Locken gefallen, wie bei einem kleinen Mädchen, hatte sie gesagt. Julie steckte sich neue Binden in den Schlüpfer, warf die alten, blutigen in einen Container und ging zurück in den Schankraum. Jemand hatte Geld in die Musikbox geworfen, die Schwingungen des Basses gingen durch sie hindurch, brachten sie zum Vibrieren, und ihr wurde schlecht. Sie wollte unbedingt weg von der Musik, blieb aber, bestellte eine Limonade und langte Männern über die Schulter, die Fußballgespräche führten, um sie in Empfang zu nehmen. Unbeachtet von den Leuten, stellte sie sich neben ein kleines Fenster, von dem aus sie die Telefonzelle im Blick hatte. Sie sah das Bündel auf dem Boden der Zelle, ein kleines, armseliges Ding, wie eine Zeitung oder ein heruntergefallener Pullover. Als erstes hatte sie die Hütte ausfindig gemacht, dann die Telefonzelle, und schließlich hatte sie gehofft, es wäre ein Fenster in der Nähe, und so war es auch.

Sie stand ungefähr fünf Minuten da, dann sah sie, wie ein junger Mann und ein Mädchen die Telefonzelle betraten. Sie beobachtete durch das verschlierte Fenster, wie das Mädchen das Bündel aufhob, während der Mann telefonierte. Sie sollte jetzt besser gehen ... sollte hier nicht länger stehen ... aber sie blieb, beobachtete, während der Lärm der Kneipe um sie herumbrandete. In kürzester Zeit traf der Krankenwagen ein. Zwei Sanitäter stiegen aus. Das Mädchen trat mit dem Bündel aus der Telefonzelle, der junge Mann folgte ihr. Die Sanitäter nahmen das Bündel, erst der eine, dann der andere, und gaben es schließlich dem Mädchen zurück, das in den Krankenwagen stieg. Der junge Mann stand auf dem Gehweg, das Mädchen winkte ihn heran, und er stieg ebenfalls ein. Das Baby war in Sicherheit, es war geschafft. Sie hatte es geschafft. Als sie hinaus in den Schneeregen trat, sah sie die Lichter des Krankenwagens um die Ecke biegen, und ihr Herz spürte den Verlust, wurde leer und bitter auf eine Weise, die sie unbedingt hatte vermeiden wollen. »Debbie«, flüsterte sie und ließ den Tränen freien Lauf. »Wo bist du, Debbie?« Es war nicht gesagt, daß sie noch in New York war. Oder auch nur in Amerika. Kanada ... Mexiko ... die Costa Brava ... Südamerika ... Die Leute, die in Debbies Wohnung ein und aus gingen, waren immer gerade irgendwohin unterwegs oder kamen von irgendwoher zurück. Rio ... San Francisco, woher auch immer. Debbie hatte gesagt: »Eines Tages bist du dran.« Aber jetzt war erst mal Debbie dran. Und warum sollte sie überhaupt zurückkommen? Sie hatte immer »einen einzigen, festen Kunden« gewollt. Einmal hatte sie aus Versehen »einen einzigen Mann« gesagt. Julie hatte es gehört, aber nichts dazu gesagt. Debbie mochte so hart und gewitzt sein, wie sie wollte, Julie, die wußte, daß sie allein Debbie wirklich verstand, konnte sie nichts vormachen.

Julie ging, so schnell sie konnte, zur U-Bahnstation. Sie hatte weiche Knie, fühlte sich aber ansonsten ganz in Ordnung. Sie wollte nur noch nach Hause. Bis heute war es unmöglich gewesen, zurück nach Hause zu fahren oder über ihr Zuhause nachzudenken, wo ihr Vater (dessen war sie sicher) sie einfach wieder hinausgeworfen hätte. Jetzt war es nur noch eine Frage von ein paar U-Bahnhaltestellen, und dann saß sie im Zug. Insgesamt würde sie höchstens eineinhalb Stunden brauchen.

Die U-Bahn war voller Menschen. Sie waren nach der Arbeit beim Essen gewesen oder in einer Kneipe. Wie Julie. Sie betrachtete die Gesichter und dachte: Was würden sie sagen, wenn sie wüßten? In Waterloo setzte sie sich neben einen alten Mann auf eine Bank, der aussah wie ein Trinker, ein Landstreicher. Sie gab ihm ein Pfund und dachte dabei an den Hund. Sie mußte nicht lange auf den Zug warten. Er war ziemlich leer. Mußte sie nicht müde sein, sich elend fühlen oder so? In erster Linie hatte sie Hunger. Ein großes Steak und ein paar Spiegeleier, das war es, was sie brauchte. Und Debbie, ihr gegenüber am Tisch.

Zwischen den Fahrgästen saß ein dickliches Mädchen mit einem frischen Gesicht. Auch sie trug einen himmelblauen Mantel und hielt eine schwarze Tüte in der Hand, auf der in roten Lettern »Susie's Boutique« geschrieben stand. Ihre Augen glänzten. Das frische, saubere blonde Haar fiel ihr in Locken über den Kopf. Sie vibrierte vor Zuversicht und Geheimnissen.

Im Bahnhof mußte sie sich entscheiden, ob sie mit dem Bus fahren oder zu Fuß nach Hause gehen wollte. Der Bus kam nicht in Frage: Sicherlich saß irgend jemand drin, den sie kannte, vielleicht sogar jemand aus der Schule, und sie wollte nicht gesehen werden. Der Graupel war in einen eisigen, windigen Regen übergegangen, doch es war auszuhalten, gelegentlich prasselte er ihr hart ins Gesicht und belebte sie. Allerdings würde sie patschnaß und erbärmlich zu Hause ankommen, überhaupt nicht so, wie sie es geplant hatte.

Als sie in ihre Straße einbog, waren überall die Fenster erleuchtet. Draußen war niemand. Was sollte sie nur mit dem Mantel anstellen, der durch und durch naß war und, schlimmer noch, viel zu groß an ihr herunterhing? Ihre Mutter würde bemerken, wie groß er war, und sich wundern. Drei Häuser von zu Hause entfernt, blickte sie sich um und vergewisserte sich, daß sie niemand beobachtete, zog den Mantel mit einer hastigen Bewegung aus und warf ihn in eine Mülltonne. Selbst in diesem Halbdunkel, das vom matten Lichterschein der Häuser erhellt wurde, sah sie die Blutflecken auf dem Futter. Und ihr Kleid? Das gelbe Kleid war feucht und schmuddelig, doch die Strickjacke war lang genug, um es größtenteils zu bedecken. Jetzt kam der wirklich riskante Teil, und nur mit Glück würde sie ihn durchstehen. Sie lief die Treppe hinauf und klingelte, lächelte dabei und drückte die Einkaufstüte an sich, um damit ihren Bauch zu verbergen, der noch weich und dick war.

Schwere Schritte näherten sich der Tür. Ihr Vater. Die Tür öffnete sich einen Spaltbreit, während er noch an den Schlössern herumfummelte, und sie hörte auf zu lächeln, und ihr Herz raste, und dann stand er vor ihr, so groß und schwarz gegen das Licht, daß ihr der Mut sank... aber dann wandte er sich zur Seite, und sie konnte sein Gesicht sehen, und sie dachte: Das kann er nicht sein, das kann nicht mein *Vater* sein – denn er war geschrumpft und grau geworden und normal und... *wovor um alles in der Welt habe ich mich gefürchtet*? Deutlich konnte sie hören, was Debbie über ihn gesagt hätte. Warum? Was hatte sie bloß gehabt? Mit strenger, lauter Stimme rief er: »Anne, Anne, sie ist wieder da.« Er wartete darauf, daß seine Frau das Kommando übernahm, weinte, während er den Gang entlangstolperte. Julies Mutter war sofort da. Auch sie weinte, und das bedeutete, daß sie nicht allzuviel sah. Sie nahm Julie in die Arme, schluchzte und sagte: »Oh, Julie, Julie, warum bist du bloß...? Komm rein, du bist ja völlig durchnäßt.« Sie zog und schob Julie ins Wohnzimmer, wo der alte Mann (so sah ihn Julie mit ihren neuen Augen) gebeugt und tränenüberströmt auf einem Stuhl saß.

»Es geht ihr gut, Len«, sagte Anne, Julies Mutter. Sie ließ ihre Tochter los, setzte sich aufrecht hin, die Knie zusammengepreßt, die Füße nebeneinander, und starrte Len mit einem Ausdruck an, der besagen wollte: Siehst du, ich hab's dir doch gesagt.

»Bring ihr eine Tasse Tee, Anne«, sagte Len. Und dann, an Julie gewandt, doch ohne sie anzusehen: »Setz dich, wir fressen dich nicht auf.« Er blickte seine Frau auf eine schrecklich bedrückende Weise an, und Julie begriff, wie katastrophal ihre Gespräche über sie gewesen sein mußten.

Julie setzte sich vorsichtig auf eine Stuhlkante, es schmerzte. Ihre Notlage schien wie eine Art Narkose gewirkt zu haben, doch jetzt, da sie in Sicherheit war, machten sich die Schmerzen und ihr Körper bemerkbar. Sie betrachtete ihre weinenden Eltern, in ihren bitteren Gesichtern spiegelte sich Verlust. Sie sah, wie sie dasaßen, auf Stühlen, die deutlich entfernt voneinander standen, ohne einander zu trösten, sie oder sich gegenseitig in den Arm zu nehmen, wollten es auch gar nicht.

»Oh, Julie«, sagte ihre Mutter. »Oh, *Julie.*«

»Mama, kann ich ein Sandwich haben?«

»Aber natürlich. Wir haben schon zu Abend gegessen, einen Moment nur...«

Julie lächelte, sie konnte nicht anders. Es war ein bitteres, kleines Lächeln. Sie wußte, daß der Inhalt ihrer Teller genau berechnet gewesen war, nicht eine Erbse oder ein Stück Kartoffel war übriggeblieben. Die nächste richtige Mahlzeit (morgen mittag) stand schon vorbereitet, mit einer Plastikfolie bedeckt im Kühlschrank. Ihre Mutter ging in die Küche, um zu sehen, wie Julie versorgt werden konnte, und Julie war allein mit ihrem Vater, was nicht gut war.

»Wir werden dir keine unangenehmen Fragen stellen«, sagte ihr Vater, der sie noch immer nicht ansah, und Julie wußte, daß ihre Mutter gesagt hatte: »Wir dürfen ihr keine unangenehmen Fragen stellen. Wir müssen warten, bis sie von sich aus erzählt, was passiert ist.«

Ihr solltet verdammt noch mal sehr wohl ein paar Fragen stellen, dachte Julie und bemerkte, daß das ärgerliche, gereizte Gefühl, das ihr die Eltern stets vermittelten, bereits wieder eingesetzt hatte, und zwar nachhaltig. Und das war, im Augenblick zumindest, gefährlich.

Hatten sie erwartet, daß sie zurückkommen würde? Sich selbst hatte sie die Dinge erträglicher gemacht, indem sie sich gesagt hatte: Denen ist es egal, wenn ich nicht da bin! Wahrscheinlich fällt's ihnen noch nicht mal auf! Jetzt sah sie, wie sehr sie gelitten hatten. Wie konnte sie es nur schaffen, hier heraus und nach oben ins Badezimmer zu kommen? Wenn sie doch ein Bad nehmen könnte! In diesem Augenblick kehrte ihre Mutter mit einer Tasse Tee zurück. Julie stürzte ihn in einem Zug hinunter, obwohl er dafür eigentlich zu heiß war, und gab die Tasse zurück. Sie sah, daß ihre Mutter begriff, daß es ihr ernst war: Sie brauchte etwas zu essen, sie war hungrig und hätte gleich sechs Tassen Tee hinunterstürzen können. »Kann ich ein Bad nehmen, Mama? Ich werde mich beeilen. Ich bin hingefallen, weil die Straße nach dem Graupelschauer so glatt war.« Sie stand schon neben der Tür, die Tüte vor den Bauch gepreßt.

»Hast du dir weh getan?«

»Nein, ich bin nur ausgerutscht und ganz schmutzig geworden.«

»Ja, geh nach oben und nimm ein Bad, mein Mädchen«, sagte ihre Mutter. »Ich werde inzwischen Eier für ein Sandwich kochen.«

Julie lief die Treppe hinauf. Schnell, schnell, sie durfte keine große Affäre aus diesem Bad machen, nicht lange in der Wanne liegenbleiben. Ihr Zimmer war, wie sie es verlassen hatte: alles ordentlich und rosa, der große Panda saß noch auf dem Kopfkissen. Sie riß sich die Kleider vom Leib, und Schwaden eines häßlichen, sauren Geruchs wehten ihr entgegen. Sie stopfte die Sachen in ihre Tüte und holte den rosageblümten Bademantel aus dem Schrank. Was würde Debbie dazu sagen? fragte sie sich und hätte beinahe laut herausgelacht, als sie sich vorstellte, wie Debbie sich neben dem Panda auf ihrem Bett ausstreckte. Ganz hinten in einer Kommodenschublade fand sie einen ihrer alten Kinderschlafanzüge. Womit sollte sie die Blutung auffangen? Ihr Slip war wieder voller Flecke, was hieß, daß die Binden nicht ausgereicht hatten. Sie fand ein paar alte Unterhosen und nahm sie mit ins Bad. Das Wasser lief rasch ein. Dampfwolken stiegen auf. Vorsichtig, weil ihr schwindelte und sie nicht ohnmächtig werden wollte, stieg sie in die Wanne und tauchte unter. Schnell, schnell... Sie seifte sich ein und rubbelte sich ab, wusch die Geburt weg, den dreckigen Schuppen, den feuchten Geruch des Hundes und das Blut, das ganze Blut: Noch immer kam etwas nach, nicht viel, aber genug, um darauf achten zu müssen, daß sie beim Abtrocknen die flauschigen rosa Handtücher nicht verschmutzte, die ihre Mutter dreimal in der Woche wechselte. Sie stieg in einen Schlüpfer, schob die alten Unterhosen hinein, zog ihren Schlafanzug und den rosa Bademantel an und kämmte sich.

Geschafft. Alle Spuren waren beseitigt. Ihre Brüste, das hatte sie in dem Buch gelesen, würden Milch produzieren, aber sie würde einen BH anziehen und Watte hineinstopfen. Das war kein Problem. In diesem Haus, ihrem Zuhause, lief man nicht nackt durch die Gegend. Seit Jahren war ihre Mutter nicht mehr ins Bad gekommen, wenn sie in der Wanne lag, und wenn ihre Mutter etwas von ihr wollte, klopfte sie immer erst an die Zimmertür. Bei Debbie waren die Leute nackt oder halbnackt herumgelaufen, und Debbie war durchaus in der Lage gewesen, in ihren seidenen Hemdchen, die zu klein für ihre großen Brüste waren, die Wohnungstür zu öffnen. Debbie war oft ins Bad gekommen, wenn Julie in der Wanne lag, hatte sich aufs Klo gesetzt und mit ihr geplaudert... Tränen stiegen Julie in die Augen. O nein, sie durfte auf keinen Fall anfangen zu heulen.

Die Tüte mit den blutigen Binden und den schmutzigen Kleidungsstücken schob sie weit unter ihr Bett. Früh am nächsten Morgen, bevor ihre Eltern wie immer um sieben Uhr aufwachen würden, wollte sie sie wegschaffen.

Sie ging wieder nach unten, ein braves kleines Mädchen, gewaschen und gekämmt, fertig fürs Bett.

Im Wohnzimmer saßen die Eltern schweigend auf den zwei Stühlen, die immer noch weit auseinander standen, sie hatten wieder geweint. Ihr Vater war erleichtert, als er sie vorsichtig ansah (als ob es zu schmerzhaft gewesen wäre, sie vorher anzusehen), und er sagte: »Gut, daß du wieder zu Hause bist, Julie.« Seine Stimme zitterte. Ihre Mutter sagte: »Ich hab dir ein paar schöne Sandwiches gemacht.«

Vier Scheiben Weißbrot hatte sie belegt und dann diagonal durchgeschnitten, man sah den gelben Eidotter und hier und da ein Blatt Petersilie. Der Hunger erwachte in Julie wie ein Tiger, gierig langte sie zu und beobachtete dabei die mitleidsvolle, verlegene Miene ihrer Mutter, sie denkt, ich hätte nichts zu essen gekriegt. Das ist gut, das wird sie vom Geruch ablenken. Ihre Mutter ging hinaus, um noch mehr zu essen zu holen. Sollte sie noch ein Ei kochen?

»Ist schon gut, Mutter. Marmelade ... ich hätte gern Toast mit Marmelade.«

Sie hatte die Sandwiches aufgegessen und den Tee getrunken, lange bevor ihre Mutter mit einem halben Laib Brot, Butter, Erdbeermarmelade und neuem Tee zurückkam.

»Ich will gar nicht daran denken, daß du nicht genug zu essen bekommen hast«, sagte sie.

»Aber ich hatte genug zu essen, wirklich«, sagte Julie und dachte an die vielen Feste, die Debbie gefeiert hatte, an all die Kartons mit Pizza, die zu jeder Tages- und Nachtzeit von nebenan geliefert worden waren, die Brathähnchen und die riesigen Steaks, die sie gegessen hatten, wenn Debbie richtig hungrig gewesen war, was oft vorgekommen war. In der Küche hatte eine Schale aus Marokko gestanden, die stets mit frischem Obst gefüllt war. »Du brauchst Vitamine«, hatte Debbie immer gesagt und noch mehr Grapefruits, Äpfel und Birnen gekauft, ganz zu schweigen von den Früchten, von denen Julie nie zuvor gehört hatte, Granatäpfel und Papayas, die Debbie auf einer ihrer Reisen entdeckt hatte.

»Wir werden dir nicht mit Fragen auf die Nerven fallen«, sagte ihre Mutter.

»Ich war bei einem Mädchen. Sie heißt Debbie. Sie war sehr gut zu mir. Mir ist es wirklich nicht schlechtgegangen«, sagte Julie und sah zuerst ihre Mutter und dann ihren Vater an: *So, jetzt reicht es mit der Fragerei.*

»Bei einem Mädchen?« sagte ihr Vater langsam. Er vermied es, Julie anzusehen, denn wenn er es tat, füllten sich seine Augen erneut mit Tränen.

»Ich meine, ich bin mit keinem Jungen durchgebrannt«, sagte Julie und mußte über diese verrückte Idee lachen.

Auch ihre Eltern lachten vor Erleichterung, ungläubig… Sie haben geglaubt, ich wäre mit einem Jungen auf und davon. Was haben sie sich nur vorgestellt? Julie dachte an den Vorfall mit Billy Jayson in der Schulgarderobe, der auf so höchst unwahrscheinliche Weise zu der Szene mit dem Hund in dem Schuppen geführt hatte. Sie und Debbie hatten ihre Witze darüber gemacht, daß es sich um eine jungfräuliche Empfängnis handelte. »Er hat ihn kaum reingesteckt«, hatte sie gesagt. »Ich hätte nicht geglaubt, daß irgendwas passiert ist.«

Wahrscheinlich hatte Billy die Sache längst vergessen. Oder brachte er die Tatsache, daß sie die Schule verlassen hatte und von zu Haus weggelaufen war, mit dem Vorfall in der Garderobe in Verbindung? Warum sollte er? Da waren bereits vier Monate vergangen, nachdem sie sich gebalgt und einander gestoßen und gekichert und sie »nein, nicht« und er »na, komm schon« gesagt hatten.

»Willst du zurück in die Schule?« fragte ihre Mutter vorsichtig. »Der Rektor war letzte Woche da und hat gesagt, du könntest immer noch zurück. Du hast nur noch ein gutes halbes Jahr. Und du bist immer gut gewesen.«

»Ja, ich will zurück in die Schule«, sagte Julie. Sieben Monate, das konnte sie schaffen. Sie würde sich langweilen, aber das machte nichts. Und dann… Sie hätte noch mehr sagen sollen, mehr erklären, sich irgendwelche Lügen ausdenken, denn die beiden saßen da und blickten sie erwartungsvoll an, und von ihren Gesichtern war abzulesen, was sie die vergangenen langen fünf Monate, die Julie fort gewesen war, gefühlt hatten. Julie wußte, daß sie sie schlecht behandelte, wenn sie sich weigerte, mehr zu erzählen. Gut, sie würde ihnen mehr erzählen, aber nicht jetzt, sie war plötzlich völlig erschöpft. Den Magen voll mit Sandwiches und heißem Tee, spürte sie, wie ihr die Kräfte schwanden, wie sie sich gehenließ... Sie begann zu gähnen und konnte einfach nicht mehr aufhören. Aber sie schickten sie nicht ins Bett, weil sie einfach nicht glauben konnten, daß nichts mehr von ihr kommen würde.

Es gab nichts, was sie hätte sagen können. Sie sah ihren Vater an, diesen ängstlichen, arroganten, ältlichen Mann, der schwer auf seinem Stuhl hockte. Ihre Mutter, die dagegen geradezu mädchenhaft wirkte, wie sie so aufrecht dasaß in ihrem hübschen hellblauen Kleid mit dem kleinen Kragen und den kleinen Perlmuttknöpfen. Ihre grauen Locken standen ab, und aus ihren Augen sprach verletzte, verständnislose Unschuld. Julie dachte: Ich wünschte, ich könnte mich an sie kuscheln, und sie würde mich festhalten, und dann würde ich schlafen. So mußte es gewesen sein, als sie noch ein Kind war, doch sie erinnerte sich nicht daran. In dieser Familie berührte man einander nicht.

Mit der Klarheit, die die Erschöpfung mit sich brachte, und mit dem neuen Wissen, das sie sich während der letzten Monate erworben hatte, sah sie ihre Eltern an und wußte, daß sie... einander auslöschten. Debbie hätte gesagt, daß mit ihrer Chemie irgendwas nicht stimmte. Immer waren sie gleicher Meinung. Nie erhoben sie die Stimme oder stritten. Jeder Tag war ein Muster aus Tee, Essen, Kaffee und Kuchen, immer zu den gleichen Zeiten mit dem einzigen Ziel, abends endlich ins Bett gehen zu können. Sie gingen selten aus. Trafen nur wenige Leute, sahen nur sich. Es war, als ob sie sich gegenseitig abgeschaltet hätten.

Sie waren schon alt gewesen, als sie geboren wurde. Lag es daran?

Bei Debbie waren die Leute laut, küßten, umarmten und stritten sich, kämpften miteinander, drohten, weinten und kreischten.

In Debbies Wohnung gab es zwei Schlafzimmer. Das kleinere hatte sie Julie überlassen und von ihr erwartet, daß sie sich dorthin zurückzog, wenn Debbie mit einem Mann kam, einem neuen Mann; nicht, wenn Derek da war. Derek machte eine Menge Scherze und kommandierte Julie herum. Bring mir eine Tasse Tee, einen Drink, mach mir Eier mit Speck, wie siehst du bloß aus, wie wär's mit 'ner neuen Frisur, einem neuen Kleid? Er mochte Julie, obwohl er ihr nicht sonderlich sympathisch war. Sie wußte, er war nicht gut genug für Debbie.

Debbie würde ihn schon bald loswerden. So wie den Mann, dem früher die Wohnung gehört und der einen gewissen Teil von dem, was Debbie verdiente, verlangt hatte. Debbie hatte irgend etwas über ihn herausgefunden, hatte ihm Daumenschrauben angelegt, die Wohnung bekommen und arbeitete nur noch für sich. Julie hatte den Mann nur einmal gesehen, und sein Anblick hatte sie frösteln lassen. »Meine erste Liebe«, hatte Debbie scherzhaft gesagt und laut gelacht, als Julie das Gesicht verzog. Bei Derek bekam sie keine Gänsehaut, er war ein Nichts. Gewöhnlich. Langweilig. Der Mann, mit dem Debbie nach New York gegangen war, war Fernsehproduzent. Er produzierte eine Serie, von der in England noch nie jemand gehört hatte; sie sei nicht gut genug, um sie hier verkaufen zu können, hatte er gesagt. Dieser Mann kam schon eher in Frage, aber Julie glaubte, daß Debbie auch ihn loswerden würde, wenn sich ein besserer fand.

Diese Gedanken, die mit nichts zu vergleichen waren, was hier zu Hause gesagt oder gedacht wurde, gingen Julie tröstlich durch den Kopf, obwohl sie für sie selbst keine Geltung hatten. Debbie mußte so sein, sie hatte es schwer gehabt. Dazu gehörte auch etwas, worüber sie niemals sprach und weswegen sie Julie so gut behandelte. Wahrscheinlich hatte sie genauso wie Julie eines Abends spät in einem Bahnhof gestanden, schwanger und den Kopf voller Flausen, wie sie sich eine Arbeit suchen, das Baby auf die Welt bringen, es großziehen und einen Mann finden würde, der sie und das Kind liebte. Aber vielleicht war es auch etwas anderes gewesen, das mit einer Schwangerschaft und dem Alleinsein zu tun hatte. Es war nicht Julie gewesen, der Debbie fünf Monate lang Liebe und Schutz gewährt hatte, es war die *schwangere* Julie gewesen, die hilflos und mutterseelenallein war.

O ja, Debbie hatte sie gemocht.

Manchmal hatte sie die Nacht in Debbies großem Bett verbracht, weil Debbie es nicht ertrug, allein zu schlafen. Ich habe Angst, hatte sie gesagt und nicht verstehen können, daß sich Julie nicht vor der Dunkelheit fürchtete. Debbie war immer sofort eingeschlafen, auch wenn sie nichts getrunken hatte. Dann hatte sich Julie vorsichtig auf den Ellbogen gestützt und über die schlafende Debbie gebeugt, um ihr Gesicht zu studieren, herauszufinden, was es mit ihr auf sich hatte ... Debbie war ein großes, hübsches Mädchen mit sehr weißer Haut, schwarzglänzendem, glattem Haar, und sie schminkte sich die Lippen so, daß sie eine dünne scharlachrote, gebogene Linie bildeten, genau richtig für die unruhige, scharfe Zunge dahinter. Wenn sie schlief, war ihr Gesicht entspannt und ruhig, die Lippen waren gewöhnlich, ziemlich mickrig, hatte Julie gedacht, und unter den Augen waren Ringe. Dieses Gesicht erriet nicht, warum Debbie Leuten, die in die Wohnung kamen und Julies Anwesenheit falsch verstanden, sagte: »Finger weg, kapiert? Finger weg, oder ich werde ...« Und ihr scharlachroter Mund und die schwarzen Augen hatten häßlich und furchterregend ausgesehen.

Aber wenn Debbie nachts aufwachte, kam es vor, daß sie sich zu Julie umdrehte und sie auf eine Weise umarmte, die ihr klarmachte, wie wenig sie selbst von Liebe und Zärtlichkeit wußte. Dann lag Julie wach, erstaunt über die Offenbarungen, die ihr dieser große, heiße, weiche Körper machte, obwohl Debbie schon längst wieder eingeschlafen war. Dabei »geschah« nie wirklich etwas. Julie wartete sogar »darauf«, es kam nie dazu. Nur einmal legte Debbie die Hand auf ihren dicken Bauch, zog sie aber sofort wieder zurück. Julie lag in Debbies Armen, und sie waren wie zwei Katzen, die einander geputzt hatten und eingeschlafen waren, und Julie begriff, was man ihr zu Hause vorenthalten hatte und wie leer und traurig ihre Eltern waren. Angenommen, sie würde jetzt zu ihrer Mutter sagen: »Mama, laß mich heute nacht bei dir schlafen, ich habe Angst, und du hast mir gefehlt...« Sie konnte sich den verlegenen, furchtsamen Ausdruck ihrer Mutter vorstellen. »Aber du bist doch schon groß, Julie.«

Anne und Len schliefen in zwei parallel zueinander stehenden Betten, das Nachtkästchen zwischen ihnen.

Julies Augen schwammen in Tränen, und als sie sich dessen bewußt wurde, blickte sie schnell zu ihrer Mutter, dann zu ihrem Vater, denn sie sollten wissen, daß ihr nichts daran lag, zu weinen und getröstet und in die Arme genommen zu werden... Aber sie sahen sie nicht an, sie sahen zum Fernseher hinüber. Sie hatten den Apparat eingeschaltet, ohne daß Julie es bemerkt hatte. Zu dritt saßen sie jetzt da und starrten in das Flimmern.

Auf dem Bildschirm lächelte die Nachrichtensprecherin das Lächeln, das für die Mitglieder der königlichen Familie, für Tiere und Kinder reserviert war, und sagte: »Heute abend um acht Uhr wurde in einer Telefonzelle in Islington ein neugeborenes Baby, ein Mädchen, gefunden. Es war in ein Handtuch gewickelt und ist gesund. Es wiegt dreitausendsechshundert Gramm. Die Schwestern haben es auf den Namen Rosie getauft.« Heiße Schauer der Eifersucht stiegen in Julie auf, als sie sah, wie sich eine Schwester lächelnd über das kleine Gesicht beugte, das sie nur kurz im Schein der Taschenlampe und noch einmal im Schneeregen vor dem Schuppen gesehen hatte. »Die Mutter wird nachdrücklich gebeten, sich zu melden, da sie möglicherweise dringend ärztlicher Hilfe bedarf.«

Es waren bereits die Spätnachrichen.

Ob sie etwas ahnten? Aber warum sollten sie? Sie selbst konnte kaum glauben, daß sie hier in ihrem hübschen Bademantel saß und frisch duftete, nachdem sie in einer dreckigen Hütte und in Gesellschaft eines Hundes ein Kind geboren hatte. Und das erst vor vier Stunden!

»Warum haben wir keinen Hund, Mama?« fragte Julie und wußte, wie die Antwort ausfallen würde.

»Weil sie eine Last sind, Julie. Und wer wird mit ihm spazierengehen?«

»Ich, Mama.«

»Aber im Juli bist du mit der Schule fertig, und ich will mich nicht mit einem Hund belasten und Len sicherlich auch nicht.«

Ihr Vater sagte nichts. Er beugte sich vor und schaltete den Fernsehapparat aus. Der Bildschirm wurde schwarz. »Ich frage mich oft, was in Jessie vorgeht«, sagte er, »wenn sie so was im Fernsehen sieht.«

»Ich will nicht darüber reden, Len«, sagte Anne warnend.

Julie hatte erst nicht richtig zugehört, doch plötzlich spitzte sie die Ohren und wußte, daß etwas Außergewöhnliches passieren würde.

»Deswegen haben wir uns solche Sorgen um dich gemacht«, sagte Julies Vater bedrückt, gramgebeugt, vorwurfsvoll. »So was passiert so schnell, und woher hätten wir wissen sollen, daß du nicht ...«

»Len, wir wollten doch niemals ...«

»Was ist mit Tante Jessie?« fragte Julie und versuchte zu begreifen. Schweigen. »Was ist mit ihr, Pa? Sag schon, was ist mit ihr?«

»Len«, sagte Anne aufgebracht.

»Deine Tante Jessie war in anderen Umständen«, sagte ihr Vater, entschlossen zu sprechen und sich über seine Frau und ihren Kummer hinwegzusetzen. Deutlich stand in seinem Gesicht geschrieben: Warum sollen wir es ihr ersparen, wo sie uns doch soviel zugemutet hat? »Sie war nicht viel älter als du jetzt.« Endlich blickte er Julie richtig an, voller Vorwürfe, und aus seinen Augen tropften Tränen auf sein Gesicht und seine Krawatte. »So was kann schnell passieren, nicht wahr?«

»Du meinst... aber was geschah mit dem Baby? Hat sie es auf die Welt gebracht?«

»Deine Cousine Freda«, sagte Len, noch immer voller Bitterkeit und Eigensinn, den anklagenden Blick auf seine Tochter gerichtet.

»Du meinst, Freda ist... du meinst, den Eltern von Tante Jessie hat es nichts ausgemacht?«

»Es hat ihnen sehr wohl was ausgemacht«, sagte Anne. »Ich erinnere mich gut daran. Sie wollten das Kind zur Adoption freigeben, aber Jessie hat sich durchgesetzt und sie überredet, und zu guter Letzt durfte sie es behalten. Ich denke immer noch, daß sie recht hatten und Jessie unrecht. Sie war erst siebzehn und hat nie gesagt, wer der Vater war. Sie saß mit dem Baby zu Hause fest, wenn sie hätte ausgehen, sich amüsieren und lernen sollen. Sie war selbst noch ein halbes Kind, als sie geheiratet hat.«

Julie hatte sich mehr oder weniger wieder unter Kontrolle, auch wenn es in ihr rumorte, als wäre sie Achterbahn gefahren. Sie dachte: Ich muß jetzt alles aus ihnen herausholen, ich kenne sie, sie werden sich wieder verschließen und nie mehr davon reden.

»Hat es Onkel Bob nichts ausgemacht?«

»Nicht so viel, daß er sie nicht geheiratet hätte, schließlich hat er das ja, nicht wahr? Obwohl er ihr Kind der Liebe akzeptieren mußte«, sagte ihr Vater ärgerlich und anklagend.

»Ein Kind der Liebe«, sagte Julie spöttisch, unfähig, sich zu bremsen, aber ihre Eltern überhörten es.

»So nennt man das, glaube ich«, sagte ihr Vater voller Sarkasmus. »So was kann passieren, Julie, und du bist immer ein so vernünftiges Mädchen gewesen. Das hat es noch schwerer für uns gemacht.« Und jetzt – es war unglaublich – saß ihr Vater, der, vor dem sie sich so gefürchtet hatte, daß sie von zu Hause weggelaufen war, das Gesicht in den Händen, da und schluchzte.

Auch ihre Mutter weinte, ihre Augen glänzten, ihre Wangen waren gerötet.

Gleich würde Julie ebenfalls losheulen. »Ich geh ins Bett«, sagte sie und stand auf. »Es tut mir leid, Mama, es tut mir leid, Papa, es tut mir so leid ...«

»Ist schon in Ordnug, Julie«, sagte ihre Mutter.

Julie ging nach oben in ihr Zimmer, vorsichtig, weil sie wund war. Sie fühlte sich wie betäubt und verwirrt wegen Tante Jessie und Cousine Freda. Sie, Julie, könnte... sie könnte mit Rosie, ihrem Baby, jetzt da unten sitzen... Sie hätten sie nicht hinausgeworfen.

Sie wußte nicht, was sie denken oder fühlen sollte... Sie fühlte... sie wollte... O Debbie, schluchzte sie lautlos, eingepackt in ihrem Bett, den Panda in den Armen. O Debbie, was soll ich bloß tun? Sie dachte: Im Juli, wenn ich mit der Schule fertig bin, gehe ich zurück. Ich werde wieder davonlaufen, nach London fahren, mir eine Arbeit suchen, und dann kann ich das Baby zu mir holen. Ein paar Minuten glaubte sie, daß es nicht das kleine dumme Mädchen war, das weggelaufen war, das diese Pläne schmiedete, sondern das Mädchen, das bei Debbie in die Lehre gegangen war und den Preis der Dinge kannte. Dann sagte sie sich: Hör auf, hör auf, du weißt es besser.

Sie dachte an Tante Jessies Haus, wo sie sich immer wohl gefühlt hatte. Ihr kam in den Sinn, daß Debbies Wohnung und Tante Jessies Haus vieles gemeinsam hatten – laut ging es zu, verwirrend und aufregend. Weswegen ihre Eltern auch nicht gern hingingen. Aber hier, mit einem Kind, mit Rosie und ihrer großen, faltigen Möse... Julie lachte heiser und höhnisch, doch es klang unglücklich, weil sie begriffen hatte, daß sie Rosie nicht zu sich holen konnte, weil sie, Julie, es nicht aushalten würde.

Ich werde Rosie mit zu Debbie nehmen, dachte Julie in einem letzten, vergeblichen Versuch.

Aber Debbie hatte die *schwangere* Julie aufgenommen. *Das war der Preis gewesen.* Wenn Julie Rosie herbrächte, würde sie hierbleiben müssen. Bis sie heiratete. Wie Tante Jessie. Julie dachte an Onkel Bob. Mit einemmal wurde ihr klar, daß sie ihn immer nur als Tante Jessies Schatten gesehen hatte, der selbst nicht viel hermachte. Sie hatte sich immer gefragt, warum Tante Jessie ihn eigentlich geheiratet hatte. Jetzt wußte sie es.

Ich muß hier weg, dachte sie. Ich muß hier weg. Im Juli. Dann hab ich meinen Abschluß. Den schaff ich leicht. Ich werde hart arbeiten, meinen Abschluß machen und nach London gehen. Ich weiß jetzt, wie die Dinge laufen. Schließlich habe ich in Debbies Wohnung gelebt und dafür gesorgt, daß die Leute mir nichts tun. Ich war geschickt, und niemand außer Debbie wußte, daß ich schwanger war. Und Rosie habe ich ganz allein mit einem Hund in einem dreckigen Schuppen auf die Welt gebracht, hab dafür gesorgt, daß es ihr gutgeht, und jetzt bin ich zu Hause und hab alles so hingekriegt, daß keiner was gemerkt hat. Mir geht's gut.

Die Arme um den Panda geschlungen, dachte Julie: Ich schaffe alles, was ich will, das habe ich bewiesen.

Und sie schlief ein.

Das neue Café

In unserer Straße gibt es seit einem Jahr ein neues Café, »Stephanie's«, das immer gut besucht ist. Es gibt sich französisch, wie die »Boucherie« gleich daneben – ein überaus britischer Metzger – und die »Brasserie« gegenüber, und wird von zwei Griechen betrieben. Von Anfang an hatte es Stammgäste, zu denen auch ich mich zähle. Wie in allen guten Cafés kann man in ihm echte Seifenopern beobachten, worunter ich eine Reihe emotionsgeladener Ereignisse verstehe, die einem insofern vertraut sind, als daß man bereits früher Zeuge ähnlicher Vorkommnisse war, einem in der Regel jedoch der Schlüssel zu ihrem Verständnis fehlt, der sie aus der Banalität reißt und auf eine schockierend individuelle Ebene transportiert.

Im letzten Sommer, dem wunderbaren Sommer des Jahres 1989, als ein heißer, strahlender Tag auf den anderen folgte, war das Straßenleben hier so lebendig wie in Rom oder Paris, und vor unserem Café konkurrierten die Tische mit dem aromatisch duftenden Warenangebot des Obst- und Gemüsehändlers. Alle wollten draußen sitzen, und man war glücklich, wenn man einen Stuhl ergatterte.

Im Frühsommer tauchten zwei deutsche Mädchen auf, sie waren groß, attraktiv und hemmungslos auf der Suche nach männlichen Urlaubsbekanntschaften. Sie kamen immer zu zweit, saßen gewöhnlich draußen, und ein paar Tage lang aßen sie den köstlichen, echt französischen Kuchen, dem einfach niemand widerstehen kann, allein und schienen hocherfreut, wenn jemand, irgend jemand, fragte: »Ist dieser Stuhl noch frei?« Einmal war ich dieser Jemand. Sie wohnten in einem zehn Minuten entfernten Hotel und wollten drei Wochen bleiben. London gefiel ihnen. Das Wetter war fantastisch, und – sehen Sie mal! – wir werden sogar richtig braun. Während wir so plauderten, schweiften ihre Blicke jedesmal, wenn ein neuer Gast eintraf, zu ihm oder ihr.

Dann lernten sie einen jungen Mann kennen. Ich hatte ihn schon früher gesehen. Manchmal kam er, trank einen Kaffee und ging sofort wieder. Die deutschen Mädchen mochten ihn. Auf ihren breiten, zuversichtlichen Hintern sitzend, beugten sie sich vor, warfen die blonden Mähnen zurück und lachten jedermann mit feuchtglänzenden Zahnreihen an. Denn noch immer hatten sie ein Auge auf mögliche Bekanntschaften. Er lehnte sich auf seinen Stuhl zurück und mimte den Entertainer. Man konnte sich vorstellen, wie die eine zur anderen sagte: »Er gefällt mir. Er hat doch Witz, oder?«

Es war ein sympathischer Mann, ungefähr siebenundzwanzig oder achtundzwanzig, mit blauen Augen, blondem Haar, allem, was man so braucht, aber er hatte auch etwas an sich, das sagte: Komm mir bloß nicht zu nahe. Ein bißchen ähnelte er einem jungen, flaumigen Falken in der Ausbildung, der den Dreh noch nicht ganz raushatte. Und er war ruhelos, schlug ständig die Beine in wechselnden Richtungen übereinander oder nahm sie hastig aus dem Weg, wenn jemand vorbei wollte oder zu nahe saß.

Ein paar Tage sah man die drei zusammen, gewöhnlich am frühen Nachmittag. Wenn sie das Café verließen, ging er in der Mitte. Aber es fehlte ein zweiter Mann, und bald gab es ihn. Wenn sich die vier dann im oder vor dem Café trafen, hatte es nicht den Anschein, als hätten sie Paare gebildet. Unverwandt blickten die Mädchen den Entertainer an, lächelten und freuten sich auf den Moment, in dem sie loslachen konnten, denn sie lachten gern. Und er saß da und sah ihnen beim Lachen zu, freute sich, daß er ihnen gegeben hatte, was sie wollten, und der zweite junge Mann, der sich wohl nicht allzuviel erhoffte, lachte auch.

Ein- oder zweimal nahmen sie eine richtige Mahlzeit zu sich. Manchmal unterhielten sie sich über einen Film, den sie gesehen hatten. Eines Nachmittags tauchte der Mann dann mit einem dunkelhaarigen, sich gelassen gebenden Mädchen auf, das eine geschwisterliche, ironische Art an den Tag legte. Er lud sie zu Kaffee und Kuchen ein und schien irgend etwas wiedergutmachen zu wollen. Als die zwei deutschen Mädchen kamen, winkte er sie heran und packte seine Beine wie ein sperriges Paket beiseite, um ihnen Platz zu machen. Sie blieben noch eine Weile, bevor sie gemeinsam weggingen. Abends dann sah ich den Mann mit dem dunkelhaarigen Mädchen und mit ein paar anderen Frauen, und er behandelte sie wie die deutschen Mädchen, er schien sie alle zu mögen.

Als Tage später draußen einmal ein Tisch unbesetzt war, setzte ich mich auf einen der beiden Stühle, und schon kurz darauf saß er auf dem anderen, ließ sich im letzten Moment auf ihn fallen, als ob er genausogut etwas anderes hätte machen können. Mittlerweile waren wir miteinander bekannt. Er sagte, der Sommer sei außergewöhnlich schön und er freue sich, nicht nach Spanien gefahren zu sein, denn so gefalle es ihm hier besser. Er hatte noch eine Woche Urlaub. Er arbeitete in einem Baumarkt weiter unten an der Straße. Kein schlechter Job, er mochte ihn. Als ich im hellen Tageslicht so nah neben ihm saß, stellte ich fest, daß er älter war, als er auf den ersten Blick wirkte. Unter seinen Augen waren Falten, und er schien oft geistesabwesend, als ob er fortwährend von einer inneren Klingel aus der Wirklichkeit gerissen würde: Hör auf mich.

Die deutschen Mädchen kamen und lachten, noch bevor sie sich niedergelassen hatten.

Danach kamen sie nicht mehr in das Café, und er arbeitete wieder. Ein- oder zweimal sah ich ihn mit einem Kollegen, beide in blütenweißen Overalls, in denen sie aussahen, als ob sie alles über Baumaterial wüßten. In seinem Overall machte der junge Mann einen zerbrechlichen Eindruck.

Eines Tages dann stand ich vor einer U-Bahnstation und wartete auf jemanden, mit dem ich verabredet war. Gedankenverloren schlenderte der junge Mann an mir vorbei. Plötzlich breitete sich ein Lächeln auf seinem Gesicht aus, wie ich es noch nie bei ihm gesehen hatte, und schnell drehte ich mich um. Vor ihm auf dem Bürgersteig stand ein junges Mädchen mit einem Kinderwagen, nein, wenn man genau hinsah, war es eine kleine, blasse junge Frau, zwanzig vielleicht, und der zärtlichen Art nach zu urteilen, in der sie sich hinabbeugte, um das Baby noch besser unter einer sowieso schon dicken Decke zu verstauen, war sie die Mutter des Kindes. Sie lächelte dem unsichtbaren Baby zu und drehte sich dann überrascht um, als der junge Mann an sie herantrat und auf seine wunderliche, scherzhafte Weise sagte: »Ich bin's, Hilda.« Glückselig lächelnd standen die beiden da. Im nächsten Augenblick würden sie sich umarmen – doch mit einemmal faßte sie sich wieder und wich einen Schritt zurück. Und da breitete sich auch auf seiner Miene Verantwortungsbewußtsein aus, als ob er einen Wintermantel über seinen weißen Overall gezogen hätte. Und weil er die Mutter offensichtlich nicht umarmen konnte, beugte er sich galant über den Kinderwagen, und sie stellte sich neben ihn, hob ein Bündel aus den Tiefen des Wagens und hielt es so, daß er das Gesicht des Babys sehen konnte. Er lehnte sich höflich vor und gab Babylaute von sich, lachte dabei, so daß auch sie lachen mußte. Die ganze Zeit blickte er dabei unverwandt die junge Mutter an. Sie lachte erneut und tat so, als wollte sie ihm das Kind in die Arme drücken. Spielerisch wich er zurück, mimte den verlegenen Mann, und sie legte das Kind zurück in den Wagen und musterte ihn dann nüchtern. Auch er war ernst geworden. So standen sie eine lange Zeit, lang zumindest für einen unbeteiligten Beobachter, vielleicht eine Minute oder länger, und sahen einander wie hingerissen an. Sie paßten zusammen, waren ein Paar von derselben Art. Man mußte von ihnen sagen, was man nur selten von einem Paar sagen kann: Sie sind die zwei Hälften eines Ganzen, sie gehören zusammen.

Wieder war sie es, die sich faßte und den Wagen weiter den Gehsteig entlangschob. Langsam. Nach ein paar Schritten blickte sie zurück. Dann ging sie weiter – und sah sich noch einmal um. Er stand noch immer an derselben Stelle, sah ihr nach. Sie winkte ihm einmal kurz und tapfer zu und ging weiter. Langsam, langsam – aber sie mußte weitergehen, sie mußte, und viel zu früh erreichte sie die Ecke, wo sie erneut stehenblieb und zu ihm zurücksah, ihr Ausdruck so betrübt wie seiner. Wieder verflogen die Sekunden … Doch schließlich schob sie den Kinderwagen entschlossen weiter und war nicht mehr zu sehen. Nie zuvor war mir eine Straßenecke so verlassen erschienen wie diese. Er wandte den Blick nicht ab. Sie war weg. Er ging ihr zwei Schritte nach, machte kehrt, sah noch einmal über die Schulter zurück: Ja, sie war wirklich fort.

Langsam ging er weiter und blieb dann erneut stehen. Er war auf gleicher Höhe mit mir, nahm nichts und niemanden wahr, war völlig in sich versunken. Mit leicht gebeugten Knien stand er da, die Arme hingen locker herunter, die Handflächen nach außen gekehrt, den Kopf ein wenig nach hinten geneigt, als habe er vor, zum Himmel emporzublicken.

Auf dem Gesicht des derart verzauberten Mannes jagten sich die Gefühle. Bedauern, das auf sich selbst konzentrierte

Bedauern des Dandys, denn auch in diesem Augenblick würde er sein Leben nicht ändern wollen. Verwunderung. Verlust. Vor allem aber und am ausdauerndsten Zärtlichkeit. Seine Stirn war gerunzelt, sein Blick finster. Was dachte er?

»Was sollte das? Was? Was ist passiert – was ist nur passiert, ich verstehe nicht, was passiert ist ... ich verstehe es nicht ...«

Irgend so etwas.

Die Mutter des fraglichen Kindes

Hoch oben auf dem Steg, der zwei große Wohnblocks miteinander verband, blieb der Sozialarbeiter Stephen Bentley stehen, um nach unten zu sehen. Beton, wohin er blickte. Rundum wuchsen fleckiggraue Silos in die Höhe, und dazwischen sah man nichts als graue Flächen. Eine einzige Person bahnte sich einen Weg zwischen Pfützen, Limodosen und nassen Papierfetzen. Es war ein alter Mann mit einem Stock und einer Einkaufstasche. Vor sich sah Stephen reihenweise farbige Vorhänge, die die klobigen Gebäude vom Pflaster bis zu den tiefhängenden Wolken in horizontalen Linien unterteilten und hinter denen sich die Menschen versteckten. Wahrscheinlich beobachteten sie ihn, aber er konnte sich ausweisen, dank des Aktendeckels unter seinem Arm. Der Steg verlief auf Höhe des vierten Stocks. Im Lift stank es, jemand hatte sich übergeben. Er stieg die graue, nach Urin riechende Treppe hinauf in den achten Stock. Wohnung Nummer 15. Noch während er klingelte, öffnete ein brauner Junge lächelnd die Tür. Das mußte der zwölfjährige Hassan sein. Seine weißen Zähne, der leuchtendblaue Pullover, der weiße Hemdkragen, alles war Tarnung, und der kleine, mit Möbeln vollgestopfte Raum hinter ihm war viel zu aufgeräumt für das Wohnzimmer einer Familie, alles am rechten Fleck, poliert, glänzend. Der Besuch war gründlich vorbereitet worden. Vor einem roten, plüschigen Sofa stand ein rechteckiger, niedriger Tisch, auf dem ihn Tassen, Untertassen und eine bis zum Rand gefüllte Zuckerdose erwarteten. Ein funkelnder Löffel steckte darin. Hassan setzte sich aufs Sofa und lächelte angestrengt. Außer dem Sofa gab es noch drei Sessel, auf denen unzählige glitzernde Kissen lagen. In einem saß Mrs. Kahn, eine mollige, hübsche Frau, gekleidet in etwas, das Stephen wie ein Schlafanzug vorkam – Hosen und darüber eine Art Tunika aus geblümter rosa Seide. Es war wohl ihr Sonntagsstaat, und das zehnjährige Mädchen, das in einem der anderen Sessel saß, trug das gleiche in Blau, dazu Ohrringe, Armreifen und Ringe. Die Mutter hatte sich einen dünnen rosa Schal um den Hals gelegt, das Kind einen blauen. In Pakistan würden sie die Schals in Gegenwart eines Mannes schamhaft über die untere Gesichtshälfte ziehen, hier trugen sie zur festlichen Atmosphäre bei. Auf Mrs. Khans (wie Stephen deutlich bemerkte) gebieterische Geste hin setzte er sich in den freien Sessel. Sie lächelte. Hassan lächelte ununterbrochen. Das Mädchen schien den Besucher nicht wahrzunehmen, lächelte aber ebenfalls, war hübsch wie ein kleines Kätzchen.

»Wo ist Mr. Khan?« fragte Stephen Mrs. Khan, die ihrem Sohn auffordernd zunickte. Hassan antwortete prompt: »Er kann nicht kommen, er ist bei der Arbeit.«

»Aber er sagte, er wollte hiersein. Ich habe gestern mit ihm telefoniert.«

Wieder gab Mrs. Khan Hassan ein Zeichen, diesmal mit den Augen, und er sagte, übers ganze Gesicht lächelnd: »Er ist nicht da.«

Der letzte, neun Monate alte Eintrag in der Akte, auf der der Name Shireen Khan stand, lautete: »Vater hat Termin nicht eingehalten. Seine Anwesenheit unbedingt erforderlich.«

Leise sagte Mrs. Khan etwas zu ihrem Sohn, der seinem Lächeln eine Ruhepause gönnte, die genauso lange dauerte, wie er brauchte, ein Tablett mit Tee und Keksen von der Anrichte zu holen. Sie mußten am Fenster gewartet und das Teewasser aufgesetzt haben, als sie ihn unten mit der Akte unterm Arm kommen sahen. Hassan begann wieder zu lächeln, als er sich setzte. Mrs. Khan schenkte starken Tee ein. Der Junge reichte Stephen eine Tasse und einen Teller mit Keksen. Mrs. Khan stellte eine Tasse vor ihre Tochter, zählte fünf Kekse ab, legte sie auf einen Teller und schob ihn neben die Tasse. Das kleine Mädchen lächelte – so schien es zumindest – ureigenen, anregenden Fantasien zu. Mrs. Khan schnalzte verärgert mit der Zunge und sagte etwas auf urdu zu ihr. Doch Shireen kümmerte sich nicht darum. Sie schien vor innerer Fröhlichkeit schier zu zerplatzen, und infolge der Ansprache ihrer Mutter versuchte sie, diese Fröhlichkeit mit ihrem Bruder zu teilen, indem sie zu ihm hinüberlangte und ihn lachend und spaßhaft anstieß. Hassan konnte nicht verhindern, daß er nun wirklich lächeln mußte, zärtlich, warm, bezaubernd. Er beherrschte sich aber sofort wieder und setzte erneut das falsche, höfliche Lächeln auf.

»Fünf«, sagte Mrs. Khan auf englisch. »Sie kann zählen. Sag fünf, Shireen.« Sie sprach ein schlechtes Englisch und wiederholte die Aufforderung auf urdu.

Das kleine Mädchen lächelte fröhlich und fing an, die Kekse zu zerbrechen und aufzuessen.

»Wenn Ihr Mann zustimmen würde, könnte Shireen in die Schule gehen, von der wir gesprochen haben – mein Kollege William Smith hat mit Ihnen darüber gesprochen, als er letztes Jahr hier war. Es ist eine gute Schule. Sie kostet zwar ein bißchen was, aber nicht viel. Dieses Jahr verlangen sie eine kleine Gebühr, obwohl es eine staatliche Schule ist. Leider.«

Mrs. Khan erwiderte etwas in scharfem Ton, und der Junge, der fließend Englisch sprach, übersetzte: »Es ist nicht wegen des Geldes. Mein Vater hat das Geld«.

»Es tut mir leid, aber ich verstehe nicht. Die Schule wäre gut für Shireen.« Zumindest begrenzt. In der Akte lag ein ärztlicher Bericht, in dem unter anderem stand: »Das fragliche Kind würde möglicherweise, in begrenztem Maße, vom Besuch einer Sonderschule profitieren.«

Mrs. Khan sagte etwas, laut und ärgerlich. Ihr freundliches Gesicht war wutverzerrt. Zorn und Ärger beherrschten plötzlich die Atmosphäre in diesem vollgestopften, überaufgeräumten Zimmer, der Ausdruck des kleinen Mädchens war mit einemmal kummervoll, und ihre Lippen zitterten. Hassan streckte die Hand nach ihr aus und gab beruhigende Laute von sich. Mrs. Khan versuchte, dem Mädchen zuzulächeln und gleichzeitig dem aufdringlichen Besucher ein kaltes, abweisendes Gesicht zu zeigen.

Hassan sagte: »Meine Mutter sagt, daß Shireen auf die große Schule gehen muß, die Beavertree-Schule.«

»Gehst du dorthin, Hassan?«

»Ja, Sir.«

»Ich heiße Stephen, Stephen Bentley.«

»Ja, Sir.«

»Dein Vater sollte eigentlich hiersein«, sagte Stephen und versuchte, nicht allzu verdrossen zu klingen. Irgend etwas ging hier vor, doch er verstand nicht, was. Hätte er nicht gewußt, daß die zwei älteren Töchter in der Schule gut vorankamen, hätte Stephen vielleicht gedacht, daß Mr. Khan altmodisch war und nicht wollte, daß Shireen etwas lernte. (Die Mädchen waren beide älter als Hassan, aber weil sie Mädchen waren, zählten sie nicht, der älteste Sohn mußte ihm gegenüber den Vater vertreten.) Daß Shireen zur Schule sollte, schien nicht in Frage zu stehen. Was also war es? Gestern am Telefon hatte der Vater diesem Termin fast beiläufig zugestimmt.

Mrs. Khan nahm ein Bilderbuch in die Hand, das sie zuvor wohl für genau diesen Augenblick zwischen Armlehne und Polster ihres Sessels gesteckt hatte, und hielt es Shireen hin. Es war ein farbenfrohes Buch für ein ungefähr dreijähriges Kind. Shireen lächelte es auf eine ausdruckslose, aber bereitwillige Weise an. Mrs. Khan blätterte um, runzelte die Stirn und nickte Shireen aufmunternd zu. Wieder zwang sie sich zu lächeln. Der Junge lächelte sowieso. Shireen war glücklich und lächelte ebenfalls.

»Sehen Sie«, sagte Stephen verzweifelt. »Ich will nicht behaupten, daß Shireen gut lesen lernen wird oder schreiben, aber...«

Mrs. Khan schlug das Buch zu und sah ihn an. Kein Lächeln mehr. Eine stolze, kalte, dickköpfige Frau. Mit blitzenden Augen machte sie ihn auf urdu nieder.

Hassan übersetzte die ausführliche Schimpftirade folgendermaßen: »Meine Mutter sagt, daß Shireen wie wir auf die große Schule gehen muß.«

»Aber, Mrs. Khan, sie kann nicht auf die große Schule. Wie sollte das möglich sein?« Da Mrs. Khan ihn nicht gehört zu haben schien, wandte er sich mit der gleichen Frage noch einmal an Hassan: »Wie soll sie auf die große Schule gehen können? Das ist unmöglich.«

Hassan lächelte nur noch matt, und Stephen hätte schwören können, daß in seinen Augen Tränen glänzten. Er wandte sich ab.

Es folgte ein weiterer Wutausbruch von Mrs. Khan, den Hassan allerdings unübersetzt ließ. Stumm saß er da und betrachtete finster das glucksende, wie hingerissene kleine Mädchen, das mit den Kekskrümeln auf seinem Teller spielte. Mrs. Khan stand auf, voll herrischer Wut, faßte Shireen an der Hand, zog sie aus dem Sessel und dann aus dem Zimmer. Stephen hörte, wie sie im Nebenzimmer klagend und seufzend auf und ab schritt, wobei sie abwechselnd ermahnende und liebevolle Bemerkungen an das Kind richtete. Schließlich weinte sie laut.

»Entschuldigen Sie, Sir«, sagte Hassan, »aber ich muß zurück in die Schule. Ich habe um Erlaubnis gebeten, herkommen zu dürfen, aber mein Lehrer wollte, daß ich sofort zurückkomme.«

»Hat dein Vater gesagt, daß du herkommen sollst?«

Hassan zögerte. »Nein, Sir. Meine Mutter.«

Zum erstenmal sah Hassan ihm ins Gesicht. Es schien fast so, als wollte er etwas sagen, erklären … Seine Augen flehten ihn an. Um Verständnis? Verletzter Stolz lag in seinem Blick.

»Danke, daß du gedolmetscht hast, Hassan«, sagte der Sozialarbeiter. »Ich wünschte, dein Vater wäre hier.«

»Entschuldigen Sie, entschuldigen Sie«, sagte Hassan und lief aus der Wohnung. Stephen rief: »Auf Wiedersehen, Mrs. Khan«, bekam jedoch keine Antwort und folgte dem Jungen. Den trostlosen, fleckigen, stinkenden Gang entlang. Die graue Betontreppe hinunter. Auf den Steg. Ein frischer, kräftiger Wind wehte. Stephen blickte nach unten und sah Hassan vier Stockwerke tiefer, eine kleine Gestalt, die es eilig hatte, über den Beton lief, über Pfützen sprang und Papier wegkickte. Dann erreichte Hassan die Straße und war nicht mehr zu sehen. Er lief vor etwas weg, das ihm unangenehm war. Das brachte sein Körper klar und deutlich zum Ausdruck. Was zum Teufel … Was sollte das alles?

Und dann begriff Stephen. Urplötzlich. Aus heiterem Himmel. Wollte es aber nicht glauben. Doch er mußte. Nein, das war nicht möglich …

Es war möglich. Es war die Wahrheit.

Mrs. Khan wußte nicht, daß Shireen »geistig behindert« war, wie es der ärztliche Bericht ausdrückte. Sie wollte es sich nicht eingestehen. Obwohl sie zwei normale Söhne und zwei normale Töchter hatte, die in der Schule gut vorankamen, und obwohl sie wußte, wie sich intelligente, normale Kinder verhielten, wollte sie keine Vergleiche anstellen. In ihren Augen war Shireen normal. Es hatte keinen Zweck, sich zu sagen, daß das unmöglich war. (Denn Stephen murmelte: »Nein, das kann einfach nicht sein, das ist Wahnsinn.«) Wie auch immer, solchen »Unmöglichkeiten« begegnete er bei seiner Arbeit tagtäglich. Reichhaltiger, vielfältiger Wahnsinn trieb die Menschen an, und man könnte fast behaupten, ein Großteil seiner Arbeit bestand darin, mit eben diesem Wahnsinn umzugehen.

Stephen hielt sich an der Balustrade fest, preßte den Aktendeckel unter den Arm, denn der Wind fegte geräuschvoll über den hohen Steg. Seine Augen waren geschlossen, und im Geist betrachtete er Mrs. Khans Gesicht, studierte ihren stolzen, kalten, abweisenden Ausdruck. So sah eine Frau aus, die von ihrem Mann angeschrien wird: »Bist du wirklich so dumm? Sie kann nicht mit den anderen in die große Schule gehen, warum willst du das nicht einsehen? Muß ich es dir denn noch mal erklären?« Sie mußte ihren Mann unzählige Male mit diesem Ausdruck und diesem Schweigen konfrontiert haben. Und er war zu den Terminen nicht erschienen, weil er wußte, daß es keinen Zweck hatte. Er wollte keinem Sozialarbeiter sagen müssen: »Meine Frau ist eine gute Frau, aber es gibt da etwas, was sie nicht wahrhaben will.« Und Hassan würde niemals sagen: »Sehen Sie, Sir, meine Mutter hat ein kleines Problem.«

Stephen, der die Augen noch immer geschlossen hielt, ließ noch einmal Revue passieren, was er in jenem kleinen Zimmer gesehen hatte: Mrs. Khans Zärtlichkeit für ihr zurückgebliebenes Kind, das Lächeln des Jungen, das echte, warmherzige, liebevolle Lächeln, das seiner Schwester gegolten hatte. Das kleine Mädchen war in ihrer Zärtlichkeit gut aufgehoben, die Familie liebte sie. Was würde sie in der Sonderschule lernen, was besser war als das, was ihre Familie ihr gab?

Stephen wurde bewußt, daß seine Empfindungen drohten, ihn mit dem Wind über den Steg zu wehen und wie einen

Ballon in den Himmel aufsteigen zu lassen. Er wollte lachen, wollte in die Hände klatschen und vor Freude singen. Diese Frau, diese *Mutter* würde um nichts in der Welt zugeben, daß ihr kleines Mädchen behindert war. Nie und nimmer würde sie dem zustimmen! Es war unglaublich, ein echtes Wunder!

»Sehr gut, Mrs. Khan«, sagte Stephen Bentley und öffnete die Augen, sah hinauf zu den Vorhängen vier Stockwerke über seinem Kopf, hinter denen Mrs. Khan ihn zweifellos beobachtete, stolz darauf, daß sie einen weiteren Sieg über die aufdringlichen Menschen errungen hatte, die ihre Shireen für dumm hielten.

»Verdammt gut«, rief der Sozialarbeiter in den Wind. Auf seinem Knie schlug er an Ort und Stelle die Akte auf und schrieb: »Vater war nicht, wie besprochen, zugegen. Seine Anwesenheit unbedingt erforderlich.« Das Datum und seine Unterschrift.

Liebe 1988

Zwei junge Frauen saßen sich im Flughafen Heathrow an einem Tisch in der Cafeteria von Terminal 3 gegenüber. Sie befanden sich im leicht erhöhten Teil, der einer kleinen Bühne gleicht. Sybil war geradewegs dort hinaufgegangen, obwohl auch im niedrigeren, weniger hervorgehobenen Teil der Cafeteria noch Plätze frei gewesen wären.

Die beiden waren Schwestern, groß, drall, mit breiten, empfindsamen Gesichtern. Doch Sybil weigerte sich, gewöhnlich zu sein, schminkte sich auffällig, hatte kurzes gelblichblondes Haar und kleidete sich auf eine Weise, die Aufmerksamkeit erregte. Sie war eine Blenderin, wie ein Popstar. Joan fiel nicht besonders auf; bewundernd sah sie Sybil an und schenkte London vollen Glauben, zumindest im Augenblick. Sie stammten aus dem Norden Englands und schätzten dieses gesunde Erbe, das um soviel besser war als alles, was der frivole, verdorbene Süden hervorbringen konnte. Sie entsprachen dem alten, traditionellen Bild von Geschwistern, die eine hübsch, die andere intelligent, und genau die Rollen hatten sie in ihrer Kindheit auch übernommen – Joan, die Intelligente, Sybil, die Hübsche. Doch waren sie beide hellwach, attraktiv, arbeiteten hart und nutzten ihre Chancen geschickt.

»Aber du bist doch erst zweiundzwanzig«, sagte Joan gerade; sie war die Ältere, vierundzwanzig. »Ich dachte, du wolltest dir Zeit lassen?«

Mit ihrer lauten, unbekümmerten Stimme, der man einfach zuhören mußte, antwortete Sybil: »Aber, meine Liebe, so jemanden wie Oliver werde ich nie mehr finden, dessen bin ich mir sicher.«

Joan lächelte. Zog die Augenbrauen in die Höhe.

Sybil grinste sie an, zollte der älteren Schwester Anerkennung.

Es bestand keine Notwendigkeit, das Gespräch voranzutreiben. Joan war unterwegs nach Bahrain, wo sie in einer halb amerikanischen, halb englischen Firma eine Sekretärinnenstelle angenommen hatte. Sie war von Yorkshire nach London geflogen, und bis zum Weiterflug hatte sie drei Stunden Zeit. Sybil hatte gesagt, daß sie sich selbstverständlich am Flughafen mit der Schwester treffen werde, nein, es mache überhaupt nichts, sie nehme sich den Tag frei. Sie war vor zwei Jahren nach London gekommen und hatte von der Stadt sofort Besitz ergriffen, hatte sich – Gott weiß, wie – ein gebrauchtes Auto beschafft und fand nichts dabei, morgens um sechs oder abends um elf zum Flughafen hinauszufahren, um mit Freunden zu plaudern, oder an einem Abend gleich zu mehreren Parties zu gehen, mochten sie auch an so weit auseinanderliegenden Orten wie Greenwich und Chiswick stattfinden. Sie hatte als Sekretärin in London angefangen, dann jedoch beschlossen, daß Zeitarbeit lukrativer sei. Auf diese Weise bekam man die unterschiedlichsten Jobs, traf eine Menge verschiedener Männer, und wenn ihr einmal eine Arbeit angeboten würde, die ihr wirklich Spaß machte, würde sie bleiben. Das zumindest hatte sie bis vor kurzem behauptet.

»Dasselbe hast du auch über Geoff gesagt, erinnerst du dich?« fragte Joan, nicht unfreundlich, aber bestimmt.

»O Gott«, sagte Sybil, »damals war ich doch noch ein Kind.«

»Achtzehn«, sagte Joan.

»Na gut, von mir aus. Und ich weiß, es klingt ziemlich unwahrscheinlich, aber wir sind füreinander wie geschaffen, Oliver und ich.«

»Hat er das gesagt?«

»Ich glaube, es muß einfach sein – Heirat, Kinder, eine Hypothek, das ganze Zeugs.« Ihre laute, zuversichtliche Stimme erregte Aufmerksamkeit, was Joan in Verlegenheit brachte. So, wie es ihr mit ihrer Schwester schon immer ergangen war.

Betont leise sagte sie: »Sybil, du hast mir doch erzählt, du und Oliver, ihr hättet euch getrennt.«

»Ja, ich weiß«, sagte Sybil mit unverminderter Lautstärke, »er sagte, er wolle nicht noch einmal heiraten. Er wolle frei sein. Und dann ist er verschwunden. Monatelang habe ich ihn nicht gesehen. Er hat mir schier das Herz gebrochen. Als er dann wieder auftauchte, habe ich zu ihm gesagt: ›Einmal hast du mir das Herz schon gebrochen, diesmal wirst du dich ein bißchen anstrengen müssen, ich laufe dir nicht mehr nach.‹ Zumindest nicht so wie beim erstenmal, als ich ihn kennenlernte«, erklärte sie und blickte sich um, um sich zu vergewissern, daß sie ihr Publikum noch immer fesselte.

Joan überlegte. Dann fragte sie: »Wenn ihr verheiratet seid, wirst du ihn dann auf seinen Geschäftsreisen begleiten?«

Oliver reiste viel für seine Firma, war öfter unterwegs als in London.

»Nein. Na ja, manchmal werde ich mitkommen, wenn er irgendwohin fährt, wo es interessant ist, aber eigentlich will ich ihm ein Zuhause in London schaffen. Nein, ich will eine richtige Ehefrau sein«, beharrte sie angesichts des spöttischen Lächelns ihrer Schwester.

»Du bist immer gleich so extrem.«

»Was ist daran extrem?«

»Das müßtest du schon selber wissen. Wie auch immer,

das letzte Mal hast du mir erzählt, daß er ständig was mit anderen Frauen hat, wenn er unterwegs ist.«

»Ja, ja. Letzte Woche war er in Rom, und ich wußte gleich, daß er dort mit jemandem geschlafen hat, obwohl er nichts sagte und ich ihn auch nicht gefragt habe. Weil es mich nichts angeht...« Joan blickte so belustigt drein, daß Sybil fortfuhr, als ob sie gegen Lärm anschreien mußte: »*Ja*. Aber dann hat er es mir gestanden und sich schuldig gefühlt. Wegen mir. Und ich hab mich auch immer schuldig gefühlt, wenn ich was mit jemand anders hatte, von Anfang an, gleich nachdem ich das erste Mal mit ihm im Bett war.«

»Na ja«, seufzte Joan, »dann ist es wohl endgültig.«

»Ja. Ich denke schon. Und was ist mit dir und Derek? Wird er auf dich warten, bis du aus Bahrain zurückkommst?«

»Er sagt ja, aber ich bezweifle es.«

»Männer gibt's wie Sand am Meer«, sagte Sybil.

»Er ist schon in Ordnung. Ich schätze, daß ich da unten etwa dreißigtausend Pfund werde sparen können, das heißt, wenn ich's aushalte. Ausgeben kann man da nichts.«

»Und dann bist du unabhängig.«

»Ja. Und wenn ich zurück bin, kaufe ich mir ein Haus.«

»Klingt vernünftig. Oliver und ich suchen auch nach einem Haus. Letzten Sonntag waren wir den ganzen Tag unterwegs. Macht Spaß, sich Häuser anzusehen. Da war eins, das hätte er, glaube ich, auf der Stelle genommen, aber ich hab zu ihm gesagt: ›Nein, wenn wir nach oben mobil sein wollen, dann keine Kompromisse. Das Haus ist nicht gut genug. Du verdienst doch mehr und mehr‹, hab ich zu ihm gesagt. Weil es stimmt. In seiner Firma geht's steil aufwärts mit ihm, und er verdient besser und besser und qualifiziert sich ständig.«

»Du hast schon immer gesagt, daß du einen reichen Mann heiraten wirst.«

»Ja, das stimmt. Und das werde ich. Aber trotzdem würde

ich ihn nicht heiraten, wenn ich nicht soviel für ihn empfinden würde.«

»Empfindest du soviel für ihn, weil er so qualifiziert ist?« wollte Joan wissen.

»Wahrscheinlich. Aber was ist falsch daran?«

»Würdest du ihn heiraten, wenn er arm wäre?«

Beide Schwestern beugten sich vor, die Gesichter nah beieinander, sie lachten und amüsierten sich.

»Nein, das würde ich nicht. Ich brauche Geld. Ich kenne mich.«

»Hoffentlich«, sagte die ältere Schwester, plötzlich wieder ernst.

Die Leute in ihrer Nähe lächelten einander wegen der zwei jungen Abenteuerinnen zu, spürten aber wahrscheinlich, daß sie eigentlich so etwas wie schockiert sein sollten.

Es entstand eine Pause, während Sybil und Joan Kaffee und Fruchtsaft tranken und Croissants aßen.

Und dann verkündete Sybil plötzlich: »Und wir werden beide einen Aids-Test machen lassen.« Jetzt lächelten die Leute um sie herum nicht mehr, obwohl sie nach wie vor die Ohren spitzten. »Das haben wir beide unabhängig voneinander zur selben Zeit entschieden. Ich habe es als erste erwähnt, und er hat gesagt, er habe auch schon daran gedacht. Nach seiner Scheidung hat er in derart vielen Betten gelegen, und ich auch, seit ich in London bin. Man weiß ja nie. Das einzige Problem ist, daß ich es privat machen muß, denn wenn die Krankenkasse dafür zahlt, kommt es in alle öffentlich zugänglichen Akten, und dann sieht es womöglich so aus, als ob ich mir deswegen Sorgen mache.«

»Ist es teuer?«

»Ja. Na ja, ich kann's mir nicht leisten, ich hab nicht das Geld dafür, aber Oliver, er wird für mich zahlen.«

Joan lächelte. »Auf diese Weise übernimmt er Verantwortung für dich.«

»Ja, genau.«

»Und was wirst du tun, wenn einer von euch positiv ist?«

»Ach, ich bin sicher, das ist nicht der Fall. Wir sind beide durch und durch Heteros. Aber man weiß ja nie. Wir wollen einfach sicher sein. Wir lassen die Tests machen und zeigen uns dann gegenseitig die Ergebnisse.« Ihr Ausdruck war jetzt weich, verträumt, liebevoll. Zum erstenmal hatte sie ihr Publikum vergessen.

»Tja«, sagte Joan und trank kleine Schlückchen Kaffee, »so kann man's vermutlich machen.«

»Das ist viel bedeutungsvoller als ein Verlobungsring. Ich meine, man geht wirklich eine Verpflichtung ein.«

»Und er wird dir von jetzt an immer treu sein?«

»Vor allem werde ich ihm treu sein müssen!«

Joans Ausdruck deutete an, daß das nicht dasselbe war. Dann fragte sie spaßhaft: »Treu für immer und ewig?«

»Ja... na ja... solange es eben geht. So, wie wir jetzt empfinden, wollen wir mit niemand anders schlafen. Warum sollte man auch das Risiko auf sich nehmen?«

Sie sah sich um, aber ihr Publikum hörte nicht mehr zu. Die Leute hatten ihre ursprünglichen Gespräche wiederaufgenommen. Wenn das ihre Art war, Mißbilligung auszudrükken, dann...

Noch zweieinhalb Stunden.

Sybil erhob die Stimme. »Wir haben's auch mit Kondomen versucht, aber Gott allein weiß, wie die Leute damit zurechtkommen. Wir mußten so lachen, daß wir schließlich unverrichteter Dinge eingeschlafen sind.«

»Pssst«, sagte Joan und litt Höllenqualen. »Pssst.«

»Was ist denn los? Also eins will ich dir sagen, wenn die Sicherheit der Nation von Kondomen abhängt, dann...«

In diesem Augenblick stand ein junger Mann auf, der in ihrer Nähe gesessen hatte, weil es Zeit für ihn geworden war aufzubrechen. Er klopfte Sybil auf die Schulter und sagte:

»Wenn Sie den Dreh mit den Kondomen nicht rauskriegen, setzen Sie sich mit mir in Verbindung... wann immer Sie wollen, es wäre mir ein Vergnügen.«

Seine Worte waren bei weitem keine ernstgemeinte Einladung, sondern eher eine Art öffentlicher Tadel, und er blickte drein wie jemand, der es gewohnt war, für Ordnung zu sorgen. An der Tür drehte er sich aber noch einmal um und grinste, dann winkte er und verschwand. Joan und Sybil hatten sich halb umgewandt, um seinen Abgang zu beobachten. Sie sahen aus wie Teenager, die ein zugleich empörtes und entzücktes Lächeln hinter vorgehaltener Hand verbergen.

Sturm

In Frankfurt hatte man mir erzählt, daß das Wasser in den Straßen von London einen Meter hoch stehe. Die Fluten waren gleich nach dem unglaublichen Sturm über die Stadt hereingebrochen, der so viele Londoner Bäume umgestürzt hatte. Als ich am späten Nachmittag aus dem Flughafen kam und Ausschau nach einem Taxi hielt, wirkte alles unter den pastellfarbenen, dahinfliehenden Wolken klein und vergänglich, und auf den Gesichtern der Menschen war ein Ausdruck von Trauer. Ich hatte Husten und Halsschmerzen und hätte überhaupt nicht fliegen sollen. Meine Ohren mußten es büßen, ich war halbtaub. Ich stand in der Schlange am Taxistand, betrachtete den unzuverlässigen Himmel und fragte mich, ob die Sturmschäden in meinem Garten, den ich erst vor zwei Tagen verlassen hatte, bereits beseitigt waren oder ob die Überschwemmung womöglich alles noch verschlimmert hatte, und weil ich sowieso durcheinander war, Sturm, Wasser und Hustenmittel ein übriges taten, zögerte ich, als die Reihe an mir war, denn der kleine, nervöse Mann im Tweedanzug, der eine Mütze mit Ohrenklappen trug – die auf seinem Kopf zu einem flachen karierten Pfannkuchen zusammengebunden waren –, schien eher auf einen Dorfmarkt als hinter das Steuer eines Londoner Taxis zu passen.

»Steigen Sie ein?« fragte er, und ich folgte seiner Aufforderung und sagte, ich wohne in West Hampstead, von der Mill Lane den Hügel hinauf. Das reicht jedem Londoner

Taxifahrer vollkommen, aber meiner erwiderte, daß er normalerweise nicht in London fahre, und diese Bemerkung war nicht gerade Balsam für meinen angeschlagenen Zustand. Scherzhaft sagte ich, ich sei noch nie zuvor von einem Phantom chauffiert worden.

Er schwieg, hatte mir den Kopf zugewandt und meinte dann barsch, er sei kein Phantom und in der Nähe seiner Wohnung gebe es ebenfalls eine Mill Lane und wie solle er wissen, daß ich nicht genau die meine? Demnach war er – wie ich an diesem Abend – schwerhörig. Er begann mich auszufragen, wollte nicht zugeben, daß er nicht wußte, was, wie ich ihm sagte, jedem Taxifahrer bekannt sei, und fragte, ob es meiner Meinung nach besser sei, diesen oder jenen Weg zu nehmen, denn er wisse immer gern, welche Strecke die Leute bevorzugten.

Ich lehnte mich nach vorn, weil ich ihn kaum verstand und meine Ohren ziemlich schmerzten. Auf diese Weise machte ich einen willigen und aufmerksamen Eindruck, dabei wäre es mir viel lieber gewesen, wenn er überhaupt nichts gesagt hätte, denn er schien sich unbehaglich zu fühlen und fuhr wie ein Großvater, dem man sonntags nachmittags gestattete, das Familienauto zu steuern. Er klammerte sich am Lenkrad fest, spähte darüber hinweg, kommentierte brummend das Verhalten anderer Autofahrer und rief plötzlich aus: »Haben Sie das gesehen? Haben Sie gesehen, was der gerade gemacht hat?« Ich dachte, nun was soll's, nimm's philosophisch, das ist eben eine von diesen Fahrten, wo du froh bist, wenn sie vorbei ist.

Wir fuhren auf den immer verstopften Straßen in die Stadt, nicht auf den schnellen Seitenstraßen, die die Fahrer bevorzugen, die sich auskennen. Was tat dieser Mann hier, der normalerweise nicht in London fuhr? Sollte er überhaupt hinter einem Steuer sitzen? Wir unterhielten uns; ich beugte mich vor, er wandte sich halb zu mir um. Als erstes sprachen wir natürlich über den großen Sturm vor drei Tagen. Er hatte ihn im Erdgeschoß seines Hauses verschlafen, und als er aufwachte, entdeckt, daß auf der Straße die Bäume umgestürzt waren und das Dach seines Gartenhäuschens fehlte. Ich erzählte ihm, wie es mir ergangen sei, wie ich um zwei Uhr nachts plötzlich aufgewacht sei und oben in meinem Haus aufrecht im Bett gesessen habe: Der Himmel hatte sich von Minute zu Minute verändert, war schwarz gewesen, durchzuckt nur vom fernen Wetterleuchten über London, dann klar und sternenübersät, und die Sterne hatten wie poliert ausgesehen in der frischgewaschenen Luft, dann aber war erneut alles pechschwarz gewesen, und auch die Temperatur hatte geschwankt, zuerst war es stickig und warm, dann plötzlich kühl, dann wieder warm gewesen, und während der ganzen Zeit hatte der Wind in den Bäumen geheult, besonders in der großen Esche am Ende des Gartens, hatte sie in alle Richtungen gebogen, und überall im Haus hatte es geklappert und geknallt, und das Dach hatte den Eindruck gemacht, als wolle es jeden Augenblick abheben. In den Häusern ringsum brannte Licht, die Leute sahen nach draußen und warteten, und erst als der Strom ausfiel, wurde es dunkel, man konnte meilenweit über die finstere Stadt blikken, und nur in der Ferne funkelte ein einziges Licht. Man sieht London nicht oft ohne Lichter, das letzte Mal während des großen Streiks in den siebziger Jahren, damals war mir aufgefallen, daß es niemals wirklich richtig dunkel ist, immer kommt von irgendwoher Licht. Ob der matte Schein der Kerzen und Taschenlampen in jedem Haus ausreicht, dieses sanfte Gespensterlicht zu erzeugen? Erst als ich erwähnte, daß mein Kater mich nach unten hatte lotsen wollen, daß er sich einen sicheren Platz im Herzen des Hauses gesucht hatte, horchte der Taxifahrer auf.

»Sie hätten tun sollen, was Ihre Katze von Ihnen wollte«, sagte er, »die kennen sich besser aus als wir.«

»Ich bin noch am Leben«, erwiderte ich.

»Ja, aber man weiß nie, was hätte passieren können.«

»Diesen Anblick hätte ich um nichts in der Welt versäumen wollen.«

»Ja, aber all die Äste, die es durch die Luft gewirbelt hat, und die Dachziegel, die auf die Straßen schlugen... Wissen Sie, wo sich Ihr Kater versteckt hat? Das ist der sicherste Platz bei Ihnen im Haus. Sie sollten ihn sich merken. Unter irgendeinem Balken, nicht wahr? Katzen kennen sich aus. Genau da haben sich die Leute während der deutschen Luftangriffe versteckt, unter den Treppen oder unter starkem, dichten Gebälk.«

Ich fragte ihn, ob er eine Katze habe.

»Nein, einen Hund. Ich mag Hunde, sie werden zu wahren Freunden.«

»Katzen auch«, sagte ich.

Eine Pause. »Mein Hund ist gestorben«, rief er mir zu – es war nach wie vor schwierig, sich zu unterhalten. Seine Stimme klang barsch und auch etwas wütend. »Vor einem Monat. Ich mußte mit ihm zum Tierarzt...«

Die Art, wie er darüber sprach, machte deutlich: Es schmerzt, Hände weg. Also sagte ich nur, daß ich wisse, wie das sei, da ich selbst erst vor ein paar Wochen einen ganz besonderen Kater zum Tierarzt hatte bringen müssen, weil er zu krank war, um ihn am Leben zu erhalten. Ich sagte, daß ich ihn vermisse und im Grunde noch immer damit rechne, daß er zur Tür hereinkomme.

»Ja, man vermißt sie. Ich glaube nicht, daß ich mich daran gewöhne, daß er nicht mehr da ist, zumindest in nächster Zeit nicht.«

Ich lehnte mich zurück und sah hinaus auf die umgestürzten Bäume, deren Wurzeln in die Luft ragten wie Hände, die vergeblich versucht hatten, sich in der Erde festzukrallen. Die Erde war vom Regen bereits aus den Wurzeln herausgewaschen worden. Überall sah man gesplitterte Äste und Spuren des gerade erst vergangenen Hochwassers, Pegelstände aus Unrat, Blättern und Zweigen. Es wurde dunkel. Oktober. Bald würden die Uhren wieder auf den Winter zurückgestellt.

Wir erreichten den Westway, auf dem es kaum noch vorwärts ging, er sagte, er habe ihn noch nie so gesehen – und stellte damit beiläufig klar, daß er sehr wohl ein Londoner Taxifahrer war. Es war ungewöhnlich, daß man auf dem Westway bremsen, Schrittempo fahren und schließlich tatsächlich stehenbleiben mußte. Wir kamen überein, daß die Wassermassen das Kanalsystem oder auch die Elektrizitäts- oder Gasleitungen überfordert hatten und daß deswegen manche Straßen einfach gesperrt werden mußten. Wir krochen dahin... mußten stehenbleiben... krochen weiter.

Daß er London zutiefst hasse, sagte er heftig, und ich lehnte mich wieder vor. Er sei so glücklich gewesen, als er in einen kleinen Ort in der Nähe habe ziehen können. London sei nicht mehr wie früher, es wimmle von Leuten, von denen er nicht glaube, daß sie wirklich aus London stammten. Und sie redeten so komisch. Erst letzte Woche hatte er in einem Laden, den er noch aus der Zeit vor seinem Umzug kannte, eine Zeitung gekauft, und der Junge hinter dem Ladentisch, ein ziemlicher Grünschnabel, hatte gesagt: »Eine Zeitung für das Alterchen.« Und er hatte entgegnet: »Was heißt hier ›Alterchen‹?« – »Sind Sie doch, oder?« – »Und was, bitte, geht das dich an? Sprichst du mit deinem Großvater auch so?«

»Das ist doch nur eine Redensweise«, sagte ich.

»Aber nicht meine«, sagte er. »Und wenn Sie mich fragen, die haben alle keine Manieren mehr, keiner.«

Aus dem lächerlichen Wunsch heraus, anderen Menschen nahezubringen, was man selber mag, begann ich ihm nun zu erzählen, wie sehr es mir in London gefällt. London sei wie ein großes Theater, sagte ich, man könne ganze Tage damit zubringen zu beobachten, was vor sich gehe, und genau das würde ich manchmal auch tun. Stundenlang könne man in einem Café oder auf einer Bank sitzen und einfach nur zusehen. Immer geschehe etwas Bemerkenswertes. Amüsantes... und die Parks, Regent's Park, Hampstead Heath, nie werde man ihrer überdrüssig.

An dieser Stelle warf er ein, daß alle Parks aufgrund des Sturms geschlossen seien, so viele Bäume seien umgestürzt, daß man am liebsten heulen möchte, sagte er, er habe Leute gesehen, die in ihrem Garten gestanden und sich die Augen ausgeweint hätten, weil ihre Bäume umgestürzt und geborsten seien... Ich spürte, daß seine Stimme voller Trauer war, er war kein mürrischer, nörgelnder alter Mann, nein, er hatte wirklichen Kummer, und das war, seit ich in sein Taxi gestiegen war, schon so. Wegen des Hundes? Sicher nicht!

Ich sprach weiter über London, zum einen, weil ich es genieße, meine Gefühle für diese Stadt mit jemandem zu teilen, zum anderen aber auch, weil ich das Geheimnis, das ich in ihm spürte, aufdecken wollte. Vielleicht war das gar nicht sein Taxi, und er fuhr es aus irgendeinem Grund für jemand anders? Oder er hatte mit dem Taxifahren eigentlich längst aufgehört, es aber wieder anfangen müssen? Oder konnte er, warum auch immer, diesem Beruf in dem kleinen Ort nicht nachgehen?

Er schwieg, während ich weiter über London sprach, gestand dann jedoch zu, daß es seine Vorteile hatte oder vielmehr gehabt hatte, aber jetzt könne ihn nichts mehr dazu bewegen, sein Zuhause auf dem Land zu verlassen, wo es nicht diesen Lärm und diese Hetze gab.

Auf dem Westway hatte ich ihm vorgeschlagen, er solle die stets verstopfte Kilburn High Street meiden, aber wie sich herausstellte, war es auf der West End Lane um keinen Deut besser. »Was wollen alle diese Leute hier, noch dazu um diese Uhrzeit?« fragte er, klammerte sich an sein Lenkrad und starrte wütend mal hierhin und mal dorthin. »Die Hauptverkehrszeit ist doch längst vorbei.«

»Na ja«, sagte ich, »vielleicht sind die Leute unterwegs ins Theater, oder sie fahren nach Hause, nachdem sie in der Stadt zu Abend gegessen haben.«

»Das sollten sie besser zu Hause tun, in den Restaurants schmeckt das Essen doch auch nicht besser, oder? Ständig sind die Leute unterwegs und geben Geld aus, niemals gönnen sie sich etwas Ruhe und denken ihre eigenen Gedanken.« Er klang gekränkt.

Als ich eine Abkürzung über verschiedene Seitenstraßen vorschlug, ging er darauf ein, und wir kamen schneller voran. Überall lag immer noch Unrat und Laub herum. Ab und zu sahen wir einen umgestürzten oder schrägstehenden Baum und heruntergerissene Äste. Auf dem gestrüppreichen Gelände hinunter zu den Eisenbahnschienen hatte der Sturm keine großen Schäden angerichtet, was mich dazu brachte zu sagen, daß ich mich für die Tiere und Vögel, die dort lebten, freue, und er meinte, daß sich die Dinge in einem bedauernswerten Zustand befänden, wenn Tiere in der Stadt Zuflucht suchen müßten, weil das Leben auf dem Land so hart für sie sei.

Vor meinem Haus mußte er in der zweiten Reihe anhalten. Nachdem er meinen Koffer auf den Gehsteig gestellt hatte, kam er auf mich zu und blieb vor mir stehen. Sein Kopf befand sich auf gleicher Höhe mit meinem. Im Halbdunkel der Straße sah ich, daß er ein bissiger, bärtiger kleiner Mann war, mit warmen braunen Augen voller Anliegen.

Hastig ergriff er meine Hand und sagte: »Sehen Sie, wenn man den ganzen Tag so herumfährt, betäubt es einem den Verstand, es macht einen teilnahmslos, und man kann nicht mehr die Gedanken denken, die man eigentlich im Kopf hat.« Er führte mich unter die Straßenlampe, so daß ihr

Lichtschein auf mein Gesicht fiel und er es sehen konnte, seine Hand war kräftig und warm, eine freundliche Hand, die nichts von der heftigen Erschütterung seiner Stimme an sich hatte, die zu den entwurzelten Bäumen und fliehenden Wolken paßte.

»Ich bin eigentlich kein wirklicher Taxifahrer«, sagte er. »Ich war Musiker, hatte meine eigene Kapelle, und wenn ich Ihnen den Namen nennen würde, würden Sie ihn wiedererkennen, falls Sie was von Musik verstehen. Aber dann... sehen Sie, ich lernte eine Frau kennen, genau das war's... eine Frau. Mit ihr begannen die Probleme. Ihr Vater und ihre Brüder waren Taxifahrer, und sie wollte, daß auch ich mich hinters Steuer setzte, und um ihretwillen hab ich es getan. Monatelang habe ich damit verbracht, kreuz und quer durch London zu fahren und mir das *Wissen* anzueignen – wissen Sie, was das ist?«

»Natürlich. Jedermann weiß, daß die Londoner Taxifahrer eine Prüfung ablegen müssen, bevor sie ihre Lizenz bekommen.«

»Ja, und es ist eine schwere Prüfung, das kann ich Ihnen versichern, man muß die Straßen sehr genau kennen, sein *Wissen*... Monate bin ich herumgefahren, Monate... Aber das ist lange her, und jetzt habe ich eine andere Frau.« Er hielt meine Hand noch fester, beugte sich vor, um sich zu vergewissern, daß ich einverstanden war mit dem, was er sagte. »Ich mag die Menschen nicht«, sagte er. »Ich mag Tiere. Sie sind besser als wir. Sie sind freundlich und nicht so grausam.«

Inzwischen kam der Fahrer des Wagens, der hinter dem Taxi stand und darauf wartete, daß es weiterging, zu dem Schluß, daß er uns Zeit genug gelassen hatte, um zu sagen, was wir uns zu sagen hatten. Er begann hartnäckig zu hupen, es klang wie der Anfang von Beethovens Fünfter.

Der Taxifahrer ließ meine Hand los. »Die Menschen sind

häßlich und dumm«, hörte ich ihn sagen, als er in seinen Wagen stieg. »Und wenn Sie mir auch jetzt noch nicht zustimmen, irgendwann werden Sie's tun, Sie werden schon sehen, wir sind zu nichts nütze!« Er winkte mir zu, mehr ein formeller als ein kameradschaftlicher Gruß. Dann fuhr er davon, eine kleine, zerknautschte Gestalt, die über ihr Lenkrad spähte. Er hatte mir noch gesagt, daß er geradewegs wieder hinaus zum Flughafen fahren wollte, um einen neuen Fahrgast in die Stadt zu bringen.

Die Falle

Ein Kirschblütenzweig zwischen weißem Flieder und gelben Narzissen in einem dickbauchigen weißen Krug, damit vollendete sie ein wohlüberlegtes Arrangement, das höchste Aufmerksamkeit erfordert hatte. »Frühling!« rief sie und stellte den Krug auf einen kleinen Tisch in der Mitte des Zimmers. Der Frühling sang in den Platanen, die sich vor den zwei Fenstern der einen Wand drängten, durch die Fenster der Wand daneben sah man den strahlendblauen Himmel. Das frische Laub der Bäume wurde von zwei runden Spiegeln reflektiert, die wie Bullaugen im sie umgebenden Weiß ein Gegengewicht zu den Fenstern mit den Bäumen bilden sollten. Gegenüber dem strahlendblauen Himmel hing eine riesige Seelandschaft, für ein paar Pfund auf einem Flohmarkt erstanden: blaues Meer, weiße Gischt, blauer Himmel, weiße Wolken, alles ununterscheidbar miteinander vermengt. Jemand namens Samantha hatte es mit frischem, wahrscheinlich jugendlichem Eifer gemalt.

Man hätte meinen können, es sei ein großes Zimmer, das sich in die endlose Vielfalt der Welt draußen ausdehnte, doch es war klein, ebenso wie ihr Schlafzimmer nebenan. Ihre Wohnung bestand aus diesen zwei völlig ausreichenden Räumen, und sie lebte schon seit einiger Zeit in ihr.

Nachdem sie die Vorbereitungen für den Besuch von James beendet hatte, dem Mann, mit dem sie zehn Jahre verheiratet gewesen war, blieb sie neben dem Tischchen stehen, in dessen Oberfläche sich die Blumen spiegelten. Langsam sah sie sich mit leicht verengten Augen im Zimmer um, eine Inspektion nicht von ihrem, sondern von seinem Standpunkt aus. Zwar konnte sie sich nicht daran erinnern, daß er ihre Arrangements jemals kritisiert hätte, aber daß er sie wegen einer Frau verlassen hatte, die in jeder Beziehung über einen gegenteiligen Geschmack verfügte, mußte doch sicherlich als Kritik aufgefaßt werden.

Sie kannte den Grund seines Besuchs nicht. Zwei Jahre waren vergangen, seitdem sie ihn zuletzt angerufen hatte, weil Nancy, ihre gemeinsame Tochter, dringend Geld brauchte. Davor hatten sie sich einmal zum Mittagessen getroffen, in Manchester, wo sie arbeitete und er zu Besuch war. Das war ihrer Erinnerung nach 1980 gewesen. Bei dieser Begegnung hatten sie sich beide so verhalten, als würden bei einem einzigen falschen Wort sofort Kugeln durchs Restaurant zischen, und beider Angestrengtheit hatte ein weiteres Treffen verhindert. Vorher hatten sie sich lediglich wegen juristischer Angelegenheiten im Beisein ihrer Anwälte oder zusammen mit den Kindern gesehen.

Doch als er jetzt angerufen und gesagt hatte, er wolle sich mit ihr treffen, um »ein bißchen zu reden«, hatte sie sich wider Erwarten gefreut, wie beim Auspacken eines Geschenks, das so gut gewählt war, daß sie nachvollziehen konnte, wie erfolgreich sich der Schenkende in ihre Gedankenwelt hineinversetzt hatte. Sie verstand diese Freude vollkommen, ihre Bedeutung und ihre Art, weil sie dieser Tage bisweilen lächeln mußte, wenn sie an gewisse Männer dachte. Es war ein sattes, verantwortungsloses Freibeuterlächeln, das nichts mit irgendwelchen gesellschaftlichen Konventionen, mit Moral oder dem Krieg zwischen den Geschlechtern zu tun hatte, und sie wußte, daß auch jene Männer so lächelten, wenn sie sich an sie erinnerten.

Aber das Wesentliche war, daß er, ihr früherer Mann,

bislang nicht zu ihnen gehört hatte, denn die Gedanken an ihn waren zunächst mit Verantwortung, später dann mit Angst und Selbstzweifeln belastet gewesen. Doch jetzt spürte sie, daß er ihr wiedergegeben war.

Sie stützte eine ihrer ältlichen Hände zwischen den Reflektionen der Blumen auf den glänzenden Tisch und lächelte: Sie blickte nicht in den Spiegel, weil sie wußte, daß er genau wie sie ängstlich, aber zuversichtlich in den vertrockneten Ruinen nach ein Vierteljahrhundert alten Erinnerungen suchen und in ihr nur sehen würde, was sie früher einmal gewesen war. So treffen sich ehemalige Liebespaare wieder, wenn sie alt geworden sind, durchflutet von diesem geheimen, ununterdrückbaren Lächeln.

Früher, als sie noch jung gewesen, irgendwo entlangspaziert waren oder ein Zimmer betreten hatten, war man ihnen stets mit jener Dankbarkeit begegnet, die von absoluter Richtigkeit herrührt. Ein Paar, wie füreinander geschaffen, waren sie gewesen, Fleisch vom selben Fleisch. Gutaussehend, gesund und unzweifelhaft dazu ausersehen, sich zu vereinigen und Kinder zu zeugen. Nie hatten sie dieses geheime Unbehagen erregt, das man bisweilen verspürt, wenn man einem Paar gegenübersteht, das einen unwillkürlich an kranken oder häßlichen Nachwuchs denken läßt. Das Vergnügen, das Sarah und James anderen bereitet hatten, hatte dabei aber letztlich nur wenig damit zu tun, daß sie jung, hübsch und gesund gewesen waren. Nein, es hatte daran gelegen, daß sie Fleisch vom selben Fleisch gewesen waren: beide groß, sie schlank, er hager, beide blond, er mit den Locken eines etwas struppigen Wikingers, sie mit langen, blassen, glänzenden Zöpfen. Beide hatten sie sehr blaue Augen voll gewitzter Unschuld. Wenn es anfänglich Augenblicke der Unruhe gegeben hatte, dann, weil sie, wenn sie einander in den Armen lagen und sich anblickten, daran dachten, daß das, was sie sahen, ihrem eigenen Spiegelbild so sehr ähnelte.

Die Frau, die er nach ihr geheiratet hatte, war sehr groß, schwarzhaarig und dunkelhäutig – eine nette Abwechslung, hatte sie in ihren bitteren Zeiten gedacht. Die Kinder, die er und diese Zigeunerin gezeugt hatten, waren »eins weiß, eins schwarz und zwei khakifarben«, wie sie ebenfalls in ihren bitteren Zeiten kurzzeitig und voller Scham gedacht hatte (natürlich nicht wirklich »schwarz«: Eine Tochter war wie ihre Mutter braun, mit glattem Haar und dunklen Augen, eine wie James blaß, blond und mit Augen, so blau, daß man erschrak, und zwei blieben unentschlossen, ähnelten weder der einen noch dem anderen besonders). Es waren hübsche Kinder, aber wenn die sechs zusammen waren, kam man nicht notwendigerweise auf den Gedanken, daß es sich bei ihnen um eine Familie handelte.

Wenn Sarah und James mit ihren beiden Kindern zusammen waren, waren sie vier von einer Art: blauäugige, blonde Nordeuropäer, so anders als die Mehrheit der Weltbevölkerung, daß einem unwillkürlich eine seltene, vom Aussterben bedrohte Rasse in den Sinn kam und man sich privilegiert fühlte, derart perfekte Exemplare vor sich zu haben. (Damals hatte sie Dinge wie diese nicht wahrgenommen, wohl aber später, als sie mit Rose und der neuen Familie konfrontiert wurde.)

Natürlich waren ihre beiden Kinder jetzt erwachsen. Nancy lebte mit Mann und Kindern in Boston. Ihr Sohn befand sich auf irgendeiner Insel im Pazifik, um Leben und Verhaltensweisen von Fischen zu erforschen. Sie sah die beiden nur selten, ebenso selten wie ihre Enkelkinder. Schuld daran war die Scheidung, dessen war sie sich ziemlich sicher, die ausgesprochen worden war, als die Kinder zehn und elf waren. Aus Selbstschutz hatten sie sich immer mehr zurückgezogen, nicht nur von ihrem Vater, der sie für eine neue Familie verraten hatte, sondern auch von ihr, der unschuldigen Hälfte. Sie waren vorsichtig geworden, knauserten mit ihrer Zuneigung, zweifelten an sich selbst und wurden immer kritischer. Kritisierten *sie*. Das war ungerecht. Doch sie hatte es sich abgewöhnt, in Begriffen wie Gerechtigkeit oder Glück zu denken.

Als ihr Wikingermann sie wegen der sirenenstimmigen, theatralischen, viel zu farbenprächtigen Rose verlassen hatte, war sie – natürlich! – am Boden zerstört gewesen. Buchstäblich. Sie war zerbrochen. Wie die meisten Frauen. Eine Zeitlang wurde sie von Bitterkeit vergiftet und konnte es nicht fassen, wie es möglich war, daß ihr Mann, ihr *Freund*, sie so behandelte. Oh, nein, es konnte einfach nicht sein. Sie konfrontierte ihn mit der Unmöglichkeit seines Verhaltens, die empörte Unschuld in ihrem Blick verlangte nach einer Erklärung, die sie akzeptieren konnte. Sie trank zuviel. Dann hörte sie mit dem Trinken wieder auf, kam auf vernünftige Weise mit den zwei empfindlichen, übervorsichtigen Kindern zurecht, die wie sie vernarbte Wunden schützten.

Doch all das war vergangen, schien zu einer anderen Zeit, zu einer anderen Frau zu gehören.

Sie hatte die Verbindung wiedergefunden, nicht zu der verletzlichen, beiseite geschobenen Frau, sondern zu dem jungen Mädchen, das sie gewesen war, bevor sie ihn kennenlernte.

Die Erlösung von der Schwäche hatte sich langsam vollzogen. Als sie ihren Mann fünf Jahre nach der Scheidung auf einer Party traf, hatte er sie angestarrt, unfähig zu glauben, was ihm alle seine Sinne sagten: daß sie, noch immer, seine Frau war, der Mensch, mit dem er zehn Jahre zusammengelebt hatte. Tränen strömten über sein Gesicht, aus Augen, so aufrichtig wie ihre, und er rief aus: »Aber Sarah, was ist bloß passiert?« Woraufhin sie so wütend geworden war, daß sie ihn anspuckte (und damit erstaunte sie sowohl sich selbst als auch ihn – das war eine Verhaltensweise, die eher der Zigeunerin anstand und nicht ihrer zurückhaltenden Persönlichkeit), dann kehrte sie ihm den Rücken und verließ weinend die Party. Andere Frauen hatten ihr erzählt, daß frühere Ehemänner, wenn man sie unerwartet traf, bisweilen tatsächlich verblüfft ausriefen: »Aber was ist bloß passiert?«, und damit bewiesen, daß sie sich viel weniger mit ihrer Vergangenheit auseinandersetzten als Frauen. Als ob ihre Untaten sie überraschten, nicht im Bereich ihrer Verantwortung lagen, sondern vielmehr einem unentrinnbaren Schicksal zuzuschreiben waren.

Aber so sah sie es mittlerweile auch selbst: Das Schicksal hatte sie getroffen. Zunächst hatte es eine Zeit gewöhnlichen, angenehmen, leichtverständlichen Glücks gegeben, dann, mit einem Tiefschlag aus einem anderen Bereich menschlicher Erfahrung, war das Unglück an seine Stelle getreten. Niemand trug die Schuld daran.

Für kurze Zeit hatte sie gewütet wegen der, wie sie es nannte, verlogenen Sentimentalität des »Aber-was-ist-bloß-passiert?«. Doch lange hatte sie sich das Schwelgen in diesem sinnlosen Gefühl nicht gestattet. Schließlich hatte sie alles vergessen, und wenn sie an ihn dachte, was nicht wirklich oft vorkam, sah sie die blaue Unschuld seines Blicks, in dem sich Aufrichtigkeit und Ehrenhaftigkeit widerspiegelten – Eigenschaften, die sie über alles schätzte und die sie als erstes an ihm geliebt hatte.

Jetzt lebte sie in diesen zwei völlig ausreichenden Räumen. In derselben Stadt wie er, aber das war Zufall. Durch ihre Arbeit als Chefsekretärin bei einem großen Ölkonzern hatte sie in Paris gelebt, in New York, in verschiedenen Städten Englands, war ständig umgezogen und hatte sich wohl dabei gefühlt.

Ihr Mann hatte sie verlassen und war in jenes andere Haus gezogen, in dem er, ohne je wieder umzuziehen, seitdem mit seiner neuen Familie lebte. Nicht immer zufrieden, das wußte sie, doch es war ihr gleichgültig. Er hatte sich ein Zuhause geschaffen, und sie wünschte ihm aufrichtig, daß es ihm gut darin ging. Ihr war es egal, so oder so. Sich nichts draus zu machen … das war die große, unerwartete, wundersame Erlösung gewesen. Was für ein Unsinn war es doch, zu leiden und sich zu quälen, nachts wach zu liegen und zu heulen. Was für eine Zeitverschwendung!

Und jetzt, da sie sich von ihm befreit hatte, stattete ihr James einen Besuch ab.

Seine Schritte näherten sich der Tür. Schnell. Leichtfüßig. Die Treppe herauf nahm er zwei Stufen auf einmal, klopfte, trat ein, stand neben der Tür und sah sie an.

Wohl wissend, was der jeweils andere vor Augen hatte, runzelten sie die Stirn angesichts der Anstrengung, in dem, was sie tatsächlich sahen, ihr jüngeres Selbst wiederzuerschaffen. Sie blickten einander ruhig in die Augen, ohne Schmerz oder Schuld zu empfinden. Vielleicht hatten sie sich seit ihrer Trennung nicht mehr wirklich gesehen.

Was sie sah, war ein ältlicher Wikinger, dessen struppiger Lockenkopf, wie ihr Haar, von Silber durchzogen wurde, das Gesicht verbrannt von Sonne und Wind, abgemagert, zerfurcht. Wahrscheinlich hatte er erst vor kurzem irgendwo einen Wanderurlaub verbracht. Er schien ausgetrocknet zu sein, ebenso wie sie sich trocken und leicht vorkam, die Zeit hatte sie ausgedörrt, wie eine Sonne.

Sein Blick schweifte von ihr zu den Blumen … zu dem kleinen Eßtisch … zum Kamin und dem eleganten Sessel daneben … zum Bücherregal … dem ungestüm blauweißen Seestück. Dann ging er mit seinen schnellen, leichtfüßigen Schritten, die mit das erste gewesen waren, was ihr an ihm gefallen hatte – und noch immer gefiel –, auf das blaue Quadrat des gegenüberliegenden Fensters zu. Er blickte hinunter auf Gärten, Bäume, Zäune, an denen Kletterpflanzen rankten, Vögel und Katzen, die ausgestreckt in der Sonne lagen oder sich putzten, auf Klettergerüsten gleich der Takelage eines Segelschiffs, das sich jeden Moment in die Lüfte schwingen konnte. Familienleben... Er betrachtete es prüfend mit jenem kleinen, trockenen Lächeln, an das sie sich so gut erinnerte. Dann schritt er rasch zu den zwei Fenstern nach vorn, die ihm beide dasselbe Bild boten: eine ruhige Straße, gesäumt von parkenden Autos und Platanen, eine alte Frau, die auf einer Bank saß.

Die Wohnung befand sich im zweiten Stock. Im Sommer bevölkerten unzählige Vögel die Bäume, und oft stand Sarah am Fenster und beobachtete sie. Er widmete diesen beiden Fenstern nicht mehr Zeit als dem ersten, drehte sich um und blieb stehen, beherrschte den Impuls, zu irgendeiner anderen Stelle im Zimmer zu gehen. Er war Räume gewohnt, in denen man umherschlendern konnte. Hier war das nicht möglich. Fühlte er sich eingeengt? Gewiß. Vermutlich würde auch sie sich eingeengt fühlen, wäre sie gezwungen, ständig hierzusein,

Wieder sahen sie einander an, als ob man sich mit Blicken streicheln, berühren, ja umarmen könnte.

»Wahrscheinlich wunderst du dich, was ich hier will?« fragte er hastig, und dann wurde er rot, weil es konventionell geklungen hatte.

Sie hatte es nicht so aufgefaßt. »Nun ja, etwas habe ich mich schon gewundert«, sagte sie freundlich und ließ sich in der Nähe des Tischchens nieder, ihr wurde jedoch gleich bewußt, wie sie neben den Blumen aussehen mußte, die sie aus Freude über sein Kommen gekauft hatte, und so setzte sie sich schnell in den Sessel neben dem Kamin. Der Sessel zwang sie zu einer aufrechten Haltung. Sie saß gerade und gelassen da und sah ihn an. Und seufzte. Hörte den eigenen Seufzer, bemerkte seinen kurzen, aufmerksamen Blick, und da war es an ihr zu erröten.

Er setzte sich neben eines der Fenster, hinter ihm lärmten

die Vögel in der Platane. Er wirkte, als könnte er jeden Moment wieder aufspringen und gehen. Ein gehetzter Mann. Er runzelte die Stirn, hob eine seiner schlanken braunen Hände ans Gesicht, ließ sie wieder sinken und seufzte ebenfalls. Dann lehnte er sich zurück und sah sie an.

»Es gibt keinen wirklichen Grund«, verkündete er. »Es schien mir nur plötzlich nicht richtig, daß wir uns nur so selten sehen.«

Sie lächelte kaum merklich, unterstrich damit das, was er gesagt hatte: Nie hatten sie sich nur aufgrund einer Laune oder gar versehentlich getroffen.

»Wir waren so lange Zeit zusammen ... die Kinder ...« Er zuckte die Achseln, gab auf, sah ihr hilfesuchend in die Augen.

Sie hätte sich nach seinen Kindern erkundigen können, nach seiner anderen Familie. Aber sein Besuch, all die Vorbereitungen, die Seufzer und die Aufregung hätten keinen Sinn gehabt, hätten sie nur Floskeln ausgetauscht, um nicht wirklich miteinander reden zu müssen. Außerdem wußte sie, wie es um seine Familie stand: Ein guter Freund von ihr war auch sein guter Freund geblieben und berichtete ihr regelmäßig, was vor sich ging; nicht als Spion, sondern als Freund. Früher hatte sie unbedingt alles wissen müssen, heute hörte sie zu, als handele es sich um Neuigkeiten aus einem Haushalt, der sie im Grunde nicht interessierte.

Ungeduldig stand er auf, sah aber erneut, daß er nirgendwo hingehen konnte, und so setzte er sich wieder. »Du hast nicht viel Platz hier«, sagte er. Es klang wie ein Vorwurf, und wieder wurde er rot.

»Ich brauche nicht viel Platz.« Auch das konnte als Vorwurf aufgefaßt werden, und sie machte eine nervöse Geste, eine zu nervöse Geste angesichts dessen, was sie gesagt hatte, eine Geste voller Altersungeduld gegenüber dem Trivialen. »Ich habe nicht gemeint, daß ich ...«, formulierte sie vorsichtig. »Was ich meine, ist, daß ich heute, da die Kinder erwachsen und aus dem Haus sind, nicht mehr viel Platz brauche.«

Er warf ihr einen ironischen Blick zu. Auf einmal wirkte er müde und sackte in sich zusammen. Sie wußte, warum. Das Haus, in dem er lebte, war groß, mit Räumen, in denen man herumwandern konnte, aber natürlich war es stets reparaturbedürftig, wie es Häuser nun mal sind, und etwas heruntergekommen, schließlich war es ein stark bewohntes Familienhaus, in dem vier Kinder lebten, die ihre Freunde zu sich einluden. In diesem Haus pulsierte es ständig, Leute, Lärm, Musik, das Telefon klingelte, der Hund bellte, die Klingel schrillte, der Staubsauger dröhnte, und es wurde lauthals gesungen. Familienleben. Das älteste Kind war fünfzehn, das jüngste neun. Vor James lagen noch mindestens zehn Jahre, wahrscheinlich wesentlich mehr, während derer er für die Ausbildung der Kinder eine Menge Geld würde aufbringen müssen. Er war Firmenberater. Wider seinen eigenen Willen. Er hatte den Beruf gewechselt, weil er eine Menge Geld für die neue Ehe benötigte, hatte aufgehört, als Elektronikfachmann in der Luft- und Schiffahrtindustrie zu arbeiten, wie er es während der Zeit mit ihr getan hatte. Das hatte ihm Spaß gemacht.

Alles, was er jetzt tat, wo und wie er lebte, hatte damit zu tun, daß er sich in Rose, ihr genaues Gegenteil, verliebt und sie geheiratet hatte. Und die Dinge würden zwangsläufig noch auf Jahre hinaus so bleiben, wie sie waren. Er war dreiundfünfzig. In Roses Diensten würde er alt werden. So hatte er sich entschieden. Wenn man in diesem Zusammenhang überhaupt von »entscheiden« sprechen konnte – sie war ziemlich sicher, daß es ganz und gar nicht paßte.

Sie war zwei Jahre älter als er.

Sie sagte: »Ich werde mich in diesem Jahr pensionieren lassen. Sie wollten, daß ich noch bleibe, aber ich habe keine Lust mehr.«

Und jetzt sah man seinem Körper für einen Augenblick die Kraft der Worte an, die er nicht aussprach – der Worte, die voller Aggressivität Auskunft verlangten, wenn sie nicht gar Vorwürfe zum Ausdruck bringen wollten. Er hatte ihr ihre gutbezahlte Stelle verschafft. Der Mann, für den sie all die Jahre gearbeitet hatte, war ein Freund von ihm, und er wußte, daß man sie gedrängt hatte, ihr bloßes Sekretärinnendasein hinter sich zu lassen, doch alle möglichen besseren Jobs, die man ihr angeboten hatte, hatte sie ausgeschlagen, hatte keinen Ehrgeiz entwickelt und ihr Leben nicht dem der Firma unterordnen wollen. Ihr eigenes Leben war ihr interessanter erschienen, und sie war darauf bedacht gewesen, es sich zu bewahren. Hätte sie eines der Angebote angenommen, wäre sie jetzt finanziell besser gestellt. Sie wußte natürlich, daß James ihrer Zufriedenheit, nichts weiter als eine Sekretärin zu sein, kritisch gegenüberstand, und das hatte zunächst einmal nichts mit der finanziellen Seite zu tun.

»Ich brauche jetzt nicht mehr soviel Geld«, sagte sie. »Ich kann mir leisten, was ich will.«

»Glückliche Sarah«, sagte er, plötzlich gefühlvoll.

»Ja, ich glaube, das kann man sagen.«

»Es gab keine Möglichkeit, wirklich überhaupt keine Möglichkeit, dich nicht für Rose zu verlassen«, sagte er völlig überraschend. Überraschend für sich selbst. Sie wußte, daß er deswegen gekommen war. Er mußte es aussprechen. Nicht, um sich zu rechtfertigen. Nicht, um sich zu verteidigen. Er mußte etwas Absolutes, etwas Unausweichliches erklären, was sie, seine erste Frau, verstehen mußte. Er bat um Gerechtigkeit.

»Ich weiß«, sagte sie diplomatisch.

»Es war wie ein ...« Er zögerte, nicht, weil er sich gewählt ausdrücken und sie oder sich selbst schonen wollte, sondern weil er sich auch jetzt noch wunderte. Seinem Gesicht war die Anstrengung anzusehen, mit seinen Erinnerungen ins reine zu kommen. »Ich verstehe es nicht«, sagte er. »Auch damals hab ich es nicht verstanden. Nie. Man könnte sogar sagen, daß ich sie nicht einmal besonders mochte ...« Sein Blick bestand darauf, daß sie das Gesagte nicht als Loyalitätsbruch gegenüber Rose oder als Entschuldigung mißverstand.

»Ich weiß«, sagte sie noch einmal.

»Es war, weil ich ... ich mußte einfach ... es war, als wäre ich fortgetragen worden von einer ...«

Sie machte eine harte, nervöse Geste, die besagte: *Es reicht*. Aber er bemerkte sie nicht, und falls doch, beschloß er, sie zu ignorieren.

»Hast du dir jemals überlegt, Sarah ... wir sind einander so ähnlich, wir zwei sind ...«

Sie nickte.

Er war durcheinander, seine Augen schwammen in Tränen.

»Von einem Extrem ins andere«, sagte er. »*Wir* mußten einander nie etwas erklären, nicht wahr? Wir verstanden uns immer ... Mit ihr dagegen ist es, als ob man in einem fremden Land, dessen Sprache man nicht spricht, eine falsche Abzweigung genommen hat.« Er hielt inne. »Hell und Dunkel nicht unterscheiden kann.« Wieder eine Pause. »Ich sage nicht, daß ich es bereue. Man kann nicht bereuen, was nicht zu verhindern war. Das wäre reine Zeitverschwendung.«

»Natürlich«, stimmte sie zu.

Und jetzt stand er auf und stellte sich vor sie, seine Hände hingen herab, aber in einer bestimmten Haltung, die Wachsamkeit und Bereitschaft für alles ausdrückte. Für eine Umarmung? Doch er ging zum Fenster, in dessen blauem Viereck eine dicke cherubinische Wolke zu sehen war, weiß, mit goldenen und rehbraunen Schatten. Er betrachtete die Wolke, sah hinunter zu den unordentlichen Gärten.

»Was wirst du machen, Sarah?«

»Ich möchte reisen.«

»Aber du bist doch sowieso ständig unterwegs. Jedesmal, wenn ich von dir höre, bist du wieder irgendwo anders«, sagte er mit jenem kurzen Lachen, das unterdrückten Neid zum Ausdruck bringt.

»Ja, ich habe Glück gehabt. Ich habe einen fantastischen Job ... den ich dir verdanke. Aber man behauptet, daß Frauen im Alter ruhelos werden, und so ergeht es auch mir.«

»Nicht nur Frauen«, sagte er und unterband weiteres Jammern, indem er fortfuhr: »Wirst du Nancy und Martin besuchen?«

»Kurz.«

Er sah sie fragend an.

»Ich würde uns nicht als eine Familie beschreiben, deren Mitglieder sich sehr nahestehen«, sagte sie, und wieder wurde er rot.

»Nun, ich glaube, ich habe eine richtige Familie... ich meine, Rose sorgt dafür, sie versteht sich darauf.«

Daraufhin überwältigte sie nahezu unbeherrschbarer Widerwille. Sie wußte, daß er nicht begriffen hatte, wie es ihr in den Jahren ergangen war, in denen sie die Kinder großgezogen hatte, ohne ihn. Er würde es nie begreifen. Sie schwieg, lächelte. Doch spürte sie eine Distanz zwischen sich und ihm, weil er nicht verstand.

»Na, wie auch immer, jedenfalls war es keine schlechte Sache«, sagte er. »Sie haben viele verschiedene Orte kennengelernt, weil du so oft umgezogen bist, sind auf verschiedene Schulen gegangen und haben sich überall angepaßt.«

»Weltbürger«, sagte sie trocken. »Das sind sie allerdings geworden.« Hier hätte er anknüpfen, seinen Standpunkt betonen können, der ihm wichtig war. Doch sie verhinderte es. »Als erstes werde ich Wanderungen machen. Zunächst hier in England. Ich meine, wirklich lange Wanderungen, den ganzen Sommer über...«

»Ja«, sagte er voller Energie, »es gibt nichts Schöneres.«

»Und dann werde ich durch Frankreich und Deutschland wandern, na ja, überall, wo ich kann. In Europa. Norwegen...«

»Ja«, sagte er, war ruhelos, als wollte er im nächsten Moment schon aufbrechen. Rose wanderte nicht gern.

»Um die ganze Welt«, sagte sie. »Warum nicht?« Sie lachte, in ihrem Körper, auf ihrem Gesicht spiegelte sich lebhaft die Freude darüber, frei wie ein Vogel losfliegen zu können... Nein, das war falsch, Vögel waren nicht frei, sie mußten allen möglichen Verhaltensmustern und Naturkräften folgen. Sie würde frei sein, wie nur ein Mensch es sein konnte. Aber wahrscheinlich, denn so spielte das Leben nun mal, nur für eine kurze, wertvolle Zeit. Dann würde irgend etwas geschehen. Frei, zu gehen oder zu bleiben, Freundschaften zu schließen, aufzubrechen, Entscheidungen zu revidieren, und wenn sie Lust dazu verspürte, den ganzen Tag auf einem Berg zu sitzen und die Wolken zu beobachten... Sie hatte vergessen, daß er bei ihr in diesem Zimmer stand, sie ansah, ihr lächelnd seine Wertschätzung zeigte.

»Sarah«, sagte er in leisem, vertraulichem Tonfall, dem verwegene Erregung anzuhören war, »warum können wir beide nicht zusammen irgendwohin... diesen Sommer noch, bald...?«

Sie lächelten einander an, als lägen ihre Gesichter nur Zentimeter voneinander entfernt auf einem Kopfkissen. Dann hörte sie sich seufzen und sah, wie ihn die Kraft verließ.

»Warum nicht, Sarah?« drängte er sie.

Das bedeutete, daß Olive recht hatte: Rose hatte eine Affäre, und so empfand er keine Verpflichtung, seinerseits ihr gegenüber loyal zu sein.

»Und Rose würde es nichts ausmachen?«

Der Gedanke daran, wieviel es Rose ausmachen und wie

sie es zeigen würde, wirkte offensichtlich wie ein Schlag in seine Kniekehlen, denn er sackte zusammen und starrte nicht auf sie, Sarah, sondern auf eine Wolke draußen, die aussah, als wäre sie aus einem honigfarbenen Stein gemeißelt.

»Oder würdest du es ihr nicht sagen?« hakte sie nach.

Der Vorschlag, mit ihr zu wandern, war einem Impuls entsprungen. Bevor er gekommen war, hatte er nicht darüber nachgedacht, zumindest nicht ernsthaft. Aber schon, daß er gekommen war – er hätte sich die Freiheit dazu nicht genommen, hätte Rose ihn nicht freigelassen. Quid pro quo ... so würde zumindest er es sehen.

Auf den Boden der Tatsachen zurückgekehrt, sah er sie ernst an, um den Vorwurf zu vermeiden, er weiche ihr aus. »Ich würde es ihr sagen. Sie bekäme es sowieso heraus. Sie würde davon erfahren.«

»Ja, das würde sie.«

»Warum auch nicht, Sarah? Warum nicht? Auch die Rolle des treusorgenden Familienvaters muß ... ihre Grenzen haben.«

Was er eigentlich sagen wollte, wußte sie nicht. Ein guter Ehemann? Ein guter Vater? Sie dachte: Das Leben mit Rose ist dir aufs Gehirn geschlagen! Genau das ist es, worauf sie aus ist: einem den Kuchen abzunehmen, ihn aufzuessen und so zu tun, als sei nichts geschehen.

»Warum fahren wir nicht nach Schottland? Erinnerst du dich an Schottland, Sarah?«

1958, kurz vor ihrer Hochzeit, waren sie drei Wochen lang durch Schottland gewandert.

»Nächsten Monat«, drängte er sie. »Ich habe noch drei Wochen Urlaub.«

Sie schloß die Augen, erinnerte sich daran, wie sie gemeinsam einen heidebewachsenen Hügel hinaufgestiegen waren.

»Sarah«, sagte er mit rauher, anklagender Stimme, »ich habe so oft an dich gedacht. Ich spüre eine schreckliche Leere in meinem Leben. Schon seit Jahren.«

Mit noch immer geschlossenen Augen entgegnete sie trocken: »Polygamie? Das würde dir so passen.« Aber sie konnte nicht aufhören zu lächeln.

»Ja, ja«, rief er, und mit zwei großen Schritten war er bei ihr. »Ja, wenn du es so nennen willst, *ja.*« Neben dem Kamin stand lediglich der eine elegante Sessel, und er streckte einen Arm aus, zog einen Stuhl heran und setzte sich neben sie. Er legte ihr den Arm um die Schulter.

»Sarah«, flüsterte er, seine Wange an ihrer. »Sarah«, sagte er wieder und wieder, während Tränen ihre Wangen aneinanderschweißten.

Plötzlich blendete sie das grelle Licht im Zimmer. Die seitwärts sinkende Sonne sandte Strahlen aus, die auf das Glas des offenstehenden Fensters trafen, vom Spiegel über ihren Köpfen reflektiert wurden und farbige Rhomben und Prismen an die Wände zeichneten. Mit einemmal schien es, als säßen sie in einem glitzernden Teich, der Möbel, Blumen und auch sie überflutete.

Sie machte sich von ihm frei, stand auf und schloß die schlichten weißen Vorhänge vor der Wolke draußen, die mittlerweile in allen Rottönen loderte. Die Wand war jetzt ebenmäßig weiß, mit einem großen Rechteck, durch das heißes Orange stach. Ein Teil dieses Rechtecks hob sich, und ein mandarinenfarbiges Segel blähte ins Zimmer und senkte sich wieder. In ein paar Augenblicken schon würde das Sonnenlicht nicht mehr auf die Vorhänge treffen, die ganze Wand würde tot, flach, weiß sein. Wenn sie, was sie selten tat, alle Vorhänge zuzog, wurde der Raum selbst zu einem weißen Rechteck, und die zwei Spiegel reflektierten nicht die Natur draußen, sondern nur noch zwei nüchterne, weiße Ovale.

Ihre Stimmung hatte sich verändert. Sie wagte nicht, sich wieder neben ihn zu setzen. Wenn sie das täte, würde sie versinken in ... in ...

Er sah sie durch das warme orangefarbene Licht an, das alles tränkte.

»Sarah?« sagte er, als suche er in einem Labyrinth nach ihr. Er stand auf. »Aber sag doch, Sarah, warum nicht? Ich sehe keinen vernünftigen Grund, der dagegen spräche. Ich will dich wieder in meinem Leben haben. Ich brauche dich. Ohne dich komme ich einfach nicht zurecht.«

Er ging zu ihr, beugte den Kopf und rieb zärtlich seine Wange an ihrer. Es war die Forderung eines Ehemanns, nicht die eines Liebhabers.

Und dann war er verschwunden, sie hörte, wie er die Treppe hinunterlief.

Im Zimmer dämmerte es. Das Licht, das von außen hereindrang, war jetzt nicht mehr so grell, daß es jeden Faden des groben Leinens nachzeichnete. Das Gezwitscher der Vögel in den Platanen klang abendlich schrill und warnend, war nicht mehr das leutselige Geplapper des Tages. Abrupt erblaßte das Licht auf den Vorhängen. Die Wand wurde zu einer glatten, weißen Fläche.

Sie setzte sich neben die Blumen und betrachtete sie kritisch. Der Krug war zu geschleckt, hatte eine zu selbstgefällig runde Form für den knorrigen, steifen Kirschzweig und den frischen Frühlingsflieder mit seinen zufällig verteilten Blüten. Sie stellte den Krug hinter sich auf den Boden und versuchte nachzudenken.

In ihr brodelten Empfindungen, die sich in einem einzigen Bedürfnis auflösten – zu fliehen, zu verschwinden ... davonzulaufen. Aus dem Zimmer zu stürzen, aus dem Gebäude, aus London, ja aus England fortzulaufen. Sie stand auf, ging ziellos und schnell im Zimmer umher wie ein eingeschlossener Vogel. Was um alles in der Welt war bloß los mit ihr? Mußte sie vor James davonrennen, war es das? Aber an ihrem Treffen war nichts Bedrohliches gewesen, im Gegenteil, es schien, als sei ein Bann von ihnen genommen, der bislang jede Begegnung, jedes Telefongespräch zu einer ärgerlichen, schuldbeladenen, peinlichen Angelegenheit gemacht hatte. Das Zusammensein mit James heute war mehr wie die erste Begegnung von Menschen gewesen, die einander lieben würden, voller Entdeckungen und süßer Überraschungen. Doch ihr Herz schlug wild, ihr Magen schmerzte, und in ihr wütete Angst.

Sie setzte sich wieder, brachte ihre Beine in eine bequeme Position, saß da wie eine ältere Dame, die ihre Lage mit nüchternem, gesundem Menschenverstand zu überdenken versuchte. Sie schielte aufs Telefon, als rechneten ihre Nerven jeden Augenblick damit, daß es schrillen würde.

Wenn James geradewegs nach Hause gegangen war und Rose dort angetroffen hatte, dann würde irgend etwas an ihm fraglos ihren Verdacht erregen, auch wenn er nicht gleich – was andererseits durchaus wahrscheinlich war – gesagt hatte: »Ich komme gerade von Sarah, nein, nein, reg dich nicht auf, ich hab nur auf einen Sprung vorbeigeschaut, das war auch schon alles.« Wenn er das sagen würde, und sie konnte deutlich hören, wie er es tat, dann, weil er aufgrund der Aufrichtigkeit, die ihm wie ihr eigen war, die Wahrheit nicht wirklich verbergen konnte.

Augenblicklich würde Krisenstimmung in seinem Haus herrschen. Rose würde sofort ihre derzeitige Vertraute anrufen. Sie hatte immer eine Vertraute, der sie intensiv und auf dramatische Weise verbunden war und mit der sie sich zu vertraulichen, aufregenden Gesprächen traf, aber irgendwann gab es Streit und damit eine Ex-Vertraute, was dazu führen konnte, daß sie sagte: »Ich gehe nicht zu der Party, weil sie wahrscheinlich auch hinkommt – diese Kuh!« Doch jetzt sagte sie womöglich gerade zu ihr, wer immer sie auch war: »Mein Gott, weißt du, was passiert ist? Ich bin dabei, meinen Mann zu verlieren! Er hat sich mit seiner ersten Frau getroffen, mit Sarah. Ich muß unbedingt mit dir darüber sprechen, es ist wahnsinnig wichtig. Nein, sag ab. Bitte, komm sofort...« Und während sie auf dieses Tête-à-tête, das erste von vielen, wartete, würde Rose Karten legen, das I-Ging befragen und einen Termin mit ihrer Wahrsagerin vereinbaren, einer Frau mit grenzenlosem psychologischen Durchblick, die mit ihrem, Sarahs, Leben so vertraut wie mit Roses. Sarah stellte persönlich keinerlei Bedrohung für Rose dar, dessen war sich die Wahrsagerin sicher; aber ihr Typ, die »blonde Dame«, im Gegensatz zu Rose, der »dunklen Dame«, war grundsätzlich immer eine Bedrohung. Rose lebte in ständiger Furcht vor einer schlanken blonden Nymphe. Wenn die Vertraute bei ihr eintraf, würde das Schicksal bereits aus mehreren Mündern gesprochen und ziemlich eindeutige Empfehlungen gegeben haben. Im Anschluß an das Gespräch der zwei Frauen würden alle möglichen Dinge geschehen. Als erstes würde Sarahs Telefon klingeln, und jemand, von dem sie noch nie gehört hatte, würde sich am anderen Ende melden: »Entschuldigen Sie bitte die Störung, aber Sie können mir vielleicht helfen... James hat vorgeschlagen, mich mit Ihnen in Verbindung zu setzen. Können Sie mir eine Auskunft über Manchester geben? James sagte, daß Sie dort gelebt haben. Sie hatten ein Haus, nicht wahr? Wie sind die Schulen dort?« Und so weiter. Ja, James würde von diesem Anruf wissen, denn Rose würde auf ungezwungene, zuversichtliche Weise zu ihm gesagt, ihm dabei einen kühnen, herausfordernden Blick zugeworfen und gelächelt haben: »Ach, James, man könnte doch Sarah fragen. Sie kennt sich doch aus, oder? Schließlich weiß sie alles über Manchester.« Alle möglichen Anrufe und Treffen würden stattfinden, nichts davon widersinnig, auf den ersten Blick würde alles nach zivilisiertem, gesundem Menschenverstand aussehen. So wie der Besuch von James an diesem Nachmittag. Auf den ersten Blick… Anrufe von einer anderen besten Freundin von Rose – genau wie ein Schulmädchen hatte sie nur beste Freundinnen: »Hallo, Sarah, erinnerst du dich an mich? Wir haben uns bei den Tillings getroffen. Ich habe gehört, daß du mit James nach Wales fährst. Wenn ihr in die Nähe von Swansea kommt, könnt ihr dann bei einer alten Freundin von mir vorbeischauen? Seit ihr Mann gestorben ist, fühlt sie sich unheimlich einsam. Sie wäre überglücklich, wenn ihr bei ihr übernachten könntet. Das wäre wahnsinnig nett von euch.« Und dann würde Rose selbst anrufen. Die tiefe, vibrierende Stimme würde Dinge andeuten, die nicht offen auszusprechen waren. »Sarah, hier ist Rose! Ja, Rose! Ich will dich schon seit so langer Zeit endlich besser kennenlernen… meinst du, wir könnten uns einmal treffen, um *wirklich* miteinander zu reden? Nein, ich habe mit James darüber gesprochen, er fände es großartig. Kann ich zum Tee zu dir kommen? Ich würde unheimlich gern einmal deine Wohnung sehen, James sagt, sie ist so hübsch. Ach, ich würde auch gern allein in einer Wohnung leben, frei und ganz ich selbst sein, verstehst du?« Alle möglichen Anrufe von Rose würden erfolgen, beiläufige, grundlose, beleidigende. »Sarah, ist James bei dir? Nein, aber ich dachte… na, dann hab ich mich eben getäuscht. Wenn er zufällig vorbeikommt, sag ihm bitte, er möchte mich anrufen. Wir haben hier eine kleine Krise, mit der nur er fertig werden kann.«

Und während das so weiterginge, würde Rose zu absolut jedem sagen: »Tut mir leid, aber ich muß es einfach loswerden: In unserer Ehe kriselt es. James und ich, wir arbeiten beide daran, wir sind doch so glücklich gewesen! Und ich bin sicher, am Ende wird es wieder so sein wie früher.«

Nach vielen tränenreichen Treffen würde sie ihre Affäre beenden. »Ich muß eine Entscheidung fällen, mein Liebster. Es ist nicht einfach… die Kinder…«

Die Leute würden tatsächlich damit rechnen, daß die Ehe zerbrach. Rose war zum viertenmal verheiratet. Soweit man es beurteilen konnte, sah ihre Lebensgeschichte, die sie immer wieder anders erzählte, in etwa folgendermaßen aus: Nach dem Krieg war sie aus dem Elend Europas aufgestiegen und hatte bereits alles erlebt, was es an Hunger, Kälte und Todesangst zu erleben gab. Ihre Mutter war nach einer Version in einem Konzentrationslager umgebracht worden, nach einer anderen hatte sie Rose für einen Liebhaber verlassen. Die auffällig hübsche Rose heiratete einen amerikanischen Soldaten, den sie wahnsinnig liebte, wiewohl einige Leute behaupteten, ohne sie deswegen zu verdammen, daß sie seine Geliebte wurde, weil man sich an die Besatzungsmächte halten mußte, wenn man essen wollte. Ihr zweiter Mann war wieder ein Amerikaner, der allerdings wesentlich bessergestellt war als der erste. Doch weil sie Amerika angeblich haßte, heiratete sie als nächstes einen Engländer, der eine wichtige Position im internationalen Erdölgeschäft innehatte. Er betete dieses schlaue, exotische, verwahrloste Kind an, aber nicht lange. Von ihm ist der Ausspruch überliefert, es wäre besser gewesen, Rose nicht zu heiraten, sondern als Geliebte zu behalten. Aus ihr werde nie eine richtige Ehefrau. Mit ihr sei es wie mit einem wunderschönen erbeuteten Haustier, einem Gepard zum Beispiel, den man nicht ans Haus gewöhnen könne. Die Ehe dauerte drei Jahre. Rose dachte ernsthaft nach und folgte dem Rat ihrer Wahrsagerin. Sie war bereits Mitte dreißig. James war sie eine richtige Frau, eine gute Ehefrau, die für Bequemlichkeit und gutes Essen sorgte und ein gesundes Kind nach dem anderen auf die Welt brachte. Die Kinder waren Beweis einer erstaunlichen Willensstärke, denn, wie alle Welt wußte, hatte sie vorher »Dutzende« von Abtreibungen und Fehlgeburten gehabt. Jede Schwangerschaft und Geburt hatte die Aufmerksamkeit nicht nur von James, von Hebammen, Ärzten und Krankenhäusern, von Freunden und Nachbarn gefordert, sondern auch von Menschen, die zuvor kaum je etwas von Rose gehört hatten – als so bemerkenswert und beispiellos stellten sie sich heraus. Sarah hatte jedes dieser Dramen mit Abneigung und Widerwillen verfolgt, vor allem aber konnte sie nicht fassen, daß James nichts dagegen unternahm. Um physisches Leiden machte man einfach kein so großes Aufheben – um kein Leiden, um genau zu sein, man hielt den Mund, hielt die Ohren steif, biß in den sauren Apfel und so weiter und so fort. Gezwungen, diese Grundsätze, dieses *englische* Glaubensbekenntnis, wegen Rose zu überprüfen, kam Sarah zu dem Schluß, daß diese ausländischen Weltbürger über keinerlei Tugenden verfügten, und in Fällen wie dem von Rose war zudem auch noch Unehrenhaftigkeit mit im Spiel, so verschrobene Überlegungen, daß man manchmal erst Jahre später begriff, was eigentlich passiert war.

Bald nachdem sie sich selbst zum Tee eingeladen hätte, würde Rose anrufen und ungefähr folgendes sagen: »Sarah! Ja, ich bin's, Rose. Sarah, willst du nicht zum Abendessen kommen? Halt! Sag auf keinen Fall nein, ohne es dir vorher gut zu überlegen. Warum auch nicht, Sarah? Wir haben so viele gemeinsame Freunde, ganz zu schweigen von James. O nein, ich meine es nicht böse, ich schwör's dir, wirklich nicht, Sarah, bitte glaube mir ...«

Es wäre ein grober Verstoß abzusagen. Nur zu leicht könnte man dann denken ... kleinmütig. Sie sah sich selbst vor sich, eine von mehreren geladenen Personen, die um den großen Familientisch saßen, James am einen Ende, Rose am anderen, nur die Kinder würden die Gäste beäugen, so wie es ihre eigenen immer getan hatten: höflich, ja respektvoll gegenüber diesen schrecklichen, grausamen, unvermeidlichen Erwachsenen, nur untereinander würden sie sich nervöse Blicke zuwerfen und sich scheu anlächeln, sie würden das Essen hinunterschlingen, sich entschuldigen, aufstehen und in ihre Zimmer verschwinden, wo sie ängstlich und wütend, aber mit (aufgrund ihrer Angst) lautem Spott die Situation einen Stock tiefer diskutieren und bei Freunden anrufen würden. »Die erste Frau unseres Vaters ist heute zum Essen zu uns gekommen ... Sarah. Ach, hab ich dir nie von Sarah erzählt? Na ja, sie ißt heute abend hier. Kann ich zu dir kommen?«

Kurz nach diesem zivilisierten und allen zur Ehre gereichenden Familienessen würde James mit jenem widerwilligen und zugleich bewundernden Lachen, mit dem er auf derartige von Rose heraufbeschworene Situationen reagierte, sagen: »Sarah, Rose hat vorgeschlagen, wir sollten die zwei ältesten Kinder mit nach Frankreich nehmen. Sie sind sehr gut zu Fuß. Letztes Jahr war ich mit ihnen im Lake District. Hast du etwas dagegen?«

Sie würde verneinen. Und wahrscheinlich würde sie tatsächlich nichts dagegen haben. Bis dahin würde sie sich bestens mit den Kindern angefreundet und viel Zeit damit verbracht haben, die Geschenke und Votivgaben für sie auszusuchen, die Kinder mittlerweile erwarteten. Für alle vier würde sie ... nein, nicht eine zweite Mutter sein, das würde Rose zu verhindern wissen, aber eine nette Tante. James würde sie antworten: »Wie schön, daß Sam und Betty mitkommen. Leider sind die anderen beiden noch zu jung, aber vielleicht nächstes Jahr. Natürlich habe ich nichts dagegen. Warum auch nicht?«

Ihr Herz pochte, ihre Handflächen waren schweißnaß, und sie hetzte durch das Zimmer, als ob sie mit einem Satz durch das Fenster auf die Straße springen und davonrennen, irgendwohin laufen wollte.

Was für eine Kraft diese Frau hatte. Immer. Es war die Kraft der Skrupellosigkeit, verwurzelt in Eigensucht, die ihrerseits zurückging auf ... Dummheit. Nie, nicht ein einziges Mal war es Rose in den Sinn gekommen, daß man etwas *nicht* tun sollte. (Aber natürlich war da noch die Sache mit der Kindheit im Konzentrationslager. Bedeutete das, daß man Rose nie und nimmer nach normalen Standards beurteilen durfte?) Als es Sarah schlechtgegangen war, als sie viel zuviel über Rose nachgedacht hatte, war sie immer wieder auf diesen Punkt gestoßen, als wäre sie mit dem Kopf gegen eine Wand aus Glas gelaufen, die zwischen Rose und dem Rest der Welt stand. Zu Rose zu sagen: »Aber das kann man doch nicht tun, verstehst du das denn nicht?«, zu sagen: »Aber das zu tun, wäre höchst unanständig!« – selbst in Gedanken, in denen es leichtfällt, einem Feind etwas ins Gesicht zu schleudern, brachte sie solche Worte nicht heraus.

Dummheit? Auch wenn es das war, Rose hatte damit alles bekommen. Sarahs Mann. Vier Kinder. Ein riesiges Haus. Stabilität, nachdem sie jahrelang Treibgut gewesen war. Einen Mann, der sein Leben für ihre Bedürfnisse opferte. Dummheit! Es war Stärke, Macht, die in einer Schicht der menschlichen Existenz wurzelte, zu der Sarah keinen Zugang hatte. Als James sie wegen Rose verlassen hatte, hatte sie gemeint zu träumen, war es ihr vorgekommen, als würde er in einen verzauberten Wald gezogen, auf ein Territorium, in dem alte, primitive Gesetze galten. Sie hatte gespürt, daß er sein besseres Selbst hinter sich zurückließ.

Aber dann waren da die Kinder. Wieder und wieder hatte sie sich in all den Jahren gesagt: »Sarah, sie haben vier Kinder. Vier Kinder, Sarah, dagegen gibt es kein Argument.« Jedes Kind bringt das Unbekannte mit sich, bringt Möglichkeiten und Chancen, die in ferner Vergangenheit wurzeln, Möglichkeiten, die sich weit in die Zukunft erstrecken. James war der Hexe in den verzauberten Wald gefolgt, und dort hatte er vier an ihn adressierte Pakete gefunden, und in jedem Paket steckte ein Schicksal.

Sie vermutete, daß Rose James' Anima war, daß sie Eigenschaften verkörperte, die James' bewußtes Selbst unbedingt brauchte. Sie begriff, daß sie dagegen nicht ankämpfen konnte.

Es war Roses Wahrsagerin gewesen, die gesagt hatte, Rose sei James' Anima. Und wo war ihr, Sarahs, Mann, dessen Anima *sie* war? (Dazu hatte sich die Wahrsagerin nicht ausgelassen, soweit Sarah wußte.) Oft genug hatte Sarah, stets auf angemessene Weise, über jene zwei Männer nachgedacht, mit denen sie nach James eine Affäre gehabt hatte. Affären sind keine leichte Angelegenheit mit heranwachsenden Kindern, die, durch die Geschehnisse sensibilisiert, bereits nach Fehltritten Ausschau hielten, wenn man einen Job hatte und, um ihn zu behalten, in diese Stadt oder jenes Land ziehen mußte, wenn man mit den Kindern jonglieren mußte, mit ihren Bedürfnissen, Schulen, Ferien, Wohnungen, Häusern, Reisen. Trotz aller Schwierigkeiten und Beschränkungen waren ihre beiden Affären angenehm gewesen, und wenn sie an die fraglichen Männer dachte, erstrahlte ein genüßliches, zufriedenes Lächeln auf ihrem Gesicht. Doch sie glaubte nicht, daß sie für mehr als sich selbst standen. Nein, James war es, von dem sie glaubte, daß er zu ihr gehörte, ihr anderes Selbst verkörperte, nur war die psychologische Gleichung irgendwo unausgeglichen. Oft genug hatte sie versucht, sich einen finsteren, dramatischen, energiegeladenen, *verlogenen* Mann vorzustellen, der ihre besten Instinkte zum Schweigen bringen würde, aber schließlich war sie zu der Erkenntnis gelangt, daß solche Kraft nur weiblichen Geschlechts sein konnte (was ihr nicht gefiel, da sie Feministin war). Einen Mann mit Roses Eigenschaften konnte sie sich nicht vorstellen. Sie hatte nie einen getroffen, nicht einmal von einem gelesen. Ein Mann wie Rose wäre degeneriert oder kriminell. Rose war weder degeneriert noch kriminell. Sie war schlicht... eine Frau. Ein Typ, den andere Frauen instinktiv auf den ersten Blick erkannten. Und auf den jeder Mann sofort reagierte, entweder indem er sich angezogen fühlte, oder mit Unbehagen und Abneigung. Kein Mann konnte Rose gegenüber gleichgültig bleiben.

Rose mußte nur ein Zimmer betreten...

Zehn Jahre, nachdem sie und James geheiratet hatten, nach zehn glücklichen Jahren – dem fairen, anständigen und aufrichtigen James war immer daran gelegen gewesen, diesen Punkt zu betonen – waren sie zusammen zu einer Party gegangen. Sie waren erst spät eingetroffen, weil es mit dem Babysitter ein Problem gegeben hatte. In der Mitte des Zimmers stand ein Paar, eine dunkle, dramatisch aussehende Frau und ein sehr junger Mann, eigentlich ein Junge, ein lyrischer englischer Junge wie Rupert Brooke. Rose faszinierte ihn. Hypnotisierte ihn. Sie war groß und schlank, wiewohl das kaum auszumachen war unter dem weiten, aus einem scharlachroten, silberbestickten Sari genähten Kleid. Die glänzenden schwarzen Locken fielen ihr über Schultern und Rücken. Eine Strähne lag auf einem dünnen, braunen Arm, und, das stellte Sarah sofort sarkastisch fest, die verführerische Locke wurde dank einer geschickten Armhaltung (der leicht angehobene Ellbogen bildete eine sanfte, aber entschiedene Kurve) auf der glatten, schimmernden Haut gehalten. Rose war keine Schönheit, aber alle sahen sie an, sie und den armen jungen Mann, der hilflos war angesichts der schwarzen Tiefe ihrer Augen.

Sarah war empört, daß der Junge so mißbraucht wurde. Rose sah sich kurz und scheu nach den Männern um, die sie beobachteten, um sich ihrer Wirkung zu vergewissern, und den Frauen, die sie dafür haßten, was sie nie verstehen würde, warf sie Blicke geheimen Einverständnisses zu, die unerwidert blieben. »Seht nur, wie lächerlich ich diesen armen Dummkopf von einem Mann mache«, was sie mit allen anwesenden Frauen teilen wollte. Sarah blickte zu James hinüber, zählte darauf, daß er empfand wie sie, aber er sah

Rose auf dieselbe Weise an wie der junge Mann. Vom ersten Augenblick an war er verloren, während seine gute Frau Sarah damit beschäftigt war, sich für ihr Geschlecht zu schämen. Als ihr Mann seine Sinne, seinen Verstand verlor, dachte Sarah: Sie ist eine *Frau*, und zwar ein so abgrundtief vulgäres Exemplar, daß alle anständigen Frauen der Welt sie hassen müssen.

Er ging geradewegs auf Rose zu. Die Leute sahen Sarah an, die er allein hatte stehenlassen. Es hätte nicht dreister sein können. Der arme lyrische Junge schwankte davon, war vergessen von dem Moment an, da James seinen Platz eingenommen hatte. Und auf diese Weise hatte Sarah ihren Mann an Rose verloren, so einfach wie unvermeidlich. Als es Zeit war, nach Hause zu gehen, berührte sie seinen Arm, und jetzt erst machte er sich von Rose los, mit der er sich volle drei Stunden unterhalten hatte, ohne auch nur einen Blick auf seine Frau oder irgend jemand anders geworfen zu haben. Sie nahm den verwirrten Mann mit nach Hause, und nebeneinander lagen sie wach im Bett, sie hörte zu, wie er stöhnte und litt, und gegen Morgen, als es im Zimmer bereits dämmerte, sagte er: »Sarah, was ist nur passiert? Habe ich mich danebenbenommen?«

Alle, die dabeigewesen waren, wußten, was passiert war. Morgens rief Olive, mit beiden eng befreundet, Sarah an und sagte: »Vergiß es, da gibt es nichts, was du unternehmen könntest, die Dinge nehmen ihren Lauf.«

Und noch immer nahmen »die Dinge« ihren Lauf.

»Die Dinge« waren dabei, sie zu verschlingen.

»Sarah«, sagte Sarah zu sich, so wie ältere Menschen mit sich selbst sprechen, »Sarah, bist du dir im klaren darüber, daß du tatsächlich daran denkst fortzulaufen? Aus der Wohnung fortzulaufen, die dir gefällt, aus dieser Stadt, die du liebst, nur um Rose zu entkommen, zu fliehen vor … Nein, bestimmt übertreibst du … Angenommen, du tust genau das, was James vorgeschlagen hat, nicht mehr und nicht weniger. Du gehst drei Wochen mit ihm (und woran du jetzt denkst, ist nicht die Freude auf Sex, sondern auf Gespräche, mit jemandem zu reden, der dich, dein anderes Selbst vollkommen versteht), und da ist es völlig unwichtig, ob ihr nach Schottland oder Timbuktu fahrt. Selbstverständlich wirst du darauf bestehen, daß Rose Bescheid weiß, denn das ist nur recht und billig. Du wirst auf ihre Anrufe *nicht* eingehen, sondern lediglich höflich reagieren, nichts weiter, genau wie auf die Anrufe von allen anderen, die samt und sonders den unverwechselbaren Geschmack von Roses Verschlagenheit an sich haben werden. Du wirst nicht an ihrem Tisch essen und ihren Kindern eine nette Tante werden – kurz, du wirst nicht Teil ihres Lebens werden, ihrer Familie, wirst nicht in diesem Treibsand versinken, du wirst einfach mit James einen Wanderurlaub machen, und nichts weiter. Alles ganz einfach und einwandfrei ...«

Sarah sank tiefer in den Sessel und schloß die Augen. Es war absurd. Auch nur anzufangen, so zu denken, bedeutete, sich hineinziehen zu lassen in ...

Nein, würde sie zu James sagen müssen. Nein, nein, nein, James, es geht einfach nicht, das mußt du einsehen. Und hätte er nicht fünfzehn Jahre mit Rose verbracht, würde er es sofort einsehen.

Schon bevor das Telefon tatsächlich läutete, starrte sie es an, als müsse es jeden Augenblick explodieren.

Vorsichtig nahm sie den Hörer ab und sagte: »Ja?«

Eine Kinderstimme. »Bist du Sarah?« fragte atemlos ein kleines Mädchen (wahrscheinlich Betty), dem sie bereits anzuhören war, Roses Schamlosigkeit.

»Ja«, sagte Sarah.

»Ist mein Vater bei dir?«

»Nein«, sagte Sarah.

Von Rose gedrängt, sagte das Kind »danke« und legte auf.

Sarah stand neben dem Telefon im dunklen Zimmer, durch die zwei großen Fenster in der Wand sah sie verschwommene Zweige gegen den dämmrigen Himmel. Sie fühlte sich bereits geschwächt, konnte nicht mehr verhindern, sich vorzustellen, wie es wäre, wenn James wieder Teil ihres Lebens würde. Guter Gott, wieviel hatte er mitgenommen, als er sie wegen Rose verlassen hatte! Und wie leicht wäre es jetzt, nicht wegzugehen (*wegzurennen*, hielt sie sich anklagend vor), wie leicht wäre es, zu bleiben und die Sache bis zum Ende durchzustehen.

Dem Ende? Warum *Ende*?

Sarah schaltete das Licht ein. Sie atmete schnell, ihr Körper prickelte vor Energie. Sie konnte nicht stillhalten, schritt durch das Zimmer, das viel zu klein war. In einem der Spiegel sah sie eine bekümmerte, wild aussehende Gestalt mit wirrem Blick, deren Lippen sich bewegten. Sie murmelte etwas vor sich hin, diese Frau, diese Sarah – sie selbst.

Sie murmelte: »Das bin nicht ich, das ist sie. Nicht Sarah, sondern Rose.«

Was meinte sie damit? »Was ist bloß los?« wollte sie gereizt von sich selber wissen. »Was ist los?« Ihr schien, als überflute sie irgendein Verstehen, das wie eine mächtige Substanz wirkte, sie veränderte... »Rose, es ist Rose. Nicht ich, sondern Rose.« Sie sprach diese Worte aus, die ihre ganze Aufmerksamkeit in Anspruch nahmen.

Sie schaltete das Licht wieder aus und stellte sich neben eines der Fenster. Die Dunkelheit verbarg die unordentlichen Gärten, alles, was sie erkennen konnte, waren Dächer vor dem Himmel.

Sie schloß die Augen. Atmete langsam. Vor sich sah sie (dieses Bild zwang sich ihr auf) die dünnen Arme eines jungen Mädchens, die sich ihr aus einer Art Fallgrube entgegenstreckten. Golden gebräunte Arme mit einem feinen Flaum dunkler Haare... die Finger des Mädchens langten herauf zu ihr, gruben sich in die Erde, und dann senkten sich große Stiefel knirschend auf sie herab, und die Arme fielen zurück… tasteten sich erneut nach oben, und hartnäckig krallten die Finger sich in die lose Erde, die abzubröckeln begann, als sie sich hochzuziehen versuchten. Die dünnen Ärmchen spannten sich an, zitterten… Sarah öffnete die Augen, um nicht die großen Stiefel sehen zu müssen, wie sie wieder zutraten.

Wie waren hübsche junge Mädchen dort herausgekommen… wie hatten sie überlebt?

Während des Krieges war Sarah ein Kind gewesen, und ihre Gedanken über ihn hatten dem konventionellen Bild entsprochen, wie es die Notwendigkeiten der Kriegszeit diktierten. Ihr Vater war Verwaltungsangestellter bei der Luftwaffe gewesen, und nach dem Krieg hatten ihre Eltern den Flüchtlingen aus den Trümmern Europas geholfen. Sarah hatte alles darüber gewußt, ohne wirklich etwas zu wissen. Schon als Kind hatte sie sich gesagt: »Natürlich kann man nicht wirklich verstehen, wie es war, nicht, wenn man Engländer ist.« Was bedeutete: nicht, wenn man sein ganzes Leben in Sicherheit war. (Und auch immer in Sicherheit bleiben wird.) »Es« stand für einen Schrecken außerhalb des gewöhnlichen Lebens, und es hatte keinen Sinn, darüber nachzugrübeln. Wenn man es nicht selbst erlebt hatte, würde man es nie verstehen können. Sarah hatte in sich eine Tür geschlossen. Oder hatte sich vielmehr geweigert, sie zu öffnen. Und ja, sie glaubte, daß sie damit recht hatte. Diese Tür mußte man nicht öffnen, um Gutes zu tun. Sie hatte ihre Eltern beobachtet, die jahrelang hart und erfolgreich für verschiedene Flüchtlingsorganisationen gearbeitet hatten, und doch hatten sie es sich nie gestattet, hysterisch zu werden… Sollte man dieses Wort gebrauchen? Ja, es traf zu. Sie hatten die Existenz der Schrecknisse anerkannt, und das tat auch sie, aber warum sollte man darin schwelgen? Wie es viele

Leute taten, die das Entsetzen genossen, sich ständig damit beschäftigten, sich davon nährten.

Als sie zum erstenmal von Roses Geschichte erfahren hatte, hatte sie genau hingehört und die Tür bewußt zugehalten. Da war etwas, was sie nicht glaubte. Ja, sie wußte, daß Rose dort gewesen war, daß sie der Hölle entkommen war. Aber nicht notwendigerweise auf die Art, wie sie erzählte. Rose war eine Lügnerin. Sie log, wie sie atmete. Rose gehörte zu den Leuten, die, wenn sie behaupteten, auf der rechten Straßenseite nach Osten gegangen zu sein, sie mit Sicherheit auf der linken nach Westen gegangen waren. Rose war, und das hatte sie nicht nur einer Person, sondern etlichen erzählt, in einem Konzentrationslager gewesen. Ihre Mutter war im Lager gestorben. Ihr Vater war ein sagenhaft reicher Südamerikaner, der diese erstaunliche Liebesaffäre mit ihrer wunderschönen Mutter eingegangen war, aber er war verheiratet gewesen und zu seiner Frau zurückgekehrt. Die Wahrheit? Wer kannte sie schon? (Und wer wollte sie schon kennen, hatte Sarah in Augenblicken moralischer Erschöpfung stets hinzugefügt – Rose spielte einfach eine zu wichtige Rolle.) War ihre Mutter in einem Konzentrationslager gewesen? Rose? Sarah wußte, daß eine Menge Leute, die der Hölle entkommen waren, behaupteten, in Konzentrationslagern gewesen zu sein, und vielleicht stimmte das auch, doch das Wort stand für ein Entsetzen, das Menschen, die nicht dort gewesen waren, unzugänglich war und unzugänglich sein mußte. Nichts anderes als unzugänglich sein konnte. Eine Art Kurzschrift, das war dieses Wort... Und die Lager waren nur ein Teil davon gewesen. Ein schwarzer Abgrund, in den die Menschen gezogen oder geworfen worden waren, in den sie gefallen waren, und rundherum hatte man gekämpft und sich gewehrt, um sich und andere zu retten, so, wie es sich niemand vorstellen konnte, der nicht in dieser Hölle gewesen war. Rose hatte das alles überlebt... Aber wenn ihre Geschichten nicht der Wahrheit entsprachen? Ja, was dann? Bevor sie sich mit dem Amerikaner, ihrem späteren Mann, zusammengetan hatte, der für den Augenblick stand, in dem die herzzerreißend dünnen Ärmchen des jungen Mädchens es endlich geschafft hatten und nicht wieder abgerutscht waren – was war vor diesem Augenblick geschehen? (War es wichtig?) Fünf Jahre lang hatte sich Rose, ein auf dramatische Weise schönes Kind-Mädchen, dann ein junges Mädchen, irgendwie am Leben erhalten in einem Europa, das sich kein Mensch ausmalen konnte, der es nicht selbst erlebt hatte.

Sie war entkommen. Sie hatte überlebt. Das war genug.

Sie war die verhätschelte, ungeduldige Kindfrau, Geliebte und Ehefrau dreier Männer gewesen, die sie angebetet und wieder weggeschickt hatten, weil sie nicht gewöhnlich, keine normale Ehefrau hatte sein wollen.

Wie hatte sie darüber gedacht? Sie hatte eine Rolle gespielt, an die sie hatte glauben müssen, weil sie sie aus dem schwarzen Loch geholt, sie gerettet hatte, aber danach war diese Rolle nicht mehr angemessen gewesen. Also hatte sie beschlossen, eine gute Ehefrau zu werden, mit allem Drum und Dran, mit selbstgebackenem Brot, lärmenden Kindern und einem großen Haus. Doch hatte sie sich willentlich dafür entscheiden müssen. Diese Rose, James' gute Frau, war ebenso ein Konstrukt, eine Rolle, wie es die verhätschelte Kindfrau gewesen war.

Rose hatte diese Welt, diese sichere, geordnete Welt, die nicht die Hölle war, nie verstanden. Nie war sie in der Lage gewesen, die Regeln zu begreifen, die sie beherrschten. Ja, es waren überwiegend ungeschriebene Regeln, die man sich als Heranwachsende aneignete, so wie Sarah.

Rose hatte das nicht getan.

Sarah stand mit geschlossenen Augen neben dem Fenster, und sie hatte so sehr Roses Perspektive eingenommen, daß sie beinahe war wie sie, daß sie fühlte wie sie. Und was sie fühlte, war (das spürte Sarah am eigenen Leib) Panik. Mit jedem Atemzug atmete sie Angst. Es war, als griffe sie ständig nach etwas, das Halt versprach, das fest schien, dann aber unweigerlich nachgab. Sie hatte drei Männer verloren, die sie geheiratet hatte, weil sie ihr Sicherheit boten. Nach der dritten Ehe war sie panisch, verzweifelt und entschlossen gewesen, James zu finden.

Und jetzt gab James, gab auch diese Ehe nach.

Ihre Affäre? Die Geschichte (mit einem weiteren lyrischen jungen Engländer, wie Sarah gehört hatte) war nur ein anderes Gesicht der Panik... die älter gewordene Rose mußte sich vergewissern, daß sie immer noch attraktiv war.

Sarah begann sich noch einmal die Szenen vorzustellen, die sie sich gerade erst ausgemalt hatte.

Die hektische, verzweifelte, angstbesessene Rose telefonierte mit ihrer besten Freundin, die, das mußte sie mittlerweile wissen, schlagartig aufhören würde, ihre Freundin zu sein, aufgrund ihres, Roses, Verhaltens, das falsch, das einfach zuviel war. So kam es immer. In dem Moment, in dem Rose begriff, daß wieder eine Freundin sie aufgegeben hatte, weil sie so exzessiv war, würde sie sich beschweren: »Ich bin zu vital, habe zuviel Energie für die Engländer.« Ihre großen, schwarzen Augen würden voller Unverständnis nach innen blicken, und sie würde sich fragen, was es diesmal gewesen war... »Du hast wieder einmal gelogen«, sagte Sarah zu Roses Bild. Doch Rose würde nie verstehen, was Sarah damit meinte. Wenn Rose mit jedem Atemzug log, so war das ihre Überlebensstrategie, die Lügen hatten sie gerettet, hatten sie aus diesem schrecklichen Ort geholt, der ihre Kindheit gewesen war. Rose spann Netze um James, die er nie verstehen würde, so wie sie ihn nie verstehen würde.

Nie und nimmer würde Rose ganz normale Anständigkeit, gesunden Menschenverstand und Ehrenhaftigkeit verstehen. Diese Eigenschaften konnte man nicht erlernen, wenn man in der Hölle gewesen war.

Sie würde Netze spinnen und Fallstricke spannen, vor Angst schier wahnsinnig werden, jeden Trick anwenden, den sie kannte, um Sarah zu vereinnahmen, in ihr Haus zu lokken, in ihre Familie und dann ... der große Familientisch, an dem die Kinder und Freunde saßen. James am Kopfende, und wieder waren ein paar seiner Kollegen da. Rose saß am anderen Ende. Olive ... andere Leute ... und auch Sarah war da, saß wie eine Besucherin bescheiden auf der Seite zwischen den Kindern. Roses Mann und seine erste Frau, zwei Nordländer, zwei alternde Wikinger, gutaussehend, von Sonne und Wind gebräunt, humorvoll, umsichtig. Sie würden die Situation nicht kommentieren, nicht einmal ihre Blicke würden sich kreuzen (bereits das würde ausreichen, um Rose so viel Verdacht einzuflößen, daß sie hysterisch werden würde. Rose selbst benutzte ihre großen Augen für dunkle, bedeutungsvolle Blicke, Anspielungen und zog die Brauen ein wenig in die Höhe – ohne ihre Augen kam sie nicht zurecht, war nie ohne sie und die Atmosphäre des Ich-und-Du, die sie mit ihnen inszenierte, zurechtgekommen) ... Doch da saßen sie, ihr Mann und Sarah, ruhig, lächelnd, gelassen, zu Hause in einer Welt, die Rose nicht verstand und nicht verstehen konnte, weil sie in eine Welt hineingeboren worden war, in der es ums Überleben ging.

Rose konnte nichts anderes tun, als Netze um Sarah zu spinnen und James dabei für ihre Zwecke zu benutzen. Sie würde Ränke schmieden, Pläne machen, intrigieren, der Welt, die sie nicht verstand, Fallen stellen, und sie würde diese Welt in ihr Leben ziehen, in ihr Heim und sie an ihren Tisch setzen.

Und dann?

Und dann würde sie sich umbringen. Etwas anderes blieb ihr nicht übrig. Die Panik, das Entsetzen konnten nicht besänftigt, nicht gemildert werden, weil die fügsame, gehorsame, freundliche Sarah an ihrem Tisch saß, sondern im Gegenteil, sie würden in ihr wachsen und sie töten.

Natürlich!

Es lag auf der Hand!

Von Anfang an hatte es auf der Hand gelegen, und deswegen war Sarah auch in diese Panik geraten. Davonlaufen... wegrennen... um sicherzustellen, daß nichts davon geschah.

»Rose, nicht Sarah... sie, nicht ich«, hörte sie sich flüstern – aus dem Teil in ihr (in uns allen), der soviel klüger ist als das langsame, schwerfällige, bewußte Selbst.

Rose würde noch heute abend anrufen. Oder eins der Kinder. Oder James mit einer Nachricht von Rose.

Sarah würde einfach nicht ans Telefon gehen.

Sie schaltete das Licht wieder ein, suchte in einer Schublade nach einem bestimmten Brief und rief ihre Freundin Greta in Norwegen an. »Greta«, sagte sie mit fester Stimme. »Ich würde gern deine Einladung annehmen, nur muß ich dich um einen großen Gefallen bitten. Ich möchte jetzt gleich kommen. Sofort. Von deinem Haus aus möchte ich Wanderungen machen. Ja, den ganzen Sommer über. Eine lange Zeit. Und ich will nicht, daß jemand erfährt, wo ich bin. Auch James nicht. Oder Rose. Niemand. In Ordnung? Ich rufe dich von Oslo aus noch einmal an.«

Es war geschafft.

Energisch begann sie, die Koffer zu packen.

Morgen würde sie die Wohnung einem Makler anvertrauen und auf der Stelle zum Flughafen fahren.

Heute abend, jetzt, würde sie zum Essen in ein Restaurant gehen und erst spät nach Hause zurückkehren, und sie würde nicht ans Telefon gehen... das läutete, als sie die Treppe hinunterlief, um ihm zu entfliehen.

Soziales

Die junge Frau ging unentschlossen, aber beharrlich am Rand des Gehwegs hin und her, hielt das Gesicht von der Straße abgewandt. Mehrmals schien sie sich jemandem nähern zu wollen, der aus der U-Bahnstation kam und die Straße entlangging, doch dann blieb sie stehen und zog sich wieder zurück. Schließlich stellte sie sich einer elegant gekleideten älteren Frau in den Weg, die einen kleinen Hund an der Leine führte, der kam und an ihren Beinen schnüffelte, während sie hastig und aufgrund ihres Widerwillens stotternd sagte: »Können Sie mir bitte etwas Geld geben? Ich brauche es dringend. Das Sozialamt wird bestreikt, und ich muß meinen Kindern was zu essen kaufen.« Ihr Widerwille ließ sie über die Worte stolpern. Die Frau musterte sie, nickte, nahm eine Fünfpfundnote aus ihrer Handtasche, steckte sie zurück, nahm eine Zehnpfundnote und reichte sie ihr. Die junge Frau hielt den Geldschein in der Hand und starrte ihn ungläubig an. Widerstrebend murmelte sie »danke«, machte auf der Stelle kehrt, überquerte blindlings, aber bestimmt die Straße, wobei sie eine Hand hob, um den Verkehr anzuhalten. Sie strebte dem Supermarkt gegenüber der U-Bahnstation zu, blieb vor dem Eingang jedoch stehen und sah sich nach der Frau um, die ihr das Geld gegeben hatte. Dic stand da und beobachtete sie, der kleine Hund japste und zerrte an der Leine. »Blöde Kuh. Sie will sehen, ob ich sie angelogen habe«, murmelte die junge Frau. Eigentlich war sie noch ein Mädchen. »Am liebsten würde ich sie umbringen. Ich könnte sie alle umbringen ...« Dann betrat sie den Supermarkt, nahm einen Einkaufskorb und legte Brot, Margarine, Erdnußbutter und Dosensuppen hinein.

Ein Mann in einem alten blauen Datsun, der neben dem Gehweg parkte, hatte den Vorfall beobachtet, war ausgestiegen, hatte hinter der jungen Frau die Straße überquert und ebenfalls die Hand erhoben, um ihr gegen den Verkehr beizustehen. Er folgte ihr in den Supermarkt, blieb aber stets ein paar Schritte hinter ihr, während sie einkaufte. Als sie dem Mädchen an der Kasse die Zehnpfundnote hinhielt, wobei ihr die gespannte Frage, ob sie auch reichen würde, ins Gesicht geschrieben stand, hielt er eine eigene Zehnpfundnote dazwischen und zwang die Kassiererin, sie zu nehmen. Bis die junge Frau, der er gefolgt war, begriffen hatte, was er tat, war es zu spät. »Okay«, sagte er. »Streiten können wir uns draußen.« Sie blickte zuerst ihn wütend an, dann das Mädchen an der Kasse, das bereits mit dem nächsten Kunden beschäftigt war. Schließlich folgte sie ihm nach draußen. Sie sah ihn an, nicht, um herauszubringen, was für ein Typ er war, sondern wie sich am besten mit ihm streiten ließ. Er war um die vierzig, ohne besondere Kennzeichen und so nachlässig gekleidet wie sie selbst. Allerdings haftete ihm im Gegensatz zu ihr eine Art selbstbewußter Unbekümmertheit an. Ihre Kleidung war unauffällig, Jeans und Pullover, aber sie wirkte schlampig, nicht so sehr schmutzig als vielmehr muffig. Ihre Finger waren gelb von Nikotin.

»Sehen Sie«, sagte er und nahm ihr Erscheinungsbild auf, »ich weiß, was Sie sagen wollen, aber warum trinken wir nicht eine Tasse Kaffee zusammen?«

Sie stand einfach nur da, wie gelähmt... vor Argwohn. Sie sah aus, als stecke sie in einer Falle. Ein paar Meter weiter standen Tische und Stühle auf dem Gehsteig.

»Kommen Sie schon«, sagte er und nickte in Richtung der

Tische. Er setzte sich, und sie folgte ihm, auf eine hilflose, lethargische Weise, saß da, als würde sie sofort wieder aufspringen wollen. Augenblicklich begann sie in ihrer Einkaufstüte nach den eben gekauften Zigaretten zu kramen. Sie zündete sich eine an, schloß die Augen und rauchte und sog den Rauch dabei so tief in die Lungen, als versuche sie, sich in ihm zu ertränken. Er sagte: »Was soll ich bestellen? Kaffee?« Sie regte sich nicht. »Also gut, Kaffee. Und ich weiß, daß Sie Hunger haben. Was wollen Sie essen?« Keine Antwort. Sie fuhr fort, den Rauch der Zigarette zu inhalieren, die sie mit einer kindlichen, schmuddligen Hand an den Mund führte.

Er ging in das Café. Sein kurzer Blick über die Schulter bewies, daß er Angst hatte, sie könnte verschwinden. Doch als er mit zwei Tassen Kaffee zurückkam, saß sie noch immer in derselben Haltung da wie zuvor. Er stellte den Kaffee auf den Tisch und setzte sich. Sofort zog sie eine der Tassen zu sich heran, tat reichlich Zucker hinein und trank mit großen Schlucken. Bevor sie fertig war, ging er noch einmal hinein und holte eine weitere Tasse, die er vor sie hinstellte.

»Bilden Sie sich bloß nicht ein, daß dabei etwas für Sie rausspringt«, sagte sie wütend.

»Das tue ich nicht«, sagte er in unaufgeregtem Ton. Sie tat ihm leid, und das konnte man an seiner Miene, seinem Blick ablesen. Sie hatte ihn noch kein einziges Mal richtig angesehen.

Ein großer Teller mit Sandwiches wurde gebracht.

»Essen Sie«, sagte er.

Ohne große Begeisterung nahm sie ein Sandwich in die Hand, und endlich sah sie ihn an. Es war eine hastige Musterung, von der sie nur das Schlimmste erwartete. Ihr Ausdruck war der einer beständigen, sarkastischen Wut.

»Also, was soll das alles?« fragte sie kalt.

»Ich habe früher beim Sozialamt gearbeitet«, sagte er, als

würde das ihre Frage beantworten. Ihre Züge wurden – soweit das überhaupt möglich war – noch härter und ärgerlicher. Ihre Augen waren nur noch Schlitze und sandten haßerfüllte Blicke aus. »Ja, ja«, sagte er, »ich weiß, was Sie sagen wollen.«

»Nein, das wissen Sie nicht. Sie wissen rein gar nichts über mich.«

»Ich kann mir aber einiges denken«, sagte er gewollt humorvoll, doch sie sprang nicht darauf an.

»Sie wissen verdammt noch mal nichts über mich, und daran wird sich auch nichts ändern.«

»Ich weiß zum Beispiel, daß sie kein Geld haben, um Ihren Kindern etwas zum Essen zu kaufen.«

»Woher wissen Sie, daß ich Kinder habe?«

Er lächelte etwas ungeduldig. »Dafür muß man nicht Sherlock Holmes heißen. Ich bin sicher, Sie würden nicht betteln, wenn Sie das Geld nicht für Ihre Kinder brauchten.«

Sie erstarrte. Allem Anschein nach hatte sie nicht angenommen, daß er sie beim Betteln beobachtet hatte. Dann beschloß sie, daß es ihr egal war. Sie biß ein großes Stück von dem Sandwich ab, wobei sie mit der anderen Hand die Zigarette bereithielt. »Vermutlich tut es Ihnen leid, daß gestreikt wird«, sagte sie höhnisch, kaum hatte sie den Bissen hinuntergeschluckt.

»Wie gesagt, ich arbeite nicht mehr dort. Vor einem Jahr habe ich gekündigt. Ich habe aufgehört, weil ich es nicht mehr aushielt.«

Offensichtlich hatte er das Bedürfnis, mehr darüber zu erzählen, aber sie schüttelte den Kopf, um ihm zu verstehen zu geben, daß es sie nicht interessierte.

»Ich könnte sie umbringen«, sagte sie, und sie meinte es ernst. »Wenn ich es könnte, würde ich es tun. Was denken die sich bloß ...? Sie denken überhaupt nicht. Drei Wochen konnte ich kein Geld abholen, und es war ihre Schuld und nicht meine. Und jetzt streiken sie. Sie schulden mir das Geld für einen ganzen Monat. Ich kann die Miete nicht zahlen. Und ich hab mir was leihen müssen von jemand, der selber nichts hat. Und die streiken, weil sie mehr Gehalt wollen ... Unsereins ist denen völlig egal, was mit uns passiert, daran denken die keine Sekunde. Ich könnte sie umbringen.«

Er rutschte unbehaglich hin und her, in seinen Augen schimmerte Mitgefühl. »Sie müssen es mal von ihrem Standpunkt sehen ...«

»Von ihrem Standpunkt?« unterbrach sie ihn. »Ich interessiere mich nur für meinen Standpunkt. Ich hatte eine Freundin, die hat sich umgebracht, als sie das letzte Mal meinten, streiken zu müssen. Sie hatte zwei Kinder. Jetzt unterstehen sie der Fürsorge. Vor ein paar Monaten hab ich einen Job gefunden, nichts Großartiges, aber immerhin einen Job. Allerdings hab ich ihn wieder verloren, weil ich tagtäglich aufs Sozialamt mußte, um denen das Geld aus der Nase zu ziehen. Ich such mir nichts Neues. Wozu auch? Wenn ich was finde, beschließt das beschissene Sozialamt bestimmt wieder zu streiken.« Sie hatte in kaltem, ruhigem Ton gesprochen, ihre Augen – die verletzlichen Augen eines jungen Mädchens – hatten ins Leere gestarrt. Wahrscheinlich sah sie sich selbst vor sich, wie sie ihre Feinde umbrachte.

Er sagte, und es klang niedergeschlagen: »Nicht jeder im Amt ist mit dem Streik einverstanden, da bin ich sicher.«

»Das ist mir egal. Ich muß auf jeden Fall betteln. Wie beim letztenmal, als sie gestreikt haben. Und geklaut. Wenn ich nicht geklaut hätte, wären die Kinder verhungert.«

»Wie viele Kinder haben Sie?«

»Das geht Sie nichts an. Ich werde Ihnen nichts erzählen.«

Er beugte sich vor, spähte in die Rauchwolke, die sie einhüllte, und sagte langsam und deutlich, damit sie ihm zuhörte: »Als ich angefangen habe, da zu arbeiten, war alles noch ganz anders. Vor fünfzehn Jahren ... damals hat mir die Arbeit wirklich Spaß gemacht, es hat mir Spaß gemacht ...« An dieser Stelle zensierte er das »den Leuten zu helfen«, doch sie hatte verstanden und lächelte ihn bitter an. »Aber dann ging langsam alles vor die Hunde. Früher war die Atmosphäre ausgezeichnet, nicht wie jetzt. Plötzlich hatten wir zuwenig Leute. Dann kamen die Einsparungen ... Trennwände wurden eingezogen und Glasscheiben, und die Fenster wurden vergittert. Man trennte uns von den Leuten, wenn man so will. Plötzlich saßen wir in einem Käfig. Auch wenn ich manchmal froh war über den Schutz, den das alles bot.« Er lachte, es klang wie zähneknirschende Bewunderung. Er streckte ihr einen Arm entgegen und zog den Jackenärmel ein Stück zurück, so daß eine rote Narbe knapp oberhalb des Handgelenks sichtbar wurde. »Sehen Sie? Ein Mädchen hat mich gebissen. Hat völlig durchgedreht ...«

»Vielleicht war ich das«, sagte sie, ohne ihn anzusehen. Ihre Haltung machte deutlich, daß sie nichts mehr hören wollte, doch er war offensichtlich längst noch nicht fertig: Es drängte ihn, ihr alles zu erzählen.

»Nein, nicht Sie. Ich werde das Mädchen nie vergessen.«

»Ich hätte es aber sein können.«

»Auch ohne im Recht zu sein? In dem Fall lag die Schuld nicht bei uns. Sie hatte sich selbst in die Sache hineingeritten und gab uns die Schuld dafür.«

»Wenn Sie es sagen. Wenn Sie es sagen, muß es ja wahr sein. Kein Einspruch. Durchgedreht, ist das ihr Ausdruck dafür?« Sie drückte ihre Zigarette aus und überlegte, ob sie sich eine neue anzünden sollte. Sie sah auf die Uhr: Ja, sie hatte noch ein bißchen Zeit.

»Mit Lebensmitteln für zehn Pfund werden Sie nicht weit kommen«, sagte er.

»Ich hab noch die zehn von der reichen Gans.«

Er nahm seine Brieftasche, zog eine weitere Zehnpfundnote und eine Fünfpfundnote heraus und gab sie ihr. »Gehen Sie noch mal in den Supermarkt. Kaufen Sie noch mal ein.«

Sie blickte auf das Geld in ihrer Hand, den Mund häßlich verzerrt. Als sie aufstand, erinnerte sie sich an die Einkaufstüten neben ihrem Stuhl und wollte sie mitnehmen.

»Glauben Sie, ich will sie bestehlen?« Er klang gekränkt, doch sie zuckte nur die Achseln und ging in den Supermarkt hinüber. Während ihrer Abwesenheit ließ er seinen Gefühlen freien Lauf. Auf seinem Gesicht spiegelte sich Ärger. Aber es war eine andere Art Ärger als ihrer, und er schien nicht glauben zu können, woran er sich so gut erinnerte, woran er dachte. Er war enttäuscht.

Als sie schwer beladen zurückkam, lächelte er. »Setzen Sie sich, und essen Sie die Sandwiches auf.«

Sie wog Vor- und Nachteile ab, setzte sich und aß, langsam, systematisch, ohne Appetit.

Er beobachtete sie. Dann sagte er: »Seit einem Jahr arbeite ich als Kurierfahrer. Dabei verdiene ich zwar nicht mehr so viel wie früher, aber wir kommen über die Runden.«

Keine Antwort. Sie hatte sich wieder eine Zigarette angezündet.

»Ich habe eine Frau und zwei Kinder.«

»Schön für sie.«

»Wenn Sie wollen, fahre ich Sie nach Hause.«

»Für wie dumm halten Sie mich eigentlich? Fünfundzwanzig Pfund, zwei Tassen Kaffee und was zu essen, und schon wissen Sie, wo ich wohne.«

Er saß da und schwieg.

Sie blickte auf, weil er nichts erwidert hatte, sah ihn an und sagte: »Ich vertraue *niemandem*. Nie wieder.«

»Sie wollen das alles lieber allein bis zu sich nach Hause schleppen, statt mir zu vertrauen?«

»Ganz recht.« Sie stand auf und hievte die Tüten vom Boden. Eine enthielt zehn Kilo Kartoffeln.

Er stand ebenfalls auf. »Wenn Sie das Zeug in mein Auto laden, setze ich Sie irgendwo in der Nähe Ihrer Wohnung ab. Sie sagen mir, wo ich Sie rauslassen soll. Dann haben Sie es nicht mehr so weit.«

»Ich weiß nicht, warum Sie das tun. Und es ist mir auch egal. Es ist mir scheißegal.«

»In Ordnung«, sagte er geduldig, obwohl ihm sein Überdruß anzuhören war. »Das hab ich auch gar nicht verlangt. Ich hab Ihnen ein Angebot gemacht. Stellen Sie sich nicht so verdammt dämlich an. Wenn ich herausfinden wollte, wo Sie wohnen, müßte ich lediglich die Schulen hier in der Gegend beobachten. Wahrscheinlich die Fortescue-Schule, nicht wahr?« Er wollte weitersprechen, unterließ es jedoch, als er ihr Gesicht sah.

»Okay«, sagte sie, ohne ihn anzusehen.

Er nahm ihr ein paar Tüten ab und überquerte die Straße, wobei er einem Autofahrer mit einer Geste bedeutete, etwas langsamer zu fahren. Sie folgte ihm und stieg hinten in seinen Wagen. Er stellte die Tüten neben sie auf den Rücksitz, setzte sich hinters Lenkrad und fragte: »Wohin?«

»Die Straße entlang.«

Nach ungefähr einer Meile, in der Nähe von Kentish Town, sagte sie: »Hier können Sie halten.«

Er hielt. Sie stieg aus. Er sah sie nicht an, blickte vor sich hin. Es brachte sie nahezu um, aber sie sagte es trotzdem: »Danke.«

»Nicht der Rede wert«.

Er sah ihr nach, wie sie langsam die Straße entlangging, die Schultern vom Gewicht der Tüten nach unten gezogen. Sie bog in eine Straße, von der er wußte, daß sie nicht in ihr wohnte. Er wartete, ob sie sich umdrehen und winken, ihm zulächeln oder ihn zumindest einfach nur ansehen würde, aber sie tat nichts dergleichen.

Zwei alte Damen und ein junger Mann

Das Restaurant wurde von Verlegern frequentiert, von Agenten und – als Gäste der einen oder anderen – von Schriftstellern. Über das Lokal selbst gibt es nicht viel zu sagen. Es bliebe zu klären, warum ein Restaurant beliebter ist als ein anderes, in dem man genausogut ißt. Vielleicht war es einfach nur interessant eingerichtet, auch wenn es fast überladen wirkte. Es war stets voll besetzt.

Mittag. Leute trafen zum Essen ein. Allein an einem beliebten Tisch neben einer Kaskade aus weißgrünem Efeu saßen zwei alte Damen. Sie waren elegant gekleidet, allerdings fast etwas übertrieben, mit Schals, Ketten und Ohrringen. Schauspielerinnen? Deuteten die falschen Wimpern, die stark geschminkten Augen eine Parodie ihrer selbst an?

Sie saßen sich schräg gegenüber. Der Tisch war für drei Personen gedeckt. Zunächst lehnten sie einen Aperitif ab, dann, als sich das Restaurant weiter füllte, bestellten sie Sherry.

»Sehr trocken«, sagte eine der Damen zum Kellner, und ihre zittrige Stimme verriet, daß sie älter war, als sie wirkte.

»Sehr trocken«, sagte die andere eine Oktave tiefer mit einer Stimme, die einstmals darauf getrimmt gewesen war, erotisch zu klingen, doch jetzt polterte sie, krächzte beinahe.

»Sehr gut«, sagte der Kellner und blieb noch einen Augenblick lächelnd stehen. Es war ein lebhafter junger Franzose.

»Vielleicht ist heute der falsche Tag«, sagte die eine.

»Bestimmt nicht«, meinte die andere.

Und dann kam ihr Gastgeber, ein junger Mann, der mit strahlender Miene auf sie zustrebte, beinahe schon rannte. »Tut mir leid.« Fast schien er den Tränen nahe und fuhr sich mit der Hand durch den jugendlichen Haarschopf, der durch seine Hast in Unordnung geraten war. Er setzte sich, und der Kellner nickte, als er rief: »Champagner, wie gewöhnlich.«

»Ach, du meine Güte«, sagte die eine der alten Damen. »Wir werden auf Abwege gebracht.« Sie war vielleicht die Hübschere von beiden, ein entzückendes altes Geschöpf. Als junge Frau mußte sie reizend gewesen sein, eine Rose, blauäugig und blond, und obwohl ihr Haar längst silberfarben war, war es doch noch immer eine üppige Masse verschlungener Wellen und Ranken, nicht unähnlich der Helmfrisur, wie sie Königin Mary zu tragen pflegte.

»Aber wirklich«, sagte die andere mit ihrer tiefen Stimme. Auch sie war sicher bemerkenswert gewesen mit ihren dunklen Augen und dem wahrscheinlich ebenfalls tiefdunklen Haar. Jetzt war es goldfarben, ein blasses Gold, im Nacken zu einem Knoten gebunden, der von einem schwarzen Samtband gehalten wurde. Waren sie Schwestern?

»Ich wurde Ihretwegen aufgehalten, doch das soll keine Entschuldigung sein«, sagte der Gastgeber und griff nach dem eben gefüllten Champagnerglas. Er wartete, gerade so lange es die Höflichkeit erforderte und es auch in den beiden anderen Gläsern perlte und schäumte, dann trank er seines in einem Zug aus, und sofort schenkte der Kellner nach. Die zwei Frauen beobachteten ihn und tauschten für Sekundenbruchteile einen Blick.

»Jetzt ist alles geklärt«, sagte der Verlagsmann. »Sie werden beide einen Vertrag mit genau den gleichen Bedingungen bekommen. Wir gehen dabei von der Annahme aus, daß Sie zu gleichen Teilen an dem Buch arbeiten.«

»Ah, gut«, sagte das Silberhaar. »Dann ist das also beschlossen. Da bin ich aber froh.« Und sie leerte ihr Glas in einem Zug und lächelte ihn freundlich an.

»Natürlich«, sagte der Goldkopf mit seiner kehligen Stimme. »Ich war sicher, Sie würden die Sache klären.« Und auch sie trank ihr Glas aus.

»Wie belebend es doch ist«, sagte das Silberhaar, »schon mittags Champagner zu trinken.« Ihre Stimme klang bereits zittriger als zuvor, und wenn sie tiefere Töne anschlug, erlangte sie eine erinnerungsträchtige Vertraulichkeit.

»Wie belebend es doch ist«, sagte der Goldkopf, »mit einem gutaussehenden jungen Mann Champagner zu trinken.«

»Aber nicht doch«, sagte der junge Mann gutmütig. Er war verblüfft, durcheinander. Sein Name war William: Nennen-Sie-mich-William, aber diesen beiden würde er das nicht anbieten, die, das lag auf der Hand, irgendwie Vorteil daraus schlagen würden.

Die alten Damen unterzogen ihn einer Musterung, die er als aufdringlich empfand. In einem Anflug von Panik sagte er sich, daß sie zusammen beinahe eineinhalb Jahrhunderte hinter sich gebracht hatten.

Über den Rand seines Glases hinweg starrte er die beiden an. Er hatte sie persönlich noch nie zuvor getroffen, nur am Telefon mit ihnen gesprochen und sich daraufhin jede einzelne Vertragsklausel vorlegen lassen. Er hatte nicht erwartet... na ja, er war schockiert. Sein Erfahrungsschatz hielt nichts bereit, was ihm hätte helfen können, mit diesen beiden weltlichen alten Zicken umzugehen, die nach ein paar Schluck Champagner bereits beschwipst waren.

»Meine Liebe«, sagte das Silberhaar, »wir haben ihn erschreckt.« Und sie legte ihm die wohlgeformte, aber mit Altersflecken überzogene Hand auf den Unterarm, an der sie unzählige Ringe trug.

»Machen Sie sich nichts draus«, sagte der Goldschopf mit einer, wie ihm schien, ziemlich grotesken Dreistigkeit, »aber das ist alles zuviel für unsere armen Köpfe.«

Der Kellner beobachtete sie unablässig. Er füllte die Gläser nach.

»Sehen Sie, wir leben beide allein«, sagte das Silberhaar und erklärte ihm damit alles.

»Ach, ich dachte, Sie lebten zusammen ... Keine Ahnung, warum ich das ...«

»Wir mögen zwar Schwestern sein, aber soweit ist es noch nicht.«

»Wir hoffen noch immer auf etwas Besseres, verstehen Sie«, sagte der Goldkopf und lachte dann lauthals und spöttisch los, Gott wußte, warum.

»Ich lebe allein mit meinem Baby«, sagte das Silberhaar, tatsächlich hieß sie Fanny Winterhome.

»Und ich lebe mit meinem, und wir beide lieben unsere Babys«, sagte der Goldkopf, Kate Bisley.

Die beiden waren verwitwet, waren Theateragentinnen gewesen, hatten »alle Welt« gekannt, tausend gute Schauspieler vertreten, berühmte und weniger berühmte, und jetzt schrieben sie ihre Lebenserinnerungen. Das Buch würde sich allein schon wegen der unzähligen, zum Teil ziemlich gewagten Anekdoten über die Größen des Fachs gut verkaufen. »Aber wir werden nie gehässig werden, das versprechen wir Ihnen, Schätzchen«, hatte ihm Fanny am Telefon beteuert. Sie galten als Theaterexpertinnen, für die Vergangenheit wie für die Gegenwart. Niemand war besser bewandert als sie, hatte man ihm glaubwürdig versichert.

Zufällig hatte ihm ein bekannter Schauspieler, den der junge, wenn auch nicht mehr gerade jugendliche Verleger darum gebeten hatte, bei der Vorstellung des Buches zu helfen, am Tag zuvor erzählt, daß die beiden alten Damen einmal zwei Schönheiten gewesen waren.

Jetzt saß er da und sah von einer zur anderen.

»Kate hat einen Burmesen, und mein Baby ist ein Siamese«, sagte Fanny. Und ihre rot geschminkten Lippen sandten Küsse in die Luft und meinten dabei zwei unsichtbare Miezekatzen.

»Ich glaube, wir sollten bestellen«, sagte der Verleger mit fester Stimme.

Es war offenkundig, daß es ihm im Gegensatz zu den beiden nicht gleichgültig war, was er aß. Als der Kellner erneut herankam, um den Rest Champagner auf die Gläser zu verteilen, sagte der Gastgeber, wobei er überzeugt war, hypnotisiert worden zu sein: »Wir möchten, glaube ich, noch eine Flasche.«

»Oh, schön«, sagte Fanny und seufzte. »Man kann nie genug Champagner trinken.«

»Zu dieser Tageszeit durchaus«, sagte Kate.

»Auf dem Weg zum Zug werden wir uns gegenseitig stützen müssen.«

»Vielleicht wird uns ja dieser gutaussehende junge Mann dorthin begleiten?«

»Gewiß, es wäre mir ein Vergnügen, nur habe ich leider gleich anschließend einen Termin, zu dem ich auf keinen Fall zu spät kommen darf.«

»Oje, dann dürfen wir uns wohl nicht allzuviel von Ihnen erwarten«, sagte Fanny und tätschelte die hübschen Silberlocken über ihrem perlengeschmückten linken Ohr, und ihre Ringe blitzten dabei auf. Einer verfing sich im Haar. »Verflixt«, sagte sie, »ich bin's einfach nicht mehr gewöhnt, mich so in Schale zu werfen.« Und sie nahm einen Ohrring ab und legte ihn auf den Tisch, nahm auch den anderen Ohrring ab und zog sich ein paar Ringe von den Fingern.

»Alles nur für Sie«, sagte Kate. »Aber wir sind aus der Übung, verstehen Sie?« Mit ihrer tiefen Stimme bot sie sich ihm an, wie Fanny es mit höheren Tönen tat. Ihre Stimmen... während er lächelte und herzhaft seine Vorspeise anging – Krabben und ein bißchen von diesem und jenem –, versuchte er, sich über ihre Stimmen klarzuwerden.

»Wollen Sie denn nichts über die Vertragsbedingungen wissen?« fragte er sie in schnurrigem Ton, allerdings mit einem Anklang von Groll.

»Ach, ich bin sicher, Sie haben das Beste für uns rausgeholt«, sagte Fanny, und ihre Stimme säuselte ihm das Rückgrat hinab.

»Außerdem haben Sie uns die Bedingungen doch zugeschickt. Haben Sie das vergessen?« sagte Kate, und ihre tiefe Glockenstimme diskantierte Fannys helle Glöckchen.

Verflucht sollen sie sein, dachte er.

»Außerdem ist es nicht sehr wahrscheinlich, daß Sie versuchen, uns übers Ohr zu hauen«, sagte Fanny, »wo wir doch die besten Theateragentinnen unserer Zeit waren.«

»Stimmt«, sagte er.

Nachdem sie mit den Zacken ihrer Gabeln eine Zeitlang in ihrem Fisch herumgestochert hatten, legten sie sie weg und griffen gleichzeitig, als wären sie eine Person, nach ihren Gläsern.

»Welche Wonne«, sagte Fanny und nahm ein Schlückchen.

»Welche Wonne«, kam es wie ein Echo von Kate.

Er sah an ihnen vorbei zu einem Tisch hinter einem kleinen Bogen hinüber, an dem eine junge Frau saß. Sie bewirtete einen einflußreichen New Yorker Verleger und beachtete ihn nicht, obwohl sie ihn bemerkt haben mußte. Sie war überaus attraktiv, nicht unähnlich der von Modigliani gemalten Frau, die wir alle so gut kennen, mit einem langen, wollüstigen weißen Hals. Ihr schwarzes Haar glänzte wie polierte Kohle, und ihre Frisur war das, was man einmal einen Bubikopf genannt hatte. Sie hatte grüne Augen und trug einen grasgrünen Pullover, darüber eine Kette aus schwarzen Jettperlen. Ihre Haut war weiß und schimmerte wie die Blüte einer Kamelie. Er war gewiß nicht der einzige Mann, der sie betrachtete. Aber sie hatte Augen nur für den, der ihr gegenübersaß, hörte ihm zu wie eine... wie eine Geliebte, die entschlossen war zu gefallen. Er glaubte, daß er nicht auf die Idee gekommen wäre, diesen Vergleich anzustellen, wäre er nicht diesen zwei alten... ausgesetzt.

Als sie ihn auch weiterhin nicht wahrzunehmen schien, lehnte er sich zurück, bereit, sich erneut in Verlegenheit bringen zu lassen.

Sie hatten seine Geistesabwesenheit bemerkt und saßen wie zwei verhätschelte Wellensittiche still da, tranken und sinnierten nach über, wie es schien, lang vergangene Begebenheiten – es mußten erfreuliche Erinnerungen sein, denn sie lächelten mit ihren faltigen Gesichtern, und ihre Augen waren feucht vom Champagner.

Er nahm sein Hauptgericht in Angriff, während sie geduldig, aber gleichgültig warteten. Sie hatten kein Hauptgericht gewollt.

»Der Nachtisch!« sagte Fanny plötzlich. »Ich warte auf den Nachtisch. Ich bin ganz verrückt nach süßen Sachen. Früher war ich das nicht.«

»Süßes für die Süßen«, sagte Kate und machte Fanny an seiner Stelle ein Kompliment, da er offensichtlich nicht daran dachte. Oder war das ein Moment aus ihrer eigenen Vergangenheit?

Beide waren jetzt ziemlich beschwipst, und Kate schwankte leicht und summte unsicher ein paar Akkorde von... was?

Fanny neigte den Kopf zur Seite, schürzte die Lippen, und Kate sagte triumphierend: »*I've got you under my skin.*«

»Und wie gut man dazu tanzen konnte«, sagte Fanny. »Können Sie tanzen?« fragte sie und streichelte ihn dabei mit ihrer alten, lieblichen Stimme.

»Nein, heutzutage tanzen sie nicht mehr«, sagte Kate. »Wir haben es noch getan. Heute tanzt keiner mehr. Nicht wirklich. Sie hüpfen nur herum.«

»Nein«, gestand er und stärkte sich mit einem Schluck Champagner. »Ich glaube, ich kann nicht mal ...«

Die zweite Flasche war fast leer. Nein, er würde es nicht tun, er wollte verdammt sein, wenn er eine dritte bestellte.

Er hatte sein Essen verschlungen, ohne es zu genießen, und nickte dem Kellner zu, der sich offenbar absolut sicher war, wie er mit diesen *sacrées monstres* umgehen mußte. Er steuerte lächelnd und voller Anmut auf sie zu, bedachte beide Damen zu gleichen Teilen mit seiner Aufmerksamkeit, indem er sie freundlich lächelnd anblickte, und setzte zu detaillierten Erklärungen über die Desserts an. Ebensogut hätte er Juwelen oder Orchideen beschreiben können. Er schmeichelte ihnen, war voller Wertschätzung für sie. Hatte er vielleicht eine besonders liebe Großmutter? Die drei flirteten eindeutig miteinander. Als Vorführung war das durchaus bezaubernd, das war der Gastgeber bereit zuzugeben. Nachdem sie schließlich übereingekommen waren, daß sie eine bestimmte Süßspeise, bestehend aus Schokolade und Crème fraîche, zu sich nehmen mußten, wies sie der Kellner darauf hin, daß es unklug sei, all diese schönen Dinge, mittlerweile hatten beide Frauen ihren gesamten Schmuck auf dem Tisch abgelegt, einfach so herumliegen zu lassen. Er lächelte, sie lächelten, nahmen ihre Pretiosen und ließen sie in ihre Handtaschen gleiten.

»Woher wollen Sie wissen, daß ich mich nicht mit ihnen aus dem Staub machen werde?« sagte der Kellner, lachte und ging, um ihren Nachtisch zu holen.

»Reden Sie keinen Unsinn«, seufzte Kate hinter ihm her.

»Zum Anbeißen«, sagte Fanny. »Ein toller Mann. Ich glaube, heute gibt es weit mehr gutaussehende junge Männer als früher.«

»Das ist eine Illusion«, sagte Kate.

Sie schienen ihren Gastgeber vergessen oder aufgegeben zu haben, gedankenverloren saßen sie da und blickten an ihm vorbei.

Sie aßen ihren Nachtisch mit langsamen, genüßlichen Bissen und Schlückchen, aber nein, diese Vorstellung war nicht für ihn, den Gastgeber, bestimmt, der sie beobachtete und so zu sehen versuchte, wie es der Kellner ganz offensichtlich tat, als charmante, alte Damen: Wenn er einen Augenblick Zeit hatte, stellte er sich in die Nähe und betrachtete sie lächelnd.

In der Woche zuvor hatte ein Theaterimpresario behauptet, daß die beiden die tollsten Frauen in ganz London gewesen seien.

Toll. Toller. Am tollsten.

Die Flasche war fast leer.

Nein, beide tranken sie keinen Kaffee, und ein Cognac wäre zuviel des Guten gewesen. Ihnen genügte es, nun auf unsicheren Beinen zu ihrem Zug zu schwanken.

Er sagte dem Kellner, er komme noch einmal zurück, um die Rechnung zu bezahlen, und führte sie hinaus, an jedem Arm eine. Die Berührung verwirrte ihn, aber er weigerte sich, darüber nachzudenken, warum. Der Kellner hielt ihnen die Tür auf: »*Au revoir, au revoir*«, sagte er. »Bitte beehren Sie uns wieder, Madame. Bitte kommen Sie wieder, Madame.«

Und bevor er sich wieder seinen Pflichten zuwandte, sah er ihnen nach, zuckte kaum merklich die Achseln, bedauernd, philosophisch, auf amüsierte Weise zärtlich.

Im selben Augenblick kam auch schon ein Taxi. Der Gastgeber war den Damen beim Einsteigen behilflich, die tatsächlich etwas wacklig auf den Beinen waren, aber sie hatten sich unter Kontrolle. Als er sich zu ihnen hineinbeugte, um ihnen zum Abschied noch einmal zuzulächeln, kam es ihm in den Sinn, daß sie sich jetzt sagten und in dem

Moment, in dem er sich endgültig abwenden würde, gegenseitig versichern würden: »Gott sei Dank, das hätten wir hinter uns.« Eine Vorstellung war beendet. In der Sekunde, in der sie aufhörten, ihm zuzuwinken – was sie, um es vorsichtig auszudrücken, in seinen Augen höchst beiläufig taten –, lehnten sie sich zurück und vergaßen ihn.

Er kehrte ins Restaurant zurück. Das Modigliani-Mädchen saß jetzt allein am Tisch. Er und ein weiterer Kollege setzten sich zu ihr. Alle drei arbeiteten sie in verschiedenen Bereichen desselben Verlagsunternehmens.

»Mein Gott«, sagte sie, »was man aus Pflichtgefühl nicht alles tun muß.« Sie lächelte erst dem einen, dann dem anderen vertraulich zu und blickte ihnen in die Augen. Ein Armagnac stand vor ihr. Auch sie war ein bißchen beschwipst. »Schon am Mittag muß man trinken«, jammerte sie.

Am Nebentisch saß eine Frau, die sie alle kannten, eine amerikanische Agentin, die sich gerade in London aufhielt. Sie grüßte, die drei grüßten zurück, und die Agentin fing an, von ihrer Reise zu erzählen, erkundigte sich nach jungen, neuen Schriftstellern. Sie hatte eine kräftige Stimme, die Aufmerksamkeit forderte, wie es die Stimmen erfolgreicher amerikanischer Frauen oft tun, beharrlich, nicht bereit, auch nur einen Zentimeter nachzugeben, jede Silbe eine Forderung.

Das Modigliani-Mädchen antwortete ihr, wie die Amerikanerin mit einer charakteristischen, wenn auch anderen, Färbung der Stimme. Irgendwo in England, in einer Mädchenschule, mußte es, wahrscheinlich Ende der sechziger, Anfang der siebziger Jahre, eine extrem starke oder elegante, reiche oder hübsche Schulleiterin oder Schülerin gegeben haben, eine Person, die aus irgendeinem Grund beneidens- oder nachahmenswert erschienen und in der Lage gewesen war, ihren Stil durchzusetzen – zunächst in einer Schulklasse, dann in der ganzen Schule und schließlich auch überall sonst. Immer wieder findet man diese Stimme bei berufstätigen, erfolgreichen Frauen, die während jener Zeit zur Schule gegangen sind. Es ist eine etwas kurzatmige, hohe Stimme, die aus einer eng begrenzten Stelle im Körper der Frauen kommt, die sich ihrer bedienen, aus nicht mehr als ein paar Quadratzentimetern im oberen Brustkorb. Oje, ich armes, kleines Ding, lispeln sie ihr Anliegen in die unfreundliche Welt hinaus, diese zielstrebigen, oftmals skrupellosen jungen Frauen, die jeden Vorteil nutzen, der sich ihnen bietet. In Restaurants hört man sie manchmal gleich an mehreren Tischen, bei einer Aufsichtsratssitzung oder einer Tagung von verschiedenen Seiten.

Da saßen sie also, die hartgesottene Amerikanerin und das süße englische Mädchen, das Schätzchen, das so toll war, zum Anbeißen, das Puppengesicht, und unterhielten sich kompetent und professionell, zwei perfekte Exemplare ihrer Art, die eine hakte beharrlich nach und ließ nicht lokker, die andere plauderte lächelnd und drehte den Kopf auf dem wunderschönen, langen weißen Hals hin und her, während ihr das schwarzseidene Haar über die Wangen strich.

Die beiden Männer sahen und hörten zu.

Dann wandte sich ihr Mädchen, ihre Kollegin, wieder ihnen zu. »Ich gehe heute nachmittag Hockey spielen und komme erst gar nicht mehr mit zurück ins Büro«, sagte sie leise, beinahe flüsternd, und ihre schönen smaragdgrünen Augen weiteten sich wie die eines kleinen Mädchens im Dunkeln. »Vorher will ich aber noch nach Hause und mein Baby füttern. Ich habe einen neuen Freund, einen kleinen Chow-Chow, meine neue Liebe...«

Der Kellner brachte dem Gastgeber der alten Damen die Rechnung. Er kontrollierte sie und unterschrieb.

Dann reichte er der Schönheit ihre Rechnung, die ebenfalls unterschrieb, nachdem sie sie einer kurzen, kalten Musterung unterzogen hatte, die eine Million Meilen von ihrer flüsternden, vertraulichen Sprechweise entfernt war, ihre Kollegen jedoch an die Schärfe erinnerte, die sie im Verlag an den Tag legte. Währenddessen lispelte sie: »Mein Leben hat sich verändert. Als Bill und ich uns trennten« – Bill war der Ehemann, von dem sie sich vor kurzem hatte scheiden lassen –, »habe ich gedacht, das war's, versteht ihr, für immer und ewig, das war das absolute *Ende* für mich. Doch jetzt habe ich eine neue Liebe. Ich hab mein Herz an ihn verloren. Er schläft auf meinem Bett, obwohl ich versuche, ihn davon abzubringen. Ich hab ihm auf dem Boden ein kleines Nest gebaut, er ist jetzt ungefähr so groß wie ein Teddybär, aber es ist zwecklos...« Sie lächelte sie an, brach ihre Herzen.

Alle drei sollten längst zurück im Büro sein, hätten bereits vor einer halben Stunde aufbrechen sollen, sollten zumindest jetzt gehen, doch sie hielt die beiden Männer zurück. »Ich führe ihn aus, jeden Morgen, bevor ich ins Büro komme, gehe ich mit meinem Baby in den Park. Ja, man braucht Disziplin, wie bei einem richtigen Baby. Und wenn ich ihn anschließend nach Hause bringe, gebe ich ihm ein paar kleine Sachen zum Spielen für die Zeit, wenn ich weg bin. Er spielt so gern mit grünen Blättern oder einem Zweig. Ach, und er ist so hübsch, wenn er über die Wiese springt, wie ein kleines Löwenkind...«

Sie würden sitzen bleiben, bis sie den Zauber brechen, aufstehen, sie verlassen würde.

Aber wenn die beiden nicht aufstehen und sie verlassen konnten, dann, so schien es, konnte sie nicht aufhören, sie zu bezaubern...

Das Unfallopfer

Alle blickten in dieselbe Richtung. Sie saßen auf Metallstühlen, harten, glatten Stühlen, die man aufeinanderstapeln konnte, und beobachteten aufmerksam die Frau hinter dem Aufnahmeschalter, die sich, nachdem sie ihre Namen, Adressen und Beschwerden ordentlich in Formulare eingetragen hatte, offenbar nicht mehr für sie interessierte. Sie war eine üppige junge Frau mit jenen feuchten veilchenblauen Augen, die entweder nur zum Weinen oder Lachen bestimmt scheinen, doch jetzt blickten sie streng, unparteiisch, gerecht. Ihrem Namensschild war zu entnehmen, daß es sich um Schwester Doolan handelte.

Es war ein großer Raum mit Wänden in einem langweiligen Beigeton, die bis auf ein Schild vollkommen kahl waren: »Wenn Sie nicht unter akuten Beschwerden leiden, wenden Sie sich bitte an Ihren Hausarzt«. Offensichtlich glaubten die gut zwanzig Leute hier nicht daran, daß ihr Hausarzt mit der Notaufnahme dieses Krankenhauses konkurrieren konnte. Nur eine Person schien wirklich dringend ärztlicher Hilfe zu bedürfen, eine aufgelöste Frau um die vierzig mit orangerot gefärbtem Haar, deren verbundene Linke auf ihrer rechten Schulter lag. Alle wußten, das Handgelenk war gebrochen, denn die Begleiterin hatte sich ihnen gebieterisch zugewandt, genickt und gesagt: »Das *Handgelenk*. Es ist gebrochen.« In der Genugtuung, daß alle den Vorrang dieses Notfalls anerkennen mußten, hatte sie ihre Schutzbefohlene vorn in die erste Reihe plaziert, gleich neben die Tür, auf der »Kein Zutritt« stand. Niemand hatte protestiert. Erschöpft vor Schmerz, döste die Frau mit dem gebrochenen Handgelenk auf ihrem Stuhl vor sich hin, das Gesicht bläulichweiß gefärbt, was sie zusammen mit ihrem orangeroten Haar wie ein Clown aussehen ließ. Schwester Doolan schien jedoch nicht der Meinung, daß sie bevorzugt zu behandeln war, denn als sie den nächsten Namen aufrief, war es nicht der der Frau mit dem gebrochenen Handgelenk. »Harkness«, sagte Schwester Doolan, und während ein allem Anschein nach kerngesunder junger Mann durch die »Kein Zutritt«-Tür verschwand, stand die Begleiterin des armen Clowns auf und beschwerte sich. »Es ist wirklich dringend, sie hat sich das *Handgelenk* gebrochen.«

»Wird nicht mehr lange dauern«, sagte Schwester Doolan und las seelenruhig in ihren Formularen.

»Denen ist alles egal. Denen ist wirklich alles egal«, sagte eine alte Frau in einem Rollstuhl laut und anklagend. Sie war fett und sah aus wie ein Frosch, der unter Verstopfung litt. Ihrem Gesicht, das von gesunder Farbe war, war die geübte Resignation gegenüber den Unbilden des Lebens anzusehen. »Ich bin vor gut sechs Stunden gefallen und habe mir die Schulter gebrochen, das steht fest.« Die ältliche Frau, die zu ihr gehörte, versuchte gar nicht erst, irgend jemandes Mitgefühl zu erregen, vielmehr mied sie die Blicke, die deutlich zum Ausdruck brachten: Lieber du als ich! Ruhig sagte sie: »Ist ja gut, Tante. Sei jetzt still.«

»Sei jetzt still, sagt sie«, sagte die alte Frau, die mindestens achtzig war und vor Energie nur so sprühte. »Das würde einigen hier gut in den Kram passen.«

Ein ungefähr zwölfjähriger Junge kam auf Krücken und mit einem bandagierten Fuß aus den geheimen Welten hinter der »Kein Zutritt«-Tür und wurde von einer Schwester durch den Warteraum in Richtung Straße geführt, wo er vermutlich abgeholt werden sollte. Die Schwester kehrte zurück.

»Schwester«, sagte die alte Frau, »meine Schulter ist gebrochen, und ich sitze schon seit Stunden hier... seit einer Ewigkeit«, fügte sie noch hinzu, während ihre Begleiterin murmelte: »Nicht so lange, Tante, erst seit einer halben Stunde.«

Die Schwester warf Doolan einen Blick zu, die ihrerseits mit ihren veilchenblauen Augen Signale gab. So instruiert, blieb Schwester Bates neben dem Rollstuhl stehen und schaltete um auf Mitgefühl. »Da wollen wir doch mal nachsehen«, sagte sie. Die ältliche Nichte zog ihrer Tante die hellrosa Strickjacke von der Schulter, die mächtig und, abgesehen von einem schmutzigen Träger, nackt zum Vorschein kam. »Sie wollen mich nur ausziehen, das ist es! Damit mich alle nackt sehen. Das ist es!« Die Schwester beugte sich über die Schulter und bewegte sie vorsichtig hin und her, während alle übrigen den Blick abgewandt hielten, um dem alten Besen nicht die Genugtuung zu geben, sich beobachtet zu fühlen.

»Au, au, au«, jammerte die alte Frau.

»Sie werden's überleben«, sagte die Schwester gutgelaunt und richtete sich auf.

»Sie ist gebrochen, nicht wahr?« drängte die Tante.

»Ein kleiner Bluterguß, das ist aber auch schon alles, glaube ich. Nach dem Röntgen wissen wir mehr.« Und rasch ging sie durch »Kein Zutritt«, wobei sie die Brauen in die Höhe zog und mit den Augen Schwester Doolan zulächelte, die das Lächeln erwiderte.

»Denen ist alles egal«, tönte die laute Stimme. »Keiner kümmert sich. Wie würde dir es denn gefallen, wenn du die halbe Nacht auf dem Boden liegst, und niemand ist in deiner Nähe, der dir aufhilft?«

Die ältliche Nichte, ein dünnes, farbloses Geschöpf, das

dieser alten Schachtel wahrscheinlich – wiewohl alle für sie hofften, daß dem nicht so war – ihr Leben opferte, unternahm keinen Versuch, sich zu verteidigen, sondern zog ihr die rosa Strickjacke wieder über die Schulter, die, wenn man genau hinsah, leicht lilabläulich schimmerte.

»Tag für Tag bin ich allein, ich könnte auch tot sein.«

»Möchtest du eine Tasse Tee, Tante?«

»Von mir aus, wenn du dir die Mühe machen willst. Schmeckt sicher ekelhaft.«

Als sie sich von ihrer Tante abwandte, gestattete die Nichte ihrem Gesicht, einen Augenblick lang erschöpft auszusehen, doch dann lächelte sie wieder, ging durch die Reihen der Wartenden und sagte: »Entschuldigen Sie, entschuldigen Sie, bitte.«

»Fanshawe«, sagte Schwester Doolan, anscheinend als Reaktion auf einen Ruf aus dem Äther, denn niemand hatte das Behandlungszimmer verlassen.

Ein ungefähr fünfundsechzigjähriger Mann, der an einem Fuß einen Pantoffel aus rotem Leder trug, stützte sich auf seinen Stock, hievte sich in die Höhe und schlurfte langsam auf die Tür zu, sorgfältig darauf bedacht, mit seinem Stock nicht wegzurutschen.

»Man könnte meinen, Sie hätten hier rutschsichere Böden«, kam es vom Rollstuhl.

»Sie sind rutschsicher«, sagte Doolan bestimmt.

»Vorsicht ist die Mutter der Porzellankiste«, sagte Mr. Fanshawe, als er durch »Kein Zutritt« ging und allen zuwinkte, womit er zu verstehen gab, daß er mit der alten Schnepfe nicht in einen Topf geworfen werden wollte.

»Und was ist mit meiner Schwester?« fragte die Frau, die die Rothaarige mit dem gebrochenen Handgelenk mittlerweile im Arm hielt. Ihre Stimme zitterte, und es schien, als würde sie im nächsten Augenblick vor Empörung losheulen.

Und in der Tat war der arme Clown halb bewußtlos, ihr

orangeroter Kopf sank tiefer, richtete sich ruckartig wieder auf, fiel erneut nach vorn, und ein Stöhnen entschlüpfte ihr, das sie beschämt aufwachen ließ. Gequält lächelte sie die Leute in der ersten Reihe an und, soweit sie den Kopf wenden konnte, auch die dahinter. »Ich bin hingefallen«, murmelte sie, gestand sie, bat sie um Vergebung. »Ich bin hingefallen.«

»Sie sind nicht die einzige, die gefallen ist«, sagte die alte Frau im Rollstuhl.

»Wir hatten einen schweren Unfall zu versorgen«, sagte Schwester Doolan. »Während der letzten drei Stunden haben die da drinnen Schwerarbeit geleistet.«

»Ach, also deshalb... deswegen also... Na ja, in dem Fall...«, sagten die Patienten.

»So etwas ist uns hier noch nicht untergekommen«, sagte Schwester Doolan und teilte ihr Empfinden mit ihnen.

Es war bemerkenswert, wie sie und ein paar andere nervös die alte Frau ansahen, die sich entschlossen hatte, diesmal nichts zu sagen. Und dann kam schon ihre Nichte mit einem Styroporbecher Tee.

»Was hab ich gesagt?« wollte die Tante wissen und stürzte glucksend den Tee hinunter. »Plastikbecher, und der Tee ist kalt, man sollte annehmen...«

Hinter »Kein Zutritt« hörte man Rollen quietschen. Als sich die Tür öffnete, war zunächst der Rücken eines jungen schwarzen Krankenpflegers in sauberer Uniform zu sehen, dann eine Bahre aus Stahl und auf der Bahre eine menschliche Gestalt, die von den Füßen bis zur Taille bandagiert war, oberhalb der Taille war die kräftige Brust eines gesunden jungen Mannes sichtbar. Ein Schwarzer. Am Hals fing der Kokon wieder an, der Kopf war weiß bandagiert. Wache braune Augen blickten aus den Bandagen. Die Bahre verschwand im Innern des Krankenhauses, auf dem Weg zu einer Station ein paar Stockwerke höher.

»Das Handgelenk«, sagte Doolan. »Bisley.« Der Frau mit dem gebrochenen Handgelenk wurde von ihrer Schwester auf die Füße geholfen, dann stand sie schwankend da. Doolan drückte auf eine Klingel, die hinter »Kein Zutritt« schrillte. Schwester Bates kam herausgelaufen, sah, warum sie gerufen worden war, und zusammen führten sie das halb bewußtlose Handgelenk aus dem Raum.

Zwei Neuzugänge trafen in der Notaufnahme ein. Zwei junge Frauen betraten den Raum, geschminkt und herausgeputzt wie für einen Diskothekenbesuch, sie plapperten und befanden sich offensichtlich bei bester Gesundheit. Da sie spürten, daß ihre Fröhlichkeit hier offensichtlich nicht geschätzt wurde, dämpften sie ihre Stimmen und setzten sich ganz nach hinten, wo sie leise tuschelten und bisweilen kicherten. Was wollten *die* in der Notaufnahme?

Es schien, als wollte die alte Frau jeden Augenblick genau diese Frage stellen, denn sie blickte sie hartherzig, kalt und anklagend an. »Tante«, sagte ihre Nichte hastig, »möchtest du noch einen Tee? Ich könnte selbst einen vertragen.«

»Mir egal.« Anmutig reichte sie ihr den Becher. Die Nichte verließ den Raum.

Und dann trat plötzlich eine Veränderung ein. Eine Gruppe junger Männer tauchte draußen vor der Glastür auf, die in die Welt hinausführte, in der Autos fuhren und aus der Besucher kamen, wo Normalität und Gesundheit an der Tagesordnung waren. Noch bevor die Tür aufging, drangen Signale von Dringlichkeit und höchstem Alarm in den Warteraum.

Ein junger Arbeiter in einem weißen, mit roten Flecken übersäten Overall hielt sich am Türrahmen fest. Über der Schulter trug er einen – wie alle sehen konnten – schweren, reglosen Körper. Es war ebenfalls ein junger Mann, aber sein Overall war mit schrecklichem, dunklem Blut getränkt, das noch immer irgendwo hervorsprudelte.

»Warum haben Sie nicht...«, setzte Schwester Doolan an und wollte schon fortfahren: »Nicht hier durch. Sie brauchen eine Bahre, so geht das nicht...«, etwas in dieser Art, doch niemand würde es je erfahren, denn ein Blick reichte aus, und sie drückte auf die Klingel, damit sie allen Ärzten und Schwestern in den Ohren schrillte, die außer Sichtweite waren.

Schritte, Stimmen, und herausgelaufen kamen Schwester Bates, drei Ärzte, zwei Frauen und ein Mann, und ein Krankenpfleger mit einer Bahre.

Als sie die jungen Männer sahen, die jetzt direkt hinter der Tür im Warteraum standen, gingen sie zu ihnen, und die Oberärztin winkte die Bahre beiseite.

»Er ist vom Dach gefallen«, sagte der Mann, der seinen Freund über der Schulter trug. »Er ist runtergefallen, verstehen Sie?« Er klang, als ob er es selbst nicht glauben konnte, er appellierte an die Experten, ihm zu versichern, daß das ganz unmöglich und nie und nimmer passiert war. Der Kollege neben ihm, ein junger Mann in einem himmelblauen Overall ohne Flecken, unterstützte ihn: »Ja, er ist runtergefallen, plötzlich war er nicht mehr da, und dann...« Der Mann, der hinter ihm stand, hielt noch eine Farbrolle in der Hand. Orange Farbe. Alle drei waren um die zwanzig, bestimmt nicht älter als zweiundzwanzig oder dreiundzwanzig. Sie waren blaß, standen unter Schock, und an ihren Augen war abzulesen, daß sie etwas Schreckliches gesehen hatten und den Blick nicht mehr davon abwenden konnten.

Die Oberärztin winkte die Gruppe zu sich, und alle traten zur Seite, als die jungen Männer durch »Kein Zutritt« gingen. Blut tropfte auf den Boden.

Und dann konnten sie das Gesicht sehen, das über der blutgetränkten Schulter hing. Es war von einem dumpfen Grau, einer Farbe, die die meisten noch auf keinem Gesicht gesehen hatten. Der Mund stand offen. Die Augen waren geöffnet. Blaue Augen. Die Ärzte folgten den jungen Männern, dann schloß sich die Tür.

Schwester Doolan kam mit einem Lappen hinter dem Schalter hervor und bückte sich, um das Blut aufzuwischen. Auch sie sah jetzt krank aus.

In der Zwischenzeit war der zweite Becher Tee eingetroffen, und die alte Frau nahm ihn entgegen. Die Nichte, die spürte, daß in den paar Minuten, die sie weggewesen war, etwas passiert war, sah sich um, aber niemand erwiderte ihren Blick. Alle starrten auf »Kein Zutritt«, und in ihren Gesichtern spiegelten sich die Ereignisse.

»Tja«, sagte die alte Frau laut und mit schadenfroher Energie. »Da habe ich ja noch Glück gehabt, was? Ich werde dieses Jahr fünfundachtzig und werd's wohl auch noch länger machen.«

Niemand sah sie an, und niemand sagte ein Wort.

Sie

Was macht einen Salon aus? Eine einflußreiche Gastgeberin oder ein angesehener Gastgeber? Ein Haus oder ein Zimmer mit ansprechenden Eigenschaften? Die Gäste? Nichts leichter, als zu behaupten, daß das Rezept gelingt, wenn die Zutaten in der richtigen Mischung vorhanden sind – bis einem Ausnahmen in den Sinn kommen. Sicher herrscht aber weitgehend Übereinstimmung darüber, daß es heutzutage eigentlich keine Salons mehr gibt und jene einzigartigen, beispielhaften Wohnzimmer der Vergangenheit angehören. Alle Welt kennt die Namen der glanzvollen Gastgeberinnen, die in London und Paris im Mittelpunkt von Politik und Literatur standen und die gewiß auch wußten, daß sie in ihrer Wohnung einen Salon pflegten. Heute, lange nach den Ereignissen selbst, mag man jedoch feststellen, daß auch Häuser, denen völlig unschuldige Besuche abgestattet wurden, in Wirklichkeit Salons und die Schriftsteller, die dort ein und aus gingen, Teil einer *Bewegung* waren. Wußten die Bloomsburys, was sie waren?

Überall, außer in England, wird von einem Schriftsteller erwartet, Molekül einer literarischen Gruppe zu sein. Häufig erhält er Briefe mit folgender Frage: »Welcher literarischen Gruppierung gehören Sie an, und für welche Ziele tritt sie ein?« Die Antwort lautet dann: »In diesem Land gibt es keine literarischen Gruppierungen, Schriftsteller haben die Neigung, London den Rücken zu kehren und die Einsamkeit ländlicher Gegenden zu suchen. Nur zu besonderen Anlässen oder in seltenen Anfällen von Geselligkeit kommen sie kurzfristig in die Stadt.« Dabei gibt es allerdings keine Garantie, daß nicht auch sie eines Tages herausfinden, aufgrund eines Restaurantbesuchs oder einer Bekanntschaft Teil der einen oder anderen Bewegung geworden zu sein. Und sicher wird sich mit der Zeit auch herausstellen, daß Häuser oder Wohnungen Salons waren, von denen man solches zunächst gar nicht annahm.

Vor nicht allzulanger Zeit »empfing« ein Paar, das man entfernt den diplomatischen Kreisen Londons zurechnen konnte, einmal wöchentlich an einem bestimmten Abend Gäste. Die beiden verschickten keine Einladungen, sondern gern gesehenen Gästen wurde beiläufig mitgeteilt, daß sie bei Erscheinen verköstigt und eine bunte Mischung von Gästen vorfinden würden. Es kamen hauptsächlich Politiker und Journalisten, die sich gegenseitig anzogen. Um sagen zu können, wie oft Leckerbissen an Informationen, »durchgesikkerte« Geheimnisse oder unbedachtes Geplauder, als Kurzmeldung oder sogar Aufmacher den Weg von hier in die Zeitung fanden, möglicherweise selbst Fernsehsendungen inspirierten, dazu hätte man Stammgast sein müssen. Aber allein schon um die Neugier zu befriedigen, wie es dort oben in der dünnen Luft der Einflußreichen zuging, war dieser Salon einen Besuch wert, besonders natürlich, wenn es draußen im »Land« gärte: In solchen Zeiten neigen wir nun einmal dazu, derartige Ausdrücke zu verwenden.

Das Haus lag zehn Minuten mit dem Taxi vom Unterhaus entfernt, und etliche Politiker schauten zwischen zwei Terminen im Parlament für ein paar Minuten oder auch eine Stunde vorbei. Gewöhnlich trafen sie in Gruppen ein. Gut vorstellbar war, daß ein Abgeordneter zum anderen sagte: »Komm, mischen wir uns für eine Weile unters Volk.« (Kein Mensch weiß, wer diese Redewendung ersonnen hat.)

Der Raum, in dem empfangen wurde, erstreckte sich über den ganzen ersten Stock, ging auf der Rückseite auf einen kleinen Garten hinaus und von dort auf die Straße, eine der besten Adressen in London. An einer Wand stand ein Buffet, und lächelnde Mädchen trugen Tabletts mit Drinks für die Gäste herum. Wann immer Politiker eintrafen, brachten sie jene innere Erregung mit, die jeder kennt, der schon einmal an der Organisation öffentlicher Ereignisse teilgenommen hat, und eine Art Hochstimmung, die mit der Überzeugung einhergeht, über Macht zu verfügen.

Ihr Auftritt hatte stets etwas wie das kontrollierte Aufspringen zur Folge, das den Einlaß eines Stiers in die Arena begleitet: gezügelte Impulsivität, der Blick in die Runde, um festzustellen, was das Schicksal für einen bereithielt, und dann kam er, kamen sie und griffen sofort nach einem der Drinks auf einem schwankenden Tablett, und wenn das Tablett von einem besonders hübschen Mädchen herumgereicht wurde, dann wurde der Akt des Greifens nach dem Glas möglicherweise mit einem kühnen, verstohlenen Blick oder einem Lächeln verbunden, das auf Intimitäten hindeutete, die von Vorteil sein konnten.

Unbedarfte mögen erwarten, daß Linke und Rechte, Torys und Labour-Abgeordnete, getrennt auftauchten und jeweils eigene Grüppchen bildeten, dabei erschienen sie durchaus gemeinsam und standen vertraut beieinander, mit einer Miene, die besagen wollte, daß man sich jenseits von Parteigrenzen, von der Leine gelassen fühlte: Sie konnten tun, was sie wollten, niemand überwachte sie. Man mischte sich untereinander und wanderte herum, und immer waren mehr Männer als Frauen da, obwohl stets auch Diplomatengattinnen und ein paar Journalistinnen kamen.

Die beiden Male, die ich dort war, befand sich »das Land« wegen eines Themas im Aufruhr, das im Unterhaus zu Rechts-Links-Konfrontationen führte: Jede Schlagzeile unterstrich den Konflikt, und einige der Anwesenden – nicht die Stammgäste – beobachteten die Politiker und hofften, daß sie ihnen Worte der Aufklärung anbieten würden. Aber man sprach nicht über Politik. Nein, man klatschte, redete darüber, was Bertie gesagt oder Norman gemeint und daß *sie* dieses oder jenes angekündigt hatte. »Er hat mir gesagt, daß er sich mit *ihr* treffen wird, aber Bernard ...«

Journalisten standen herum, versuchten Gespräche zu belauschen oder den Blick von jemandem aufzufangen, dem nicht daran gelegen schien, daß es ihnen gelang; bisweilen konnte man Zeuge davon werden, wie ein Journalist sich langsam, konzentriert wie ein Schäferhund, an einen Politiker heranschob und ihn ein paar Momente später sauber aus seiner Gruppe herauslöste, und dann standen die beiden allein mit erhobenem Glas zusammen. Ob der Politiker dem Journalisten nun ein paar Worte gewährte oder mittels seiner Haltung zu erkennen gab, daß er sich in der Falle fühlte, stets war es der Politiker, der seinem Gegenüber eine Gunst erwies.

Dann kehrte er zur Gruppe zurück, und ein Dutzend Gläser hoben sich zu seiner Begrüßung, wurden an den Mund geführt und wieder gesenkt, zeichneten im Auf und Ab des Gesprächs funkelnde Kreise oder Ellipsen, näherten sich einander an, was einen Effekt von Vertrautheit oder Indiskretion zur Folge hatte, und manchmal zerbrachen sie sogar klirrend ... »Oh, tut mir leid.« – »Entschuldigung.« Und wenn die Mädchen mit den Tabletts kamen, wurden Scherben darauf abgelegt und neue Gläser genommen für diesen kleinen Tanz, der die leise Unterhaltung kommentierte.

Weibliche Politiker kamen nur selten. Schließlich gibt es auch nicht viele. An einem der beiden Abende erschien eine schlanke, dunkelhaarige Frau in einem Kleid, wie es Frauen tragen, die nicht sich selbst, sondern ihre Funktion damit definieren wollen; es war ein schlichtes, dunkelrotes Kleid, wäre es blau oder weiß gewesen, hätte man die Frau für eine Krankenschwester, eine Flughafen- oder Kaufhausangestellte halten können. Sie schien den Eindruck vermitteln zu wollen, weniger Raum einzunehmen, als es tatsächlich der Fall war, schien die männlichen Politiker, die in der Mitte des Raums standen, nicht wirklich wahrzunehmen, lächelte allen teilnahmslos zu und ging um die Gruppe herum zu einem Sofa, auf dem eine junge Journalistin saß, die sie offensichtlich hier erwartet hatte. Sofort begannen die beiden sich leise zu unterhalten, und die Journalistin machte sich unauffällig Notizen. Als sie fertig waren, nach ungefähr zehn Minuten, sah sich die Politikerin im Zimmer um, das auch an diesem Abend hauptsächlich Männer bevölkerten. Die Journalistin tat es ihr gleich. Beide wirkten mißtrauisch und amüsiert.

»Ziemlich zahmer Haufen heute abend«, sagte die Abgesandte des »Mentor«, einer konservativen Zeitung, während sie selbst eher links anzusiedeln und für ihre Artikel über Frauenthemen bekannt war.

»Im Parlament ging's dafür heute ziemlich barsch zu«, sagte die Politikerin. »Weil's immer so spät wird. Dann sind alle überdreht. Und je länger die Legislaturperiode dauert, um so schlimmer wird es.«

»Ich bin sicher, keiner von ihnen würde Schaden nehmen, wenn er mal früher ins Bett ginge«, sagte die Journalistin. »Letzte Woche war ich wegen der Debatte über die Kriegsrenten im Parlament. Ich hatte den Eindruck, da war keiner recht bei sich.«

Eine Zeitlang sprach sie darüber, wie aufbrausend die Männer waren – »die ändern sich nie« –, dann senkte die Politikerin die Stimme und sprach über die Schwierigkeiten, als Frau Politik zu machen, gleichgültig, für welche Partei. Mittlerweile hatten sich noch andere Frauen zu ihnen gesellt, und zusammen bildeten sie eine Art Frauennest.

Die Männer planten, gemeinsam zu gehen, stellten ihre

Gläser gedankenlos zurück auf die Tabletts, die ihnen hingehalten wurden, und blickten sich ein letztes Mal taxierend um, nur für den Fall, daß ihnen eine günstige Gelegenheit bislang noch entgangen war.

Einer sagte so laut, daß jeder es hören konnte: »Ich bin stolz darauf, unter ihr Abgeordneter zu sein, daraus würde ich nie ein Hehl machen, aber« – sein Blick war sowohl spitzbübisch als auch aggressiv – »sie muß aufpassen, was sie tut.«

»Genau«, sagte ein anderer, »wenn sie aus der Reihe tanzt, dann glaubt bloß nicht, wir werden sie schonen.«

Dort im Salon schienen diese Bemerkungen nichts weiter als seichtes Männergerede, doch mit der Zeit blieben sie ohne Kontext im Gedächtnis haften: Es war *ihre* zweite Legislaturperiode, und sie stand auf dem Höhepunkt ihres Erfolgs.

Die Politikerin sagte: »Ich gebe ihnen eine Minute Zeit, um hier zu verschwinden ...« Und dann erzählte sie, wie jede weibliche Abgeordnete, die das Parlament betrete oder verlasse, gleichgültig, wie sehr sie sich zurückhalte, mit sexuellen Anspielungen der Art rechnen müsse, wie man sie von »na ja, Schulbuben« erwarten müsse.

»Oder von Flegeln auf der Straße«, schlug die Journalistin vor.

»Von einer Gruppe Bauarbeiter, die einem Mädchen sexuelle Kraftausdrücke hinterherschreien«, sagte eine andere Frau.

Wir alle sahen den Männern nach, die lärmend die Treppe hinuntergingen. »Bis zum nächstenmal ...« – »Ich muß jetzt gehen ...« – »*Sie* wird nach unseren Köpfen verlangen ...«

»Jeden Morgen nach dem Aufwachen sage ich mir, daß ich es einfach wegstecken und einen kühlen Kopf bewahren muß«, sagte die Politikerin. »Immer lächeln, egal, wie sie einen behandeln. Auch wenn man am liebsten dreinschlagen möchte. Wenn man nicht lächelt, wird es nur noch schlimmer. Manchmal ist es wirklich nicht einfach.« Sie hatte in ruhigem Ton gesprochen, mit einem gequälten Lächeln.

Sie stand auf, ging zum Fenster, warf einen Blick auf die Straße und kehrte zurück. »Ich gebe ihnen noch eine Minute, sie warten auf Taxis.«

»Eins, worum ich *sie* wirklich beneide«, fuhr die Politikerin fort, »ist, daß sie das alles nicht an sich herankommen läßt. Na ja, letztlich muß es ihr genauso gehen, aber sie läßt sich nichts anmerken. Sie war schon immer ein attraktives Ziel, war immer eine Zielscheibe ... und jetzt, da sie der Boß ist, haben sie Angst vor ihr. Aber hinter ihrem Rücken sind sie manchmal so bösartig, daß ich denke, ich traue meinen Ohren nicht. Ich bin nicht so hartgesotten wie *sie*, nicht mal annähernd. Ich weiß, daß man mir ab und zu ansieht, was ich fühle ... *Sie* läßt sich nie etwas anmerken. Nie.«

»Auf dem Parteitag«, sagte die Journalistin, »haben mir die Zimmermädchen im Hotel erzählt, daß sie versuchen, möglichst nie allein zu sein, sondern immer zu zweit, denn wenn *die* betrunken sind, ist niemand vor ihnen sicher.«

»Ja, ich fürchte, es handelt sich um einen dieser ›*Carry On*‹-Filme.«

Als die beiden Frauen gingen, kam eine neue Gruppe Männer herein, lachend, im Hochgefühl ihres Erfolgs, dessen, was sie erreicht hatten.

Die Frauen huschten unauffällig an ihnen vorbei, wie Schatten an der Wand, und die Männer schienen sie nicht wahrzunehmen.

Im Rosengarten

Regent's Park an einem warmen Sonntagnachmittag. Unter den vielen Menschen, die zwischen den Rosen umherschlenderten, war auch Myra, eine Frau mittleren Alters aus Harrow, die ein Fachbuch über Rosen in der Tasche mit sich trug. Zwei Jahre zuvor hatte sie – inspiriert von diesen Gärten – eine Rose gekauft, die »Just Joey« hieß. Die wundervolle Pflanze war prächtig gediehen, und nun wollte sie eine weitere aussuchen. Sie kannte kein größeres Vergnügen, als zwischen den Rosen zu flanieren und ihre Wahl zu treffen: Dich will ich... nein, dich... nein, vielleicht doch... Einen Rundgang hatte sie bereits hinter sich, vom Haupttor mit den goldenen Schnörkeln und den schwarzen, gußeisernen Ornamenten, dem Portal der Lustbarkeiten, rechts am See entlang, den unzählige Vögel bevölkerten und der auf einer Seite von Weiden, auf der anderen von Rosenbeeten gesäumt wurde, durch Queen Marys Rosengarten und dann nach links über den Rasen und an den Sträuchern vorbei, hatte den langen Weg überquert, der hügelaufwärts zum Springbrunnen führt, sich dann nochmals nach links gewandt, war am Café vorbeigegangen und zwischen den Beeten mit den Versucherinnen zu ihrem Ausgangspunkt zurückgekehrt. Jetzt wollte sie eine zweite Runde beginnen.

Sie setzte sich in Bewegung, blieb aber gleich wieder stehen und starrte nach vorn. Ungefähr zwanzig Schritte vor ihr ging eine große, junge Frau, die ihr nicht nur wegen des grellen rotgelben Kleids, das sie trug, auffiel. Das Kleid war zu eng und betonte die Figur, die aufgrund des ausladenden Hinterteils und der breiten Schultern zugleich schlank und plump wirkte. Myra verspürte sofort eine nur allzu vertraute Pein, deren Ursache sie der Taktlosigkeit zuschrieb, mit so einer Figur so ein Kleid zu tragen. Mit ein bißchen Glück würde die Frau sich nicht umdrehen... Myra kannte den Ausdruck der Unzufriedenheit genau, den sie zu sehen bekommen würde, sollte sie es doch tun und ihr kühnes, stark geschminktes Gesicht zeigen. Es war ihre Tochter Shirley, die sie seit drei Jahren nicht mehr gesehen hatte.

Was machte sie hier? Ausgerechnet hier! Blumengärten waren nicht ihr Stil, ebensowenig wie allein zu sein. Shirley war nie allein, sie haßte es.

Myra setzte sich erneut in Bewegung, glich ihr Tempo dem ihrer Tochter an. Shirley ging langsam und betrachtete die Rosen. Wunder gab es immer wieder! Und dann sah Myra etwas, was ihr einen leisen Ausruf entlockte, weil es typisch für ihre Tochter war. Shirley hatte eine kleine Schere aus ihrer Tasche geholt und eine langstielige Rose abgeschnitten. Sie blickte sich nicht einmal um, ob sie jemand dabei beobachtet hatte – und nicht nur Myra hatte es gesehen –, sondern charakteristischerweise kehrte sie allen verdrossen ihre Rückseite zu. Du hast dich nicht verändert, wandte sich Myra stumm an ihre Tochter. Dann dachte sie: Oder vielleicht doch? Bestimmt sogar! – denn sie war sicher, daß Shirley die Rose abgeschnitten hatte, um sie Wurzeln schlagen zu lassen und einzupflanzen. Dabei wußte Myra nicht, warum sie so sicher war. Shirley als Gärtnerin! Konnte das sein?

Vor drei Jahren hatten sie sich gestritten, in Myras Garten. Shirley war nur gekommen, um sich mit ihrer Mutter zu streiten. Sie hatte den Augenblick gewählt, als Myra in Stiefeln und mit Hut in ihrem verregneten Garten stand, um wie immer im April die Pflanzen zu beschneiden; mit in die Hüften gestützten Händen hatte sie sich neben sie gestellt und ihrer Mutter gesagt, sie sei eine langweilige alte Schachtel, die sich für nichts und niemanden interessiere außer für ihre Rosen. Wenn sie, Shirley, annehmen müßte, so zu enden wie ihre Mutter, dann ... Das hatte sie mehrmals wiederholt, während Myra ihr zuhörte, die immer noch dastand und die Hände in die runden Hüften stützte, in einem kurzen, häßlichen Kleid, das die groben Knie frei ließ, das Gesicht wutgerötet, und Myra dachte, daß sie tatsächlich so aussah wie das gewöhnliche kleine Miststück, das sie war. Der Regen spritzte um sie herum, und sie überlegte, was sie ihrer Tochter erwidern könnte, aber dann war Shirley zurück durch den nassen Garten gestapft und hatte türenknallend das Haus verlassen.

Danach war Myra nicht daran gelegen, erneut Kontakt mit Shirley aufzunehmen. In Wahrheit war sie sogar froh, eine Entschuldigung zu haben, um sie nicht sehen zu müssen. Sie mochte Lynda, ihre andere (wirkliche!) Tochter. Mit Shirley hatte es seit der Geburt nur Probleme gegeben. Nichts konnte man ihr recht machen, und was immer Shirley tat, sie scheiterte. Sie war zwar begabt, aber faul, und sie konnte ihre Lehrer nicht ausstehen. So verließ sie die Schule ohne Abschluß. Sie versuchte sich in einem Job nach dem anderen, aber nichts war gut genug für sie. Mit neunzehn heiratete sie einen Mann, eine gute Seele, den Myra mochte, von dem sie aber wußte, daß er ihrer Tochter nicht gewachsen war. (»Sie wird ihn gleich am ersten Tag zum Nachtisch verspeisen«, hatte sie zu ihrem Mann gesagt.) Und Shirley hatte ihn verlassen und erneut geheiratet, diesmal einen wirklich harten Typ, der sich damit brüstete, genauso harte Schläge auszuteilen, wie er sie einzustecken vermochte. Er hatte eine Baustoffhandlung, verdiente viel Geld und fuhr mit Shirley im Urlaub nach Spanien und kaufte ihr Kleider.

Myra glaubte, er sei der Richtige für ihre Tochter und Shirley könne zufrieden sein. Eines Tages, aufgrund eines bedauerlichen Impulses, fuhr sie quer durch London, um die beiden zu besuchen. Auf ihr Klingeln hin rührte sich nichts, und so ging sie zur Rückseite des Hauses, und durch das Küchenfenster sah sie, wie Shirley es auf dem Küchentisch mit einem Mann trieb, der nicht ihr Ehemann war, der aber aufblickte, sie sah und laut aufschrie. Shirleys rotes, schweißnasses Gesicht kam zum Vorschein, und beide fingen an zu lachen, und Shirley sprang nackt vom Küchentisch und warf ihrer Mutter laut schreiend vor, sie spioniere ihr nach. Myra war nach Hause gefahren und hatte niemandem etwas davon erzählt, nicht einmal ihrem Mann. Ein paar Tage später dann war Shirley in ihrem Garten aufgetaucht, um mit ihr zu streiten.

Sie wollte nicht mit Shirley sprechen, und doch folgte sie ihr, achtete darauf, daß sich zwischen ihnen stets genug Leute auf dem Weg befanden. Neugier. Shirley haßte nicht nur Pflanzen und Gärten, sondern auch Ausflüge aufs Land, wo sie früher stets so lange geschmollt hatte, bis sie zurück in die Stadt durfte. Sie behauptete, die Natur zu hassen, mit (Augenzwinkern) einer Ausnahme, ihr könnt euch schon vorstellen, was, sagte, daß Leute, die gärtnerten, dumm und langweilig seien, und das gelte auch für ihre Schwester. Und doch war sie jetzt hier.

Kurz vor dem Rosenrondell, das mit Rosenspalieren eingefaßt war, bog Shirley nach links ab und blieb grübelnd vor einer Rosensorte stehen, die auch Myra sehr gut gefiel. Sie hieß »L'Oreal Trophy«. Es war eine große Rose von »verschwenderischem Wachstum«, wie es die Züchter wahrscheinlich ausdrückten, sie blühte in allen Schattierungen von Sahnigrosa bis zu Aprikosenfarben – Hellrosa, Orangerosa, Dunkelrosa –, in allen Farben des Sonnenuntergangs, und die Blüten waren vollkommen, mit dichten Blütenblättern, schimmerten leuchtend, schienen ihr eigenes Licht auszustrahlen. Um diese Zeit im nächsten Jahr würden sie auch in Myras Garten wachsen. Und in Shirleys?

Myra betrat das Rondell und ließ sich auf einer Bank nieder, von der aus sie den Eingang im Auge hatte. Bald darauf kam auch Shirley, und Myras Herz verkrampfte sich beim Anblick ihres Gesichts, dessen Ausdruck genauso unzufrieden war, wie sie es erwartet hatte. Aber auch bedrückt... Zum tausendstenmal wunderte sie sich – wie es alle Eltern tun – über die Unterschiede zwischen ihren Kindern. Von Geburt an waren sie verschieden gewesen. Vom ersten Atemzug an. Lynda, die ältere, war vom ersten Augenblick an ein freundliches Geschöpf gewesen, war aufgewachsen, ohne den Eltern Kummer zu bereiten, war in der Schule weder besonders gut noch besonders schlecht gewesen, hatte immer sympathische Jungen mit nach Hause gebracht und den nettesten geheiratet, und jetzt lebte sie so wie ihre Mutter, hatte zwei Kinder, einen Jungen und ein Mädchen. Wenn Myra und Lynda zusammen waren, beide stattlich, langsam, gelassen, wußten die Leute sofort, daß es sich um Mutter und Tochter handelte, doch niemand wäre ohne weiteres auf den Gedanken gekommen, daß Shirley Myras Tochter und Lyndas Schwester war. Woher also kam Shirley? Sie sah auch ihrem Vater nicht ähnlich, hatte ein völlig anderes Naturell.

Wenn Shirley den Kopf wandte, würde sie ihre Mutter entdecken. Sie stand mitten auf dem Weg, hinter ihr wucherten extravagante Rosen, und sie wirkte allein und einsam; die breiten Schultern waren nach vorn gezogen, das glänzende schwarze Haar fiel in Strähnen auf die roten Wangen, der kurze grelle Rock ließ die groben Knie frei. Und diese häßliche Frau zog Männer an, hatte sie immer angezogen, schon als kleines Mädchen. Männer betrachteten sie auch jetzt.

Shirley ging zu dem runden Beet in der Mitte, das aussah wie ein gigantischer Strauß rosa-, creme- und orangefarbener Rosen; sie hießen »Troika«. Myra hatte sich gegen sie entschieden, ihnen fehlte die Feinheit, der überirdische Schimmer. Und jetzt – es war unglaublich – tat Shirley es wieder: Sie holte die Schere aus ihrer Tasche und schnitt eine Rose mit langem, kräftigem Stiel ab, steckte sie zu der anderen in die Plastiktüte. Hatte sie jemand beobachtet? Shirley kümmerte das nicht! Sie würde sich herausreden. Das haben Sie sich nur eingebildet, würde sie mit schmollender, beleidigter Miene sagen. Holen Sie doch die Polizei! Und wenn jemand sagte, stellen Sie sich mal vor, das würden alle tun, würde sie triumphierend erwidern: Aber das tun sie doch, oder?

Myra sagte sich zum hundertstenmal, daß sie von Shirley nichts mehr wissen wollte. Sie erhob sich von der Bank, ohne darauf zu achten, ob Shirley sie sah, ging auf der anderen Seite des Beets aus dem Rondell und zu den Miniaturrosen.

Plötzlich kam ihr ein Gedanke: Vielleicht ist sie in der Hoffnung gekommen, mir über den Weg zu laufen? Sie weiß, daß ich sehr oft hier bin.

Und tatsächlich, als sie sich nach links wandte, hörte sie laute, hastige Schritte hinter sich.

»Hallo, Mum«, sagte Shirley. »Was für ein Zufall.«

»Wie geht es dir?« erkundigte sich Myra vorsichtig.

»Ach, ich kann mich nicht beklagen.«

»Gärtnerst du jetzt auch?«

»Ob du es glaubst oder nicht, aber ich fange an, mich dafür zu interessieren. Wir sind umgezogen, wußtest du das? Haben jetzt einen großen Garten. Vermutlich weißt du es nicht. Lassen wir die Vergangenheit ruhen, was meinst du?«

»Du und Brian?« fragte Myra unsicher. Brian war der mit der Baustoffhandlung.

»Nein, nicht er, wir haben uns getrennt. Ich bin froh, daß ich ihn los bin. Er hat mich geschlagen, Mum!« sagte Shirley und lachte. Voller Ressentiment, voller Bewunderung. Das heißt, er hat sie verlassen, entschied Myra.

»Seid ihr geschieden?«

»Ja, kurz nach Weihnachten war es soweit. Und jetzt hab ich einen wirklich netten Mann. Er würde dir gefallen, da bin ich mir sicher.«

»Kenn ich ihn?« fragte Myra trocken und dachte dabei an den nackten Mann, den sie durch das Küchenfenster gesehen und lauthals hatte lachen hören. Aber Shirley schien den Vorfall vergessen zu haben, zumindest kam es ihr nicht in den Sinn, daß es einen Mann gegeben hatte, an den sich Myra erinnern könnte.

»Du kannst ihn nicht kennen. Ich hab ihn erst letzten Herbst kennengelernt.«

»Wirst du ihn heiraten?«

»Um Himmels willen nein, wozu? Nein, zweimal ist genug. Wir werden zusammenleben. Wir verstehen uns gut. Sind wie füreinander geschaffen.«

»Das ist gut«, sagte Myra. Sie war sich bewußt, daß sie, wie immer bei dieser Tochter, jedes Wort auf die Waagschale legte. Shirley reagierte stets unberechenbar, konnte rüde, gereizt, verdrossen, aber auch freundlich sein – man konnte es nie wissen. Myra spürte, daß sie sich ihr halbes Leben lang so verhalten hatte, als sei Shirley ein Minenfeld, das sie durchqueren mußte.

Die beiden Frauen gingen schweigend nebeneinanderher den mit Sträuchern bewachsenen Hügel hinauf. Links und rechts rannten Eichhörnchen über den Rasen. Als sie den Weg zum Springbrunnen kreuzten, zögerte Myra und überließ Shirley die Entscheidung. Shirley ging geradeaus weiter. Myra schloß sich ihr demütig an. Wie immer.

In der Nähe des Cafés fragte sich Myra, ob sie sagen sollte: Willst du einen Tee?, traute sich jedoch nicht.

Sie gingen weiter, und zum zweitenmal spazierte Myra langsam den auf beiden Seiten von Rosenbeeten gesäumten Weg entlang. Shirley blieb stehen. Myra blieb stehen. »Wie beschneidet man das Zeug?« fragte Shirley.

»Ach, das ist nicht schwer«, sagte Myra und beugte sich über das niedrige Geländer, um es ihr zu zeigen. »Man fängt mit den äußeren Blüten an«, sagte sie, und dann kam es ihr. Shirley mochte sein, was immer sie war, aber dumm war sie nicht. Eben erst hatte sie Rosen abgeschnitten – gestohlen –, also wußte sie auch, wie man sie beschnitt. Sicher hatte sie es aus einem Buch, wie Myra. Myra richtete sich wieder auf und sagte: »Willst du nicht einmal vorbeikommen, damit ich es dir zu Hause an meinen Rosen zeige?«

»Das ist eine gute Idee. Ja, gern«, sagte Shirley.

»Wann möchtest du kommen? Am Wochenende? Vater wird allerdings nicht dasein, er will zum Angeln.«

»Dann werden also nur wir beide dasein?«

»Willst du nicht deinen neuen, den, mit dem du jetzt zusammenlebst, mitbringen?«

»Ach, den. Wozu? Nein, ich möchte mit dir allein sein. Ob du es glaubst oder nicht, du hast mir gefehlt.«

»Nett, daß du das sagst.«

»Er geht wandern«, sagte Shirley. »Jedes verdammte Wochenende.«

»Dann sind wir eine Anglerwitwe und eine Wandererwitwe«, wagte Myra sich vor und lächelte dabei – wie sie selbst wußte – nervös.

»Warum findest du dich damit ab?« wollte Shirley wissen, plötzlich voll wütender, düsterer Ressentiments, die ihre Mutter tief verletzten. »Immer findest du dich mit allem ab. Warum nur?«

»Es macht mir nichts aus. Warum sollte es? Es tut gut, ab und zu mal ein Wochenende für sich zu haben.«

»Du findest dich immer mit allem ab«, kreischte Shirley. »Nie hab ich erlebt, daß du dich einmal gegen ihn aufgelehnt hättest, nicht ein einziges Mal.«

»Mich gegen ihn auflehnen?« sagte Myra verblüfft. »Warum sollte ich das nötig haben?«

»O Gott«, sagte Shirley. »Ich kann's nicht fassen. Ich kann's einfach nicht fassen, daß...« Sie blieb stehen, erinnerte sich offenbar daran, daß sie sich eben erst mit ihrer Mutter versöhnt hatte und nicht wieder mit ihr streiten wollte. Zumindest jetzt noch nicht. »Nun ja, es muß wohl auch solche Leute geben«, gestand sie so freundlich wie möglich zu.

»Ja, natürlich«, sagte Myra und seufzte, verbarg den Seufzer aber gleich hinter einem Hüsteln, aus Angst, er könnte Shirley erneut aufbringen.

Aus Prinzip

Ich fuhr eine der Straßen in Hampstead entlang, die, wie wir alle wissen, nicht für Autos gedacht sind, sondern vor noch nicht allzulanger Zeit von Pferden und Fußgängern benutzt wurden. Vor mir ein kleiner Verkehrsstau. Nichts Ungewöhnliches. Ich hielt an. Ich mußte anhalten. Direkt vor mir war ein Golf, vor dem wiederum ein blauer Escort stand, dem ein roter Kombi frontal den Weg versperrte. Hätte der rote Kombi nur um ein paar Meter zurückgesetzt, wäre der Escort ohne Problem an ihm vorbeigekommen. Aber der Fahrer des roten Kombi wollte nicht nachgeben, obwohl das bedeutete, daß die Escort-Fahrerin – ja, ja, es war eine Frau – hinter ein geparktes Auto zurücksetzen und in eine für sie zu kleine Lücke ausweichen mußte, woraufhin ihr Wagen immer noch halb auf die Straße ragen würde. Wenn die Escort-Fahrerin das tat, kam der rote Kombi an ihr vorbei, allerdings auch nur ganz knapp. Vernünftiger war es, wenn der rote Kombi ein Stück zurücksetzte.

Es ging ganz offensichtlich ums Prinzip. Der rote Kombi sah sich einer Autofahrerin gegenüber, die nicht nachgeben wollte. Der Escort wiederum hatte es mit einem Schrank von einem sturen Mann zu tun. Die Autofahrerin wollte verdammt sein, wenn sie diese lächerliche Zurücksetzerei und Einfädelei in eine zu kleine Parklücke auf sich nehmen würde, da die ganze Geschichte eine Sache von Sekunden war, wenn der rote Kombi nur ein paar Meter zurückfuhr.

Hinter dem roten Kombi warteten weitere Autos, eine lange Reihe, die sich den ganzen Hügel hinaufzog.

Sie hupten. Der Golf vor mir hupte ebenfalls, um ihnen Gesellschaft zu leisten. Dann stieg der Fahrer aus und ging zum Fenster, hinter dem die Escort-Fahrerin saß, sprach mit ihr und schlenderte anschließend zum Fahrer des roten Kombi.

Er machte kehrt und kam langsam zurück. Offensichtlich hatte er sich entschlossen, die Sache von der amüsanten Seite zu nehmen. Sein Gesicht war das eines resignierten, aber heiteren Philosophen. Etwa in Hüfthöhe gestikulierte er mit den Händen auf eine Art und Weise, die besagen wollte: Eine schöne Bescherung! Aber bewahren wir einen kühlen Kopf. Er zuckte die Achseln und stieg wieder in seinen Wagen. Dann steckte er den Kopf zum Fenster hinaus und signalisierte mir zurückzusetzen. Linker Hand hinter mir zweigte eine Straße ab, die eine Steigung hinaufführte, doch ein Mädchen in einem Toyota versperrte den Weg. Sie hatte Ärger mit dem Lastwagen hinter sich. Der Lastwagenfahrer brüllte, die Escort-Fahrerin sei schuld an der ganzen Geschichte, und das Mädchen im Toyota sah sich gezwungen, dem die eigene Meinung entgegenzusetzen. Ohne ein Wort, sie saß nur lächelnd da, lächelte wütend und verkniffen. Der Mann sprang aus dem Lastwagen, drohte zunächst dem Toyota mit der Faust, dann obendrein mir, schritt forsch an mir und dem Golf vorbei zu den zwei Autos, die sich Stoßstange an Stoßstange gegenüberstanden. Von seinem Führerhaus aus hatte er nicht erkennen können, daß sich der rote Kombi – der Mann – eher im Unrecht befand als der Escort. Er schrie die Frau im Escort kurz an, um den Schein zu wahren. Sie rauchte mittlerweile so hektisch, daß es aussah, als hätte der Fahrersitz Feuer gefangen. Der Lastwagenfahrer nahm nicht die Mühe auf sich, mit dem Fahrer des roten Kombi zu sprechen, woraus man schließen konnte, daß ihm die Sinnlosigkeit eines solchen Unterfangens klar war. Er kam zurück, würdigte den Mann im Golf keines Blicks, der sich – was der Lastwagenfahrer wohl ebenfalls einsah – nicht mit ihm verbünden würde, sondern vielmehr der Meinung war, daß er, der Lastwagenfahrer, sich im Irrtum befand, ging dann an mir und dem jungen Mädchen im Toyota vorbei. Er stieg in sein Führerhaus und drehte sich nach hinten, um zu sehen, wie er zurücksetzen konnte, um den Toyota links einbiegen zu lassen. Aber auch hinter ihm standen mittlerweile mehrere Autos. Er rief den Fahrern zu, sie sollten ebenfalls zurücksetzen, und obwohl wir sie nicht sehen konnten, war klar, daß sie wütend waren, denn sie hupten. Endlich dann war es ihm möglich, ein paar Meter zurückzufahren. Woraufhin die Toyota-Fahrerin langwierige Manöver nach vorn und hinten begann, um in die Straße zur Linken einzubiegen. Als sie es schließlich geschafft hatte und ich es ihr nachtun wollte, war der Lastwagen bereits zu mir aufgerückt. Daraufhin begann der Mann im Golf vor mir wie wahnsinnig zu hupen. Er schrie den Mann im Lastwagen an, links abzubiegen, aber der wollte den Ort des Geschehens nicht verlassen, weil der eine oder andere der zwei Gegenspieler schließlich ein Einsehen haben und nachgeben mußte, und er wollte warten, bis es soweit war. Der Mann versuchte also erneut zurückzusetzen, um mich und den Golf vorbeizulassen, aber natürlich waren die hupenden Autos hinter ihm längst nachgerückt. Nach und nach drängte er sich jedoch wieder nach hinten, so daß ich zurücksetzen und in die Seitenstraße abbiegen konnte. Kaum war ich aus dem Weg, setzte auch der Mann im Golf zurück, das heißt, er fuhr langsam rückwärts auf den Lastwagen zu, der seinerseits langsam auf ihn zurollte. Als ich den Schauplatz verließ, schrien sich der Golf-Fahrer und der Lastwagenfahrer gegenseitig an.

Ich fuhr die Straße entlang. Ich konnte, so ich wollte,

einen Bogen fahren und wieder auf die Straße zurückkehren, die ich eben verlassen hatte. Warum entschloß ich mich, genau das zu tun? Der Virus des Eigensinns hatte auch auf mich übergegriffen. Abgesehen davon, sah ich nicht ein, einen Umweg von einer halben Meile fahren zu müssen. Kurz gesagt ... nein, es gibt keine Entschuldigung dafür. Ungefähr zwanzig Meter hinter der Stelle, an der der rote Kombi hartnäckig dem Escort die Stirn bot, traf ich wieder auf die Straße. Jetzt konnte ich das Gesicht oder vielmehr das Profil des Kombifahrers erkennen. Es war ein älterer, übergewichtiger Mann, seine Backen glühten, als hätte er sie mit Wasser gewaschen, in dem zuvor rote Bete gekocht worden waren. Ein Kandidat für einen Herzinfarkt. Aus dem Fenster des Escort zogen Rauchschwaden. Ich sah lediglich ihr Gesicht: die starken Züge einer Frau, die bis zum Tod standhalten würde, um dem gesunden Menschenverstand und ihren Rechten zur Durchsetzung zu verhelfen.

Hinter dem roten Kombi versuchte die lange Reihe der Autos sich aufzulösen, indem sie die Steigung hinauf zurückfuhren und nach rechts in eine Straße parallel zu der, in der ich stand, einbogen. Das bedeutete, daß ich und die Wagen hinter mir, einschließlich des Golf, warten mußten, während die Autos auf der Straße hin- und hermanövrierten. In der Zwischenzeit kamen immer neue Autos hinzu und hupten. Die Leute schrien einander an, weil sie den Ernst der Lage, in der sich der rote Kombi und der blaue Escort befanden, nicht begriffen. Der Mann im Golf, der zuvor mit einer weltmüden Geste der Toleranz abgewunken hatte, sah nicht, was mich aufhielt. Er lehnte sich aus dem Fenster und schrie mich an, und auch ich lehnte mich hinaus und schrie zurück, daß vor mir erst einmal fünfzehn andere Autos die Straße räumen müßten. Schließlich explodierte er und brüllte: »O mein Gott, es ist einfach nicht zu fassen!«, und signalisierte den Wagen hinter sich, daß er zurücksetzen wollte. Der Platz reichte gerade, und er fuhr auf die Einfahrt eines Mannes, der aus dem Haus stürzte, um lautschreiend kundzutun, daß seine Einfahrt keine öffentliche Straße sei.

Eine Frau aus einem der Autos hinter dem roten Kombi hielt alle anderen noch weiter auf, indem sie ausstieg, sich zwischen den roten Kombi und den Escort stellte, den Schauplatz überblickte und dann zu dem Mann mit dem braunroten Gesicht und der rauchumwölkten Frau sagte: »Vermutlich bringt Ihnen das Ganze was.« Dann ging sie zu ihrem Wagen zurück.

Schließlich gelang es mir, schnell genug zu reagieren, um mich in die Schlange, die den Hügel hinauffuhr, einzufädeln, bevor noch ein weiteres Auto vor mir wendete. Oben auf der Steigung verlangsamte ich meine Fahrt und blickte zurück, und da standen sie, der rote Kombi und der Escort, und keiner von beiden hatte auch nur einen Zentimeter nachgegeben.

Worum es wirklich geht

Zunächst rief Jody Sebastian an. Die Unterhaltung verlief folgendermaßen: »Sebastian? Spreche ich mit Sebastian? Ich bin Jody. *Jody!* Wissen Sie, wer ich bin?«

Pause.

»Ja, ich glaube schon. Sie sind Henrys neue ...«

»*Neu* kann man wohl kaum sagen.«

Pause.

»Ah, ja.«

Pause.

»Wann haben Sie zum erstenmal von mir gehört?«

»Tja ... um ehrlich zu sein, erst vor kurzem.«

Am anderen Ende der Leitung herrschte Schweigen. Dann, etwas aggressiv: »Sie haben erst vor kurzem von mir gehört? Aber ... Ich bin seit über zwei Jahren mit Henry zusammen.«

»Ich muß sagen, das überrascht mich.«

»Wirklich? Hat Ihnen niemand von mir erzählt? Hat Angela nichts gesagt?«

Pause.

»Nein ... sehen Sie mal ... ich bin nicht ... ich habe nicht das Gefühl, als ... tut mir leid ...«

»Kommen Sie mir nicht auf die englische Art, mehr verlange ich nicht.«

»Was wollen Sie?«

»Das ist schon besser.« Die Stimme klang amerikanisch –

Jody *war* Amerikanerin –, laut und unnachgiebig, ihr war anzuhören, daß sie jeden Augenblick in Tränen oder Gelächter ausbrechen konnte. »Ich wollte lediglich mit Ihnen sprechen, das ist alles. Bitte, legen Sie nicht auf.«

»Das hatte ich auch nicht vor.«

»Ich werde Henry heiraten, und Sie werden Angela heiraten. So wie ich die Sache sehe, ist das Grund genug, um mal miteinander zu plaudern, aber vielleicht täusche ich mich auch.«

»Hören Sie«, begann er und ließ durchklingen, daß sein freundliches Entgegenkommen auf dem Spiel stand. »Ich bin absolut willens, mich mit Ihnen zu unterhalten, worüber Sie wollen, aber Sie sind durchaus eine Überraschung für mich.«

»Angela hat mich wirklich nie erwähnt?«

»Nein. Und Henry auch nicht.«

»Henry? Wollen Sie damit sagen, daß Sie Henry ab und zu treffen?«

»Na ja, ab und zu. Wir kommen gut miteinander aus.«

»Ich kann diesen Ausdruck nicht mehr hören«, sagte sie ärgerlich. »Tut mir leid, aber er ist *out.*«

»Wie Sie wollen. Nur, so wie die Dinge nun mal liegen, haben Henry und ich uns getroffen, um ein paar Angelegenheiten zu bereden.«

»Aber über mich haben Sie nicht gesprochen.«

»Nein, so wie es nun einmal ist.«

»O Gott, nein, es ist einfach nur... Ich kann es einfach nicht glauben, das ist alles.«

Wie um sich zu entschuldigen, sagte er: »Verstehen Sie, es hat sich nun mal nie ergeben.«

»Tja, warum auch? Ich bin schließlich nur die Frau, die Henry heiraten wird, mehr nicht.«

Schweigen.

»Aber... Jody... Jody?«

»Jody. Das ist ein Name. Wie Mary.«

»Oder wie Sebastian«, sagte er und lachte kurz und versöhnlich. »Sehen Sie, Jody, über diese Dinge reden wir nicht miteinander. Ich bin sicher, Sie reden mit Henry auch nicht über mich. Sie haben bestimmt weiß Gott Wichtigeres zu besprechen.«

»Ja, so ist es, aber Sie sind ja auch ein ziemlich neues Phänomen, nicht wahr? Es gibt Sie doch noch nicht lange?«

»Ich kenne Angela jetzt seit ungefähr drei Jahren, eher sogar ein bißchen länger.«

»Drei Jahre«, sagte sie; es sollte erstaunt klingen.

»So ungefähr, ja. Henry hat mich nie erwähnt?«

»Angelas neuer *Kerl*, hat er gesagt.«

»Tja. Tja, und was bedeutet das? Darum geht es doch nicht, oder? Ich verbringe meine Zeit mit Angela ja auch nicht damit, über das Liebesleben ihres Ex-Mannes zu reden.«

»Ich muß sagen, daß ich Sie, wenn ich gewußt hätte, daß es Sie gibt, schon längst mal angerufen hätte.«

»Wäre mir ein Vergnügen gewesen«, sagte er.

»O nein. Nein, nein, nein, *nein*... bitte nicht diesen Ton. Nicht diesen typisch englischen Ton. Wenn ich den nur höre...«

»Greifen Sie nach Ihrem Revolver?«

»Wenn ich einen hätte, ja. Ich werde mich von Ihnen doch nicht einsülzen lassen.«

Plötzlich wurde er wütend, wütend wie ein Mann, der die eigene Langmut überstrapaziert hat. »Das ist jetzt aber zuviel des Guten«, explodierte er. »Wenn Sie reden wollen, dann reden Sie, aber lassen Sie Ihren Unmut nicht an mir aus.«

»O Gott«, jammerte sie plötzlich. »Tut mir leid, tut mir wirklich leid, ich wollte nicht... Ich wollte mit Ihnen sprechen, ich mußte einfach, ich muß einfach herausfinden... Nein, Sie haben recht. Entschuldigen Sie. Auf Wiedersehen, Sebastian.«

Es war elf Uhr abends, er war allein und hatte eigentlich ins Bett gehen wollen. Doch nun schenkte er sich einen Whiskey ein, was um diese Uhrzeit beileibe nicht seinen Gewohnheiten entsprach, setzte sich und starrte auf den ausgeschalteten Fernsehapparat, als erwarte er Aufklärung von ihm. Er war viel verwirrter, als er seiner Meinung nach eigentlich sein sollte. Ein paar Monate später rief er sie an.

»Jody? Hier spricht Sebastian.«

»Hallo, Sebastian«, sagte sie, wie er meinte, absichtlich beiläufig.

»Ich hoffe, es macht Ihnen nichts aus«, begann er vorsichtig, »aber mir ist eben eingefallen, wie Sie mich angerufen haben.«

»Stimmt.«

»Also, es geht um folgendes: Henry hat mich gebeten, Sie anzurufen und Ihnen zu sagen, daß er sich am Wochenende nicht mit Ihnen treffen kann. Er hat versucht, Sie anzurufen, hat Sie aber nicht erreicht. Es ist wegen Connie, verstehen Sie – der Tochter. Er und Angela wollen sich in Connies Schule ein Theaterstück ansehen, in dem sie mitspielt.«

Sie antwortete mit bedächtiger, leiser Stimme, als wollte sie jedes Wort erst einmal ausprobieren, es hören: »Sie meinen, Henry, *mein* geliebter Henry, hat *Sie* gebeten, den zukünftigen Mann seiner Ex-Frau, *mich* anzurufen, weil *er* mich nicht treffen kann?«

»So ungefähr, ja.«

Es folgte ein Geräusch, das ein Schluchzer, ein Fluch oder auch ein Stoßgebet hätte sein können.

»Tja«, sagte er. »So ist es nun einmal.«

»Entschuldigen Sie die Frage, aber wie ist es möglich, daß Sie in der Lage sind, mir eine Nachricht von Henry zukommen zu lassen?«

»Ich war gestern abend zufällig mit Henry und Angela zusammen.«

»Sie waren zu dritt?«

»Nein, wir waren zu viert. Meine Frau, das heißt, meine frühere Frau war auch dabei. Olga.«

»Hören Sie«, sagte sie mit einer Stimme, die sie mit Anstrengung dämpfte. »Ich finde das beschissen. Tut mir leid.«

»Das tut es mir auch. Was ist los mit Ihnen?«

»Henry nennt mich eine Barbarin. Ich kann mit dieser ganzen Freundlichkeit und diesen gepflegten Umgangsformen nichts anfangen. Sie sind aufgesetzt. Ungesund. Einfach *dumm*. Und sie verursachen letztlich nur Schmerzen.«

»Das ist vermutlich auch ein Standpunkt.«

»O *Gott*, wenn Sie nur verstehen würden, wie sehr ich es hasse, wenn alles humorvoll sterilisiert wird.«

»Alles *Echte*?«

»Sie sagen es. Ganz recht. Genau. Alles Echte.«

»Und Sie glauben nicht, daß Leute nach der Scheidung freundlich miteinander umgehen sollten?«

»Als meine Scheidung durch war, wollte ich ihn nie wiedersehen. Meinen Ex-Mann. Marcus. Und das hab ich auch nicht.«

»Aha.«

»Er ist ein Dreckskerl.«

»Ich dachte, Sie hätten ein Kind miteinander?«

»Haben wir auch.«

»Aber Sie treffen sich nie?«

»Nein.«

»Aha.«

»Aha, aha! Ja. Hören Sie, Sie haben die Nachricht übermittelt, und ich danke Ihnen.« Sie legte auf.

Er versuchte zu lachen, schenkte sich statt dessen jedoch wieder einen Drink ein.

Ein paar Monate später rief sie erneut an. »Was soll diese Geschichte, daß Sie und ich ein nettes Wochenende in Henrys und Angelas Hütte verbringen sollen?«

»Davon wurde gesprochen.«

»Und was haben Sie dazu gesagt, Sebastian?«

»Ich habe gesagt, das sei wohl noch etwas verfrüht.«

»Verfrüht?« schrie sie. »Nein, warten Sie, einen Augenblick... Ich möchte mich mit Ihnen treffen. Nur Sie und ich. Ich will mit Ihnen reden.«

»Worüber?«

Sie lachte. Er fühlte sich ermutigt: Es war kein gekünsteltes Lachen. Schon besser, dachte er.

»Ich will mit Ihnen nicht über... praktische Dinge reden. Nicht darüber, wohin die Kinder gebracht werden sollen oder wer was zahlt. Es gibt da etwas... Ich weiß nicht, wie ich mich ausdrücken soll.« Da er ihr nicht weiterhalf, entstand eine ziemlich lange Pause. Dann wollte sie wissen: »Haben Sie nie das Gefühl, als hätten Sie es mit etwas... mit etwas nicht Greifbarem zu tun?«

»Was meinen Sie damit?«

»Ich meine die beiden. Henry und Angela.« Er schwieg, und sie fuhr unter Schwierigkeiten fort. »Ich meine, ich fühle mich unzulänglich. Ich bin ihnen nicht gewachsen.«

»Ach *so*«, sagte er und nahm ihren Anhaltspunkt auf. »Natürlich, unzulänglich. Aber wer fühlt sich schon nicht unzulänglich?«

»Um Himmels willen, *nein*, bitte nicht schon wieder!«

»Was?«

»Vergessen Sie's.«

»Ich habe nicht gemerkt, daß ich wieder...«

»Natürlich nicht. Das tut ihr nie, oder?«

»Sie meinen, wir Engländer?«

»Ja. Ganz recht. Genau.«

»Und trotzdem haben Sie einen geheiratet.«

»Stimmt. Und ich habe mein Wort gegeben, noch einen zu heiraten. Henry. Erst Marcus, dann Henry. Und die prächtige Erziehung, Dinge unter den Teppich zu kehren.«

»Mir scheint, wir sind nicht ganz Ihr Fall.«

Sie lachte. »Haben Sie was dagegen, wenn wir uns treffen würden? Etwas plaudern? Zum Essen?«

»Sie leben in Manchester?«

»Ja, aber dieses Wochenende bin ich in London.«

»Wollen Sie zu mir kommen?«

»Treffen wir uns auf neutralem Boden. Ein Restaurant?«

»Guter Gott, ich habe gar nicht gewußt, daß man mich für ein Minenfeld halten könnte. Oder etwas Ähnliches.«

»Oder etwas Ähnliches. Welches Restaurant?«

»Ist mir vollkommen egal.«

»Wirklich? Mir wurde – viel zu oft schon – gesagt, daß Angela eine hervorragende Köchin ist.«

»Man kann auch des Guten zuviel bekommen.«

»Aha. Okay, also wo?«

Sie kamen überein, sich erst später zu treffen, damit sie beim Essen niemand drängte, und tatsächlich leerte sich das Restaurant bereits, als sie eintrafen. Sie musterten einander mit einer Neugier, die nahezu ausschließlich auf den abwesenden Henry und die abwesende Angela zurückzuführen war. Sie fragte sich: Warum hat Angela sich von dem einen getrennt, um sich mit einem anderen zusammenzutun, der ihm bis aufs Haar gleicht?

Und er dachte: Meine Güte, da hat sich Henry im Vergleich zu Angela aber eine Nervensäge aufgeladen. Und er gratulierte sich, weil er das bessere Los gezogen hatte.

Sebastian war ein großer, dunkelhaariger Mann, der einen ziemlichen Buckel machte, als empfände er seine Größe als aufdringlich. Er war unauffällig und gut gekleidet und hatte eine spöttische Miene aufgesetzt – ihrer Überzeugung nach ein Zeichen jenes abwehrenden Humors, der sie so maßlos ärgerte. Höflich lächelte er eine Blondine an, die sich seiner Überzeugung nach für den Anlaß viel zu sehr herausgeputzt hatte.

Er war auf der Hut, noch mehr, als ihm bewußt war, wenn er sich vorher auch gesagt hatte: Aufpassen, schon Kleinigkeiten bringen sie völlig aus der Fassung. Jedes seiner Worte, jede Bewegung sagte: Komm mir bloß nicht zu nahe. Als sie sich vorbeugte, lehnte er sich zurück, kippte mit dem Stuhl sogar ein wenig nach hinten. Sie spürte, daß es aussehen mußte, als sei sie hinter ihm her, doch es war ihr gleichgültig.

Er dachte, daß sie nicht gerade eine vorteilhafte Stimme habe. Zudem war es ein Jammer, daß Amerikaner immer um alles so viele Worte machen mußten. Intelligent, das war sie offensichtlich. Aber ein Jammer, daß ...

Als sie bestellt hatten, fragte sie: »Sebastian, wie lange sind Sie schon mit Angela zusammen?«

Er dachte kurz nach. »Vier Jahre. Mindestens.«

»Und ich mit Henry seit drei Jahren.«

»Ich hoffe, Sie haben diese Zeit so genossen wie ich.«

Diese Bemerkung, von der er gehofft hatte, sie würde den weiteren Ton des Gesprächs bestimmen, ließ sie schief lächeln. Dann lächelte auch er.

»Also gut«, sagte er, »ich bin zweifellos ein unsensibler Trottel.«

»Haben Sie sich nie Gedanken darüber gemacht, warum die beiden so lange gebraucht haben, um sich scheiden zu lassen? Wo es eine so absolut problemlose Scheidung war?«

»Nein. Hätte ich mir denn Gedanken machen sollen?«

»Eine reine Formalität!«

»Und für Sie war es mehr?«

»Ja. Zunächst nicht, aber dann begann ich mich zu fragen, warum nichts vorwärtsging.«

»Aber jetzt ist die Sache erledigt. Einen Monat bereits.«

»Lassen Sie uns nichts überstürzen, nicht verfrüht handeln!«

Er quittierte ihre Stichelei mit einem kurzen, ironischen Lächeln. Reden Sie weiter, signalisierte er.

»Ich habe ständig das Gefühl, als würde verschwiegen, worum es wirklich geht. Es gibt da etwas, was ich nicht zu fassen kriege.«

»Das sagten Sie bereits am Telefon.« Für den Fall, daß sie das als Abfuhr verstand, machte er eine Geste, die besagte: Nein, warten Sie ... Er trank ein paar therapeutische Schlucke Wein. Sein ernster Ausdruck sollte ihr zeigen, daß er fest entschlossen war, aufrichtig mit ihr zu sein. Auf sie jedoch wirkte er verlegen und widerwillig. »Ich habe über das, was Sie gesagt haben, nachgedacht. Sehen Sie, ich glaube nicht, daß ich so viel erwarte, wie Sie es zu tun scheinen. Natürlich gibt es Hindernisse und Schwierigkeiten, Henry und Angela waren – glaube ich – zehn Jahre verheiratet. Sie haben eine Tochter, Connie, aber das wissen Sie ja. Und ihr früheres Leben wird wegen Ihnen und mir nicht einfach ausgelöscht. Auch ich habe eine Ex-Frau. Olga. Hab ich Ihnen von ihr erzählt? Manchmal hat es Angela nicht leicht mit mir. Und Sie haben einen Ex-Mann... Bestimmt wird Henry bisweilen...«

»Nein«, unterbrach sie ihn. »Nein, überhaupt nicht. Die Sache ist erledigt. *Darauf* kommt es an. Vorbei! Finito! Basta! Ich will keine Gespenster in meinem Leben.«

Wider seinen Willen seufzte er und blickte schuldbewußt drein, und deshalb mußte sie ihn anlächeln. Offensichtlich verdiente sich Henry dieses Lächeln auch ziemlich häufig. Es ist ein lang geübtes Lächeln, dachte er.

»Warum erwarten Sie so viel?« fragte er, womit er, ihrer Meinung nach, zum erstenmal wirklich etwas gesagt hatte. Die Frage war einem Impuls entsprungen, nicht, weil er glaubte, sich verteidigen zu müssen. »Vielleicht bin ich leichter zufriedenzustellen als Sie. Die vier Jahre mit Angela waren wirklich eine wunderbare Zeit, und hoffentlich haben wir noch viele ähnliche vor uns.«

»Ich habe nicht gesagt, daß die Jahre mit Henry für mich

keine wirklich wunderbare Zeit waren«, sagte sie zuckersüß. Und beide lachten. Miteinander. Sie mochten sich sogar, soweit das möglich war angesichts der zwei unsichtbaren Personen, die mit ihnen am Tisch saßen. Angela und Henry. »Und doch sehe ich keinen Grund zur Heirat, wenn nicht alles da ist, verstehen Sie, wirklich *alles.*«

»Also, dann muß ich annehmen, daß Sie unvernünftig sind. Auf Schwierigkeiten aus.«

»Warum überhaupt heiraten?«

»Vielleicht sollten Sie es tatsächlich lassen. Ich meine das nicht böse, glauben Sie mir. Es ist nicht gut, zuviel zu erwarten. Den Fehler habe ich mit Olga begangen.«

»Haben Sie es jemals bereut, daß Sie sich von Olga haben scheiden lassen?«

Er zögerte. Die Frage gefiel ihm nicht. »Ja«, sagte er gequält. »Ja, manchmal bereue ich es. Aber wir sind eng miteinander befreundet.«

»Wie Henry und Angela.«

»Hoffentlich.«

»Und Sie und Henry.«

»Ich mag Henry. Er tut mir gut. Er ist einer der Menschen, zu denen ich gehe, wenn ich Sorgen habe.«

»So etwas gibt es nicht oft.«

»Ich glaube nicht, nein.«

»Unreif«, seufzte sie. »Das bin ich. Ich bin nicht erwachsen geworden.« Und dann kam eine dieser plötzlichen, heftigen Gesprächswendungen, die er bereits fürchten gelernt hatte. »Abgesehen davon, daß es eine Scheiße ist. Quatsch. Oh, ich weiß, was Sie von mir halten. Erst habe ich es jahrelang von Marcus gehört, und jetzt höre ich es von Henry.«

»Marcus, dem Dreckskerl?« versuchte er es auf die humoristische Art, kam damit aber nicht an.

»Ja, er ist ein Dreckskerl. Um es mit einem Wort zu sagen.«

»Aha.«

»Er benahm sich... *er* ist auf jeden Fall unreif. Warum sollte ich das Etikett ›alles vorbei‹ drauf kleben, so tun, als wäre es nie geschehen? Wenn das ein Kennzeichen von Reife ist, dann...«

»Das Wort stammt nicht von mir.«

»Nein, aber sagen Sie bloß nicht, daß Sie es nicht *gedacht* haben. Hand aufs Herz.«

Er mußte lachen. Sie lachte ebenfalls. Aber es ist ein wehrloses Lachen, dachte er. Sie waren früher mit dem Essen fertig, als sie erwartet hatten. Er fürchtete, sie würde anfangen zu weinen. Und so kam es.

Diesmal vergingen Wochen, bis sie ihn anrief, um ihn zu fragen: »Halten Sie es wirklich für eine gute Idee, wenn wir zu viert ein kuscheliges Wochenende verbringen?«

»Warum nicht? Wir werden uns auch in Zukunft ab und zu sehen.«

»Ich füge mich Ihrer überlegenen Weisheit in weltlichen Dingen.«

»Im übrigen ist es sehr schön dort. Es wird Ihnen gefallen.«

Sie lachte. Über ihn. Er stimmte mit ein.

Es war wirklich ein schöner Ort. Im Abstand von nur fünf Minuten bogen sie beide von der Hauptstraße ab – er kam aus Richtung London, sie aus Manchester – und fuhren über zunehmend schmale Landstraßen, bis sie zu einem großen, alten Gebäudekomplex kamen. Durch einen Torbogen gelangten sie auf einen Hof. Das »Cottage« selbst war ein schäbiges, aber durchaus geräumiges Haus mit Fenstern zum Hof. Durch eines sah man Henry und Angela am Tisch sitzen. Zuerst näherte sich Sebastian, dann, ängstlicher, Jody diesem Fenster und dem Paar, das heftig winkte, lächelte und sie bat einzutreten. Als Sebastian durch die Küchentür trat, lief Angela zu ihm hin, umarmte und küßte ihn und drückte ihn an sich, »oh, mein Liebling, Sebastian«. Henry lächelte freundlich und wandte sich halb ab. Als dann auch Jody auftauchte, ging er zu ihr und schloß sie in die Arme. »Schatz«, sagte er und flüsterte ihr Willkommensgrüße ins Ohr. Angela und Sebastian, die sich noch immer halb umarmt hielten, beobachteten die beiden, und über Angelas Gesicht zog ein flüchtiger Schatten von Verlust.

Dann ließen Angela und Henry ihre jeweiligen Liebsten los und begannen, Teller und Gläser vom Tisch zu räumen. Lächelnd standen sie nebeneinander am Spülbecken.

Angela war eine kleine, hübsche Frau mit einer Unmenge dunkler Locken und einer lebhaften, amüsierten Art, die sie auch beibehielt, als sie voller Begeisterung zu Jody sagte: »Ich freue mich riesig, daß Sie hier sind. Es ist wirklich lächerlich, daß wir uns nicht schon viel früher kennengelernt haben. Das habe ich schon oft gesagt, nicht wahr, Henry?«

»Ja, das hast du, aber der richtige Zeitpunkt schien mir noch nicht gekommen«, sagte Henry, ein großer, dunkelhaariger, liebenswerter Bursche mit einem weingeröteten Gesicht. Wenn man ihn und Angela so Seite an Seite stehen sah, dann schienen sie ein perfektes Paar, wie füreinander geschaffen, ein Paar voller Zuversicht und gutem Willen.

»Danke«, sagte Jody, und als sich Sebastian am Tisch niederließ, der mitten in dieser großen, heruntergekommenen, freundlichen Landhausküche stand, tat sie es ihm nach und setzte sich auf den Stuhl, auf dem Angela gesessen hatte. Sie alle musterten einander, ohne es zu verbergen. Ihre Mienen, ihre Haltung, alles bekundete freimütig, daß es nur natürlich war, neugierig zu sein. Selbstverständlich schätzten besonders die Frauen einander ab, wo sie sich in diesem Augenblick doch zum erstenmal persönlich sahen. Nicht zählbar schienen die Gedanken, die ihrer aller Anwesenheit in diesem einen Raum hervorrief. Zum Beispiel fiel Sebastian ein, daß Jody ihn des öfteren darauf hingewiesen hatte, er und Henry hätten gemeinsame Eigenschaften, und er versuchte, Henry mit ihren Augen zu sehen, kam jedoch lächelnd zu dem Schluß, daß ihr Blickwinkel so verschieden von seinem war, daß jeder Versuch, ihn einzunehmen, erfolglos bleiben mußte.

Er probierte es mit einem anderen Zugang: Früher einmal hat sich Angela für Henry entschieden und jetzt für mich, vielleicht haben wir also wirklich etwas gemeinsam, von dem wir nichts wissen? Dann hob der parallele Gedanke: Henry hat sich zuerst für Angela entschieden und dann für Jody, den ersten wieder auf. Die reizende, in jeder Beziehung perfekte Angela hatte nichts mit der dramatischen Jody gemein, die elegant ländlich gekleidet am Tisch saß, das blonde Haar – gefärbt, wie er vermutete – weich und glänzend; sie lächelte freundlich, aber hinter den klugen, wachsamen Augen war eine auf Kleinigkeiten geschärfte Intelligenz am Werk. Ein sehr attraktives Geschöpf, diese Jody. Doch Henry konnte sie von ihm aus gern behalten.

»Wir haben ein Problem«, verkündete Henry. »Connie fühlt sich nicht wohl, und wir haben beschlossen, mit ihr ins nächste Krankenhaus zu fahren.«

»Und deshalb waren wir so unhöflich und haben mit dem Essen nicht gewartet«, gestand Angela. »Aber fühlt euch bitte wie zu Hause, wir sind im Handumdrehen zurück.«

Dieses »Handumdrehen« würde den ganzen Nachmittag dauern, das lag auf der Hand. Sebastian studierte Jodys Blick, der – wahrscheinlich gegen ihren Willen – unmißverständlich zum Ausdruck brachte, den Eltern *müsse* doch schon der Gedanke gekommen sein, daß die Unpäßlichkeit der elfjährigen Connie in Zusammenhang mit der geradezu traumatischen Situation stand – dem gemeinsamen Wochenende der Eltern und ihrer neuen Partner. Doch wenn die Eltern auch tatsächlich darüber nachgedacht hatten, so zeigten sie es nicht.

»Seit ein paar Tagen ist sie sehr blaß«, sagte Angela. »Ich wollte schon am letzten Samstag mit ihr zum Arzt.«

»Wir sind im Nu wieder da«, sagte Henry und warf Jody einen Blick zu, der sie vor Vergnügen erglühen und plötzlich wie ein verwirrtes, dankbares Mädchen aussehen ließ. Doch augenblicklich kehrte der nüchterne, überwachsame Ausdruck, der Sebastian so wenig geheuer war, auf ihr Gesicht zurück. »Sebastian weiß, wo alles ist«, sagte Angela und warf ihm einen vielsagenden Blick zu.

Henry und Angela verließen den Raum, und wenig später konnten Sebastian und Jody sie dabei beobachten, wie sie ihre schwache, in eine Decke gewickelte Tochter zum Auto führten. Der Wagen fuhr durch den Bogen in die Welt hinaus, Angela winkte lächelnd und warf Sebastian über Connies Kopf hinweg eine Kußhand zu.

Sebastian stand auf, ging zum Kühlschrank und holte das samstägliche Mittagessen, das nur das Vorspiel zu einem großen Abendessen sein sollte: Pasteten, Käse, Salat, Obst. Sebastian und Jody saßen in dieser freundlichen Küche eine Weile zusammen und aßen.

»Ich habe noch nie eine Frau gekannt, der die Gedanken so sehr vom Gesicht abzulesen waren wie Ihnen«, sagte Sebastian und stellte klar, daß ihm diese Eigenschaft nicht sonderlich angenehm war.

»An Gedanken fehlt es mir nicht.«

Er erwiderte nichts, nahm den Wein und füllte ihr Glas, ohne sie vorher zu fragen.

»Wann waren Sie zum letztenmal hier?«

»Vor zwei Wochen. Mit Olga. Und dem Kind natürlich – unserem Kind. Sie heißt Marion. Connie war auch für einen Tag hier.«

Sie verdaute diese Nachricht. »Sie und Ihre frühere Frau fahren noch gemeinsam ins Wochenende?«

»Ja. Wegen des Kindes, verstehen Sie. Gott sei Dank hat

Marion sich mit Connie angefreundet. Und Henry und Angela gefällt es, wenn das Haus genutzt wird.« Er hielt inne und sagte dann langsam und deutlich: »Wir schlafen in getrennten Zimmern, Jody.«

»Selbstverständlich, Sie sind ja auch geschieden.«

»Nicht, weil wir geschieden sind, sondern weil ich Angela liebe.«

»Wußten Sie, daß Henry und Angela im Frühjahr gemeinsam zehn Tage verreist waren?«

»Mit Connie. Sie haben Connies Großmutter in der Schweiz besucht. Angelas Mutter lebt dort mit ihrem dritten Mann.« Dann fügte er hinzu: »Henry war nur ein paar Tage dabei. Ich dachte, er wollte sich irgendwo mit Ihnen treffen.«

»Das dachte ich auch. Aber die Arbeit... er mußte plötzlich nach Deutschland.«

»Er arbeitet hart. Viel härter als ich.«

Henry arbeitete in der Verwaltung einer Künstlerstiftung und war ständig unterwegs. Sebastian war Geschäftsmann und reiste ebenfalls viel.

Sie aßen Käse und tranken noch mehr Wein. Schließlich begann Sebastian zu sprechen, wählte bedachtsam die Worte, und seine ganze Haltung gab zu verstehen, daß er sagen mußte, was er sagte, es ihm aber lieber gewesen wäre, die Situation hätte sich anders dargestellt. »Wußten Sie, daß sich Henry und Angela schon seit Kindesbeinen kennen? Sie sind zusammen aufgewachsen.«

»Ja, das hat mir Henry erzählt.«

»Wie Bruder und Schwester. So sind sie. Ich habe einige Zeit gebraucht, um das zu verstehen, das muß ich zugeben.« Er betrachtete sie, um herauszubringen, ob er noch deutlicher werden mußte.

Sie sagte trocken: »Sex ist für mich kein Grund zur Eifersucht«, und fügte kindischerweise noch hinzu: »Überhaupt habe ich keine Veranlassung dazu.« Ihre Großtuerei trieb ihr die Röte ins Gesicht, und für einen Augenblick war sie wieder ein junges Mädchen.

Er lachte sie an. Er war ziemlich angeheitert, weinrot wie Henry, entspannt und gelassen, als säße er in seiner eigenen Küche. »Gut für Sie«, sagte er. »Ich andererseits bin durchaus dazu fähig, grauenhaft eifersüchtig zu sein. Aber nicht wegen Henry. Er und Angela schlafen seit Jahren nicht mehr miteinander. Sie können nicht. Es funktioniert nicht mehr. Sex war ihnen nie wichtig.«

»Das sagt Henry auch.«

»Na also!« Sie schien ihn gegen sich aufgebracht zu haben, sein Gesicht war ihr voll zugewandt, Wachsamkeit und Zurückhaltung waren dank des Weins verschwunden. Oder vielleicht hatte ihn seine Abneigung für sie... Er fuhr fort: »Eifersucht! Wenn Sie meinen Rat hören wollen, dann hüten Sie sich davor. Fangen Sie gar nicht erst damit an. Eifersucht vergiftet alles. Ich kann ein Lied davon singen. Ich *war* eifersüchtig. Ich kenne mich aus.«

»Olga?«

»Ja, aber nicht nur bei Olga. Auch bei anderen. Die Eifersucht ist mein Unglück. Und jetzt stecke ich reichlich Energie hinein, es nicht zu sein. Mit Eifersucht gewinnt man nichts.«

Und nachdem er ihr diese Warnung ins Gesicht geblasen hatte, stand er auf.

»Ich glaube nicht, daß ich eifersüchtig bin.«

»Wirklich? Mir sieht es aber ganz danach aus.« Und bevor sie noch etwas darauf erwidern konnte, sagte er auf dem Weg zur Tür: »Ich bin etwas betrunken. Ich werde mich hinlegen. Zwar arbeite ich nicht halb soviel wie Henry, aber wenn ich hier bin, halte ich gern eine kleine Siesta.« An der Tür blieb er stehen. »Sie wissen noch gar nicht, wo Sie schlafen.«

»Vermutlich bei Henry.«

»Selbstverständlich. Die Treppe hinauf, dann geradeaus den Gang entlang. Das Zimmer ganz am Ende.« Er war schon fast aus der Tür, als er sich noch einmal umdrehte und sagte: »Für den Fall, daß es Sie interessiert, Angela und ich schlafen auf der anderen Seite. Zwischen Ihnen und uns liegen mindestens fünf Zimmer.«

»Was für ein Cottage«, sagte sie, doch er war bereits verschwunden.

Sie saß allein in der stillen Küche. Über sich hörte sie Sebastians Schritte und war froh darüber. Der blasse englische Sonnenschein im Hof, die Leute, die sie schemenhaft vor dem Torbogen vorbeigehen sah, das Geräusch eines sich entfernenden Autos, der Schatten eines Vogels auf den Steinen im Hof, all das versetzte sie in eine Stimmung von Auflösung, Veränderung, Verlust. Sie fühlte sich fehl am Platz, wie sie so aufrecht dasaß, als wäre sie auf der Hut. Ihre Finger umklammerten den Stiel des leeren Weinglases. Auch sie sollte sich eine Weile ausruhen. Warum nicht?

Das Schlafzimmer am Ende des Flurs war groß und ländlich eingerichtet, mit Teppichen auf dem Boden und altmodischen Plumeaus auf dem breiten Doppelbett. Vom Fenster aus sah sie auf weit verstreut liegende Häuser und grüne Felder. Sie schlüpfte in das riesige Bett und dachte, daß sie hier heute abend mit Henry... nun, es war am besten, erst einmal abzuwarten. Im Abstand von fünf Minuten kamen beide die Treppe wieder herunter. Es war bereits später Nachmittag. Sebastian, der als erster unten gewesen war, hatte den Telefonhörer abgenommen. Henry rief an, um ihnen mitzuteilen, daß Angela und er im Krankenhaus aufgehalten würden. Ob Sebastian und Jody mit den Vorbereitungen zum Abendessen beginnen könnten?

Sebastian, der in der Küche zu Hause war, dirigierte die Arbeiten, und Jody folgte gehorsam seinen Anweisungen, anschließend machten sie gemeinsam ihr Lieblingsdessert.

Das letzte Sonnenlicht bildete im Hof vor den Fenstern einen kleinen See, und die Pflanzen, der Hund, der auf einer Steinplatte döste, der Baum, die Bank, alles schien entrückt wie die Kulisse für ein Lied oder eine Erzählung. Sebastian erzählte Jody die Geschichte des Cottage und seiner Umgebung, eine lange, ereignisreiche Geschichte, die Jahrhunderte zurückreichte und verständlich machte, was man heute sah. Die ganze Gegend hatte einmal zu einem riesigen Gut gehört, und durch den großen Torbogen waren Kutschen und Gespanne in den Gebäudekomplex eingefahren, der ein Dutzend kleiner Handwerksbetriebe beherbergt hatte. Bäkkerei, Schmiede, Hufschmiede, Gerberei, Schreinerei und Werkstatt des Steinmetz waren in Ateliers für Künstler und Studenten umgewandelt worden, und das ganze Jahr über wurden Seminare veranstaltet. Und Künstler und Studenten waren es auch, die langsam wie träge Fische an den Fenstern vorbeizogen und von Zeit zu Zeit stehenblieben, um in den abendlichen Himmel emporzublicken, den Hund anzustarren oder kurz, bis es ihnen die guten Manieren verboten, einen Blick in das erleuchtete Fenster zu werfen und Sebastian und Jody beim Arbeiten zu beobachten. Dann, als Dunkelheit den Hof erfüllte und das Essen dem Backrohr anvertraut war, gingen Jody und Sebastian ins Wohnzimmer. Auch dieser Raum war wie alles im Haus groß und etwas heruntergekommen, aber gemütlich. Jodys schicke Kleidung wirkte unangemessen, doch ihr Verhaltenskodex riet ihr, sich nicht für ihre Erscheinung zu entschuldigen.

Sie tranken ein Glas. Und noch eins. Dann spielten sie Scrabble.

Es war bereits später Abend, als Henry und Angela mit der armen Connie zurückkehrten. Sie riefen Sebastian und Jody Grußworte zu und lächelten sie von der Tür her an, bevor sie das Kind nach oben ins Bett brachten.

Bald schon waren sie wieder unten. Connie war so erschöpft gewesen, daß sie sofort eingeschlafen war. Angela und Henry erklärten, was sie aufgehalten hatte; der Arzt war wie immer völlig überlastet gewesen ... sie hatten Connie ins zehn Meilen entfernte größere Krankenhaus gebracht ... dort hatten sie wieder warten müssen. Möglicherweise mußten Connie die Mandeln entfernt werden, aber selbstredend wollten *sie* das derzeit nicht gern machen lassen. Angela und Henry saßen nebeneinander auf dem Sofa, dem Kamin gegenüber, der jetzt kalt war, aber im Winter Behaglichkeit verbreiten mußte. Angeregt erzählten sie Sebastian, im Sessel zu ihrer Rechten, und Jody, im Sessel zu ihrer Linken, ihre Geschichte. Sie wandten sich von einer Seite zur anderen und schienen ihre Aufmerksamkeit bewußt zwischen den beiden aufzuteilen.

Als es Zeit zum Essen war, gingen sie zusammen in die Küche. Henry saß am Kopfende des Tisches, Angela ihm gegenüber. Sie gähnte, sackte etwas in sich zusammen und entschuldigte sich höflich: Sie sei erst diesen Morgen mit Connie aus der Schweiz zurückgekommen, wo sie ihre Mutter besucht hatten. Sie habe fast die ganze Nacht nicht geschlafen. »Du Arme«, sagte Henry, bevor Sebastian es sagen konnte. Angela lächelte ihn dankbar an, wandte sich dann Sebastian zu, ihr sonst rosiges Gesicht farblos und blaß, nahm seine Hand und lächelte ihn hilflos an, brachte ihre Unfähigkeit zum Ausdruck, angesichts ihres Zustands anders als mit einem Lächeln zu reagieren. Als der Kaffee ins Wohnzimmer getragen wurde, war Angela bereits auf dem Sofa eingeschlafen. Alle lachten, und diesmal kam Sebastian rechtzeitig, um sie aufzuwecken und nach oben ins Bett zu bringen; er stützte sie, während sie sich lächelnd umwandte und den Zurückgebliebenen Kußhände zuwarf. Jody wäre mittlerweile wirklich gern geküßt worden.

Sebastian kam schon bald wieder nach unten, darauf bedacht, im Flur gehört zu werden, bevor er das Wohnzimmer betrat. Henry saß, wo Angela gesessen hatte, gähnte und blinzelte, Jody saß aufrecht neben ihm und hielt seine Hand.

»O Gott«, sagte Henry. »Tut mir leid, aber ich kann mich kaum noch wach halten.« Und an Jody gewandt: »Tut mir leid, Schatz, ich kann einfach nicht mehr...« Dann nahm er sie freundschaftlich in die Arme, küßte sie auf den Mund, winkte beiden zu und verschwand die Treppe hinauf.

Sebastian und Jody sahen einander nicht an. Nachdem sie ihren Kaffee getrunken hatten, spielten sie wieder Scrabble, häuften ungeheure Punktezahlen an, warfen sich gegenseitig vor zu betrügen und lachten viel. Da beide am Nachmittag geschlafen hatten, war es bereits weit nach Mitternacht, als sich Sebastian am einen Ende des Hauses Angela zugesellte und Jody am anderen zu Henry schlich. Beide, Angela und Henry, schliefen fest, und als Sebastian am Sonntag morgen kurz nach neun Uhr aufwachte, lag er allein im Bett, und Jody, die im Bademantel nach unten kam, fand Henry und Angela Kaffee trinkend vor. Allem Anschein nach hatten sie bereits einen langen Spaziergang hinter sich. Connie ging es offensichtlich besser, sie sollte den Tag bei Freunden verbringen, die ein paar hundert Meter entfernt wohnten. Ob sich Jody und Sebastian selbst versorgen könnten, während Henry und Angela ihre Tochter hinüberbrachten? Sie taten es, und das, was Jody nicht aussprach, erfüllte nicht allein die Küche, sondern auch das Wohnzimmer, als sie es betraten.

Angela und Henry kamen energiegeladen zurück und schlugen sofort einen langen Spaziergang vor. Um das Mittagessen brauche man sich keine Sorgen zu machen, sie alle seien bei den Eltern von Connies Freundin eingeladen. Die vier brachen auf, marschierten paarweise, Henry und Jody voran, Händchen haltend und lachend, Sebastian und Angela in gehörigem Abstand hinter ihnen, so daß sie ungestört Liebesworte austauschen konnten, sollte ihnen der Sinn danach stehen. Doch falls es so war, währte es nicht lange, denn nachdem man kurz stehengeblieben war, um eine hohe Hügelkette mit schnell über sie dahinjagenden Wolken zu bewundern, bildeten Angela und Jody das Paar, das ein gutes Stück hinter den energisch ausschreitenden Männern ging. Ein Grund für dieses, wie Jody es sah, gefährliche Wochenende war, daß Angela und Jody sich miteinander anfreunden sollten. Sie sprachen über ihre Kinder. Angela machte sich Sorgen um Connie. Das Mädchen hatte die Trennung und Scheidung der Eltern alles in allem gut und tapfer überstanden, aber immerhin hatte die Sache vier wichtige Jahre im Leben des Kindes geprägt, und obwohl sie und Henry sich sehr um sie bemüht hatten – »so sehr wir nur konnten«, jammerte Angela –, hatte *sie* das Gefühl, daß Connie sich alles ziemlich zu Herzen nahm, Henry allerdings war der Meinung, sie übertreibe. Dann erzählte Jody, wie es ihr mit Stephen, ihrem zehnjährigen Sohn, ergangen war. Solange sie mit Marcus, Stephens Vater, verheiratet gewesen war, hatte sie den Zeitpunkt hinauszögern können, an dem das Kind, wie in England üblich, in ein Internat geschickt werden sollte, aber nach der Scheidung war ihr Einfluß beschnitten worden. Stephen war mit der ganzen Herzlosigkeit von Marcus' Familie auf die Schule geschickt worden, die sein Vater für ihn ausgesucht hatte. In den Ferien holte Jody ihn zu sich, wenn ihr Beruf – sie hatte einen sehr guten, aber auch anstrengenden Job in der Pressestelle einer großen Firma – es ihr gestattete. Nur einmal pro Jahr machte sie richtig Urlaub mit Stephen. Sie wußte, daß sich der Junge ihr zunehmend entfremdete, bereits entfremdet hatte, und sie ihm immer exotischer erschien. Sie hatte mit Stephen zu einem längeren Ferienaufenthalt nach Colorado gewollt, wo ihre Familie eine Ranch besaß, und sie war sicher, daß auch Stephen davon begeistert gewesen wäre, aber sein Vater hatte dagegengehalten, daß das den bereits verwirrten Jungen noch mehr entwurzeln würde. Sie handle aus reiner Selbstsucht, hatte er gesagt. Sie behauptete das gleiche von ihm. »Wir streiten uns jedesmal, wenn wir uns sehen.« Dann fügte sie hinzu: »Allerdings treffen wir uns eigentlich nie. Ich will ihn nicht sehen. Aber wir telefonieren, und das endet jedesmal mit Geschrei.«

Angela hörte konzentriert zu, neigte den Kopf etwas zu Jody, weil der Wind an den Botschaften der Unzufriedenheit zerrte und zog. »Gott sei Dank, daß Henry und ich Freunde geblieben sind«, rief sie. »Zumindest streiten wir nicht ständig.«

Bald erreichten sie das Gasthaus, das das Ziel des Spaziergangs und, wie es schien, aller ihrer Spaziergänge war. Es war ein flaches, weißes Gebäude, das selbstbewußt dem Wind trotzte, der von den gegenüberliegenden Hügeln herunterblies. Davor, auf einer kleinen, mit Steinplatten belegten Fläche, standen ein halbes Dutzend weißgestrichener Tische und ein paar Stühle, die der Wind jeden Moment auf die Felder oder zwischen die verstreuten Stechginsterbüsche zu wehen drohte. Kühl, wie es war, saßen nur wenig Leute im Freien, meist Familien mit Kindern. Im Inneren wurden keine Konzessionen an den Sommer gemacht, der dustere Schankraum durch die roten und gelblichen Lampen an den Wänden kaum erhellt. Ungefähr dreißig Leute drängten sich um den Tresen. Henry, Angela und Sebastian fügten sich ein, als wären sie zum tausendstenmal hier, Jody wurde höflich willkommen geheißen. Offensichtlich kannte man die regelmäßigen Besucher aus London, und in kürzester Zeit wurden sie in die Gespräche mit einbezogen, denen Jody allerdings kaum folgen konnte, da über lokale Begebenheiten und Personen geredet und geklatscht wurde. Die Leute waren gut gelaunt, machten Späße und unterhielten sich mit einer erstaunlichen Lautstärke, und den vielen Akzenten nach zu urteilen, vermischten sich hier nicht zwei, sondern gleich mehrere Klassen. Nicht zum erstenmal wurde einem

Ausländer vor Augen geführt, daß die berühmten Klassenschranken der Insel ohne weiteres durchbrochen werden konnten – in diesem Gasthaus zum Beispiel, in dem eine Ansammlung von Menschen das Ritual des sonntäglichen Frühschoppens genoß, den man in einem dunklen, höhlenartigen Raum einnahm. Das dämmrige Licht betonte, wie von einem Maler inszeniert, die angeregten Mienen der Menschen, die sich einander zuwandten oder den Kreis öffneten, um mit blitzenden Zähnen etwas den Tresen entlangzuschreien. Es war, als müsse nur ein Schlüsselsatz, irgend etwas Archaisches ausgesprochen werden, und sofort würden alle zustimmen, doch dieser Satz wurde nie gesagt – weil es nicht nötig war. Etwas Geheimes, Vertrauliches lag in der Luft, etwas, das alle miteinander teilten, etwas Waghalsiges und möglicherweise sogar Gefährliches, und der übliche spöttische Ausdruck war von den Gesichtern Henrys und Sebastians verschwunden. Was Angela betraf, die zwischen den beiden stand, so schien sie nicht mehr von den Sorgen geplagt, die sie unterwegs enthüllt hatte; entspannt lächelte sie die Menschen um sich herum an, die sie offensichtlich gern hatten. Kein Wunder, daß dieses Paar – denn genau das waren sie immer noch – nicht die geringste Absicht hatte, diesen Teil ihres Englischseins aufzugeben, und Jody sah, daß auch Sebastian entschlossen war, daran teilzuhaben. Warum auch nicht, dachte Jody, das ist der Ort, an dem Henry lebt, wirklich lebt, nicht sein Haus in London. Seine »Leute« kommen hier aus der Gegend, nur habe ich bislang nicht darüber nachgedacht, was das eigentlich bedeutet... Er gehört hierher. Und ich? Sie stand zwischen Sebastian und einem großen Mann mit blonder Mähne, einem Reitstallbesitzer. Die beiden verhandelten über Reitstunden für Sebastians Tochter Marion. Anschließend drehte sich das Gespräch um den örtlichen Jagdverein und dessen Probleme mit Hunden... Was hielt Henry von der Jagd? Ihr war nie in den Sinn gekommen, ihn danach zu fragen. Die kürzliche Unpäßlichkeit der Vorsteherhündin des Gasthausbesitzers wurde diskutiert und die Angelerlaubnis für einen Japaner – die Summe, die er hatte zahlen müssen, versetzte offenbar alle in höchste Zufriedenheit. Dann kam die wahrscheinliche Eheschließung einer kürzlich verwitweten Bauersfrau mit dem belgischen Besitzer einer benachbarten Farm an die Reihe. Niemand wollte der Verbindung seinen Segen geben. Die Ehe würde nicht von Dauer sein, war die einhellige Meinung, obwohl alle großzügiges Verständnis für die sinnlichen Aspekte der Affäre aufbrachten. Sie sei zweifellos nicht zu verachten, behauptete der hagere Kerl hinter dem Tresen (nicht der Besitzer der Vorsteherhündin, sondern sein Schwager). Er trug eine karierte Weste, die ihm den Spott aller eintrug, was er als einer, der etwas Gutes erkannte, wenn es ihm über den Weg lief, mit wissendem Lächeln und Augenverdrehen aufnahm. Kein Wunder, daß dieser Gervais wie-hieß-er-doch-gleich hinter ihr her sei, sonst müßte er sich auch auf seinen Geisteszustand hin untersuchen lassen. An dieser Stelle lachten alle gutmütig: Offensichtlich war der mit der karierten Weste dieser guten Partie auch nicht abgeneigt gewesen. Er quittierte das Lachen mit einem bedächtigen Kopfnicken: Ja, ja, es stimmte schon! Aber er bestand darauf, ließ sich davon nicht abbringen, daß eine Ehe wohlüberlegt sein müsse, die beiden handelten übereilt, daraus konnte nichts Gutes entstehen.

Zielte das womöglich auf Henry und sie? fragte sich Jody, denn sie begriff, daß auch Henrys zukünftige Ehe mit einer Amerikanerin auf diesem Forum öffentlicher Meinung diskutiert werden würde. Ihre Anwesenheit wurde sehr wohl wahrgenommen. Und daß auch Henry das bemerkt hatte, bewies er dadurch, daß er sich neben sie stellte, das Glas in der einen, ihren Ellbogen in der anderen Hand. Einen Augenblick später sagte er etwas, was offensichtlich an niemand

Bestimmtes gerichtet war und darauf hinauslief, daß er jemanden brauchte, der das Dach reparierte.

Und so ging es eine gute Stunde, Leute kamen und gingen, aber hauptsächlich kamen sie, der Schankraum war übervoll. Als die vier aufbrachen, wurden im Raum Rufe laut: »Dann also bis bald! Bis demnächst!« Nebeneinander marschierten sie los, diesmal mit dem Wind im Rücken, Henry am einen Ende hielt Jodys Hand und Angela am anderen Sebastians. Henry und Angela erzählten mit viel Gelächter von einem Vorfall im Dorf. Ein riesiger Kürbis hatte sich von einem Garten in den nächsten ausgebreitet. Der Besitzer des okkupierten Gartens hat sich von dem Kürbis, der groß genug war, um Aschenbrödel als Kutsche zu dienen, ein Stück abgeschnitten, mit der Erklärung, daß er noch nie einen Kürbis dieser Sorte gegessen habe. Daraus war böses Blut entstanden... Sie kehrten nicht zu ihrem Cottage zurück, sondern gingen gleich zu dem Haus, wo sie Connie am Morgen zurückgelassen hatten. Ein paar Leute saßen bereits um einen großen Holztisch in einem kleinen, windgeschützten Hof. Sonnenlicht durchflutete ihn, und es duftete nach den weißen Rosen, die an der Ziegelmauer entlangrankten. Connie und ihre Freundin Jane waren da. Bei Tageslicht besehen, war Connie ein großes, dünnes Mädchen mit pechschwarzem, glattem Haar (Henrys) und schwarzen Rehaugen (Angelas), die Schwärze noch betont durch die Blässe der Wangen, die die offenbar zurückgekehrte Krankheit fast elfenbeinfarben hatte werden lassen. Jody, nicht Sebastian, der mittlerweile daran gewöhnt war, erlitt den bekannten Schock, vertraute Züge in einem fremden Gesicht wiederzuerkennen. Connie und Jane sonderten sich von den Erwachsenen ab, die ihnen das Recht zugestanden, sie mit kritischen Blicken voll der verächtlichen Arroganz ihres Alters anzustarren.

Jane war die Tochter von Briony, die das Anwesen verwaltete. Briony war eine kräftige, rustikale Person mittleren Alters mit kurzem strohfarbenen Haar und gesunder Gesichtsfarbe, wachsamen blauen Augen und Armen, die aufgrund der Arbeit auf den Feldern, im Wald, in den Gärten und Häusern der Künstlerkolonie ziemlich muskulös waren. Sie war die geschiedene Frau des Gutsbesitzers und hatte einen knapp einundzwanzigjährigen Sohn namens Paul, der ungefähr zehn Jahre älter war als seine Schwester Jane. Briony kümmerte sich um das Anwesen, weil »der arme Oliver einfach keinen Schimmer davon hat, der arme Kerl«, aber sie freute sich schon darauf, die Last einmal an ihren Sohn weitergeben zu können. Dann wollte sie sich ihren eigenen Interessen widmen, die vor allem darin bestanden, bunte Glasfenster herzustellen. Jody hörte ihre Geschichte und fühlte sich einmal mehr als Fremde. Sie konnte nicht verstehen, warum diese Frau bereit war, ihr Leben als Verwalterin eines Anwesens zu verbringen, das ihrem geschiedenen Mann gehörte. Ohne dafür, wie es schien, entsprechend entschädigt zu werden, denn Briony bemerkte, es reiche kaum für ihr Gehalt, wolle sie das Erbe ihres Sohns nicht angreifen.

Jody, die ihrer Gastgeberin am Tisch gegenübersaß, fragte – und hatte dabei das Gefühl, daß alle dachten, nur sie könne so eine Frage stellen –, was sie denn von der Sache habe?

Lächelnd zerkrümelte Briony mit der linken Hand ein Stück Brot, während sie in der rechten ein Weinglas hielt. Sie bedachte Jody mit einem Blick, wie er der Außenwelt zustand, der Welt außerhalb der Insel, *noblesse oblige*, und sagte: »Es ist schön hier. Ich habe mein Leben hier genossen und genieße es noch immer. Es lohnt sich.« Und sie sah durch die Lücke zwischen zwei grauen Steingebäuden hindurch auf die braun glänzende Erde der Felder, die steil zu einem Wald anstiegen und bereits für die Wintersaat vorbereitet waren.

»Tja«, sagte Jody halsstarrig und sah dabei Briony an, die ihr überaus sympathisch war, obwohl sie im Gegensatz zu ihr selbst kaum weltgewandt und schillernd, sondern vielmehr häuslich und arbeitsam schien, »ich an Ihrer Stelle würde mich ausgenutzt fühlen. Hätte Ihr Ex-Mann nicht irgendwie Sorge dafür tragen können, daß Sie sich nicht um das alles hier kümmern müssen? Wenn Sie hier einmal weggehen, was bleibt Ihnen dann?«

Brionys Kopfnicken räumte die Berechtigung dieses Einwands ein. »Na ja, Paul hat an diesem schönen Ort immer seine Ferien verbringen können. Mit seinen Freunden. Jane möchte am liebsten nie mehr weg von hier. Und ihre Freundinnen...« Sie lächelte Jane liebevoll zu, die das Lächeln erwiderte, um die Aussage ihrer Mutter zu bestätigen, auch wenn es eigentlich ihre Bestimmung war, die Erwachsenen zu kritisieren. »Man kann nicht alles haben«, resümierte Briony. »Ich weiß, daß ich in meinem Beruf sehr erfolgreich hätte sein können – mit den Glasfenstern; aber ich werde auch so noch gut genug sein. Und ich genieße das Leben hier wirklich.«

Wieder hatte sie das Wort »genießen« benutzt.

Es war ein genußreiches, langes Mittagessen mit guten ländlichen Gerichten und reichlich Wein. Die Sonne schien in den von Mauern umgebenen Hof, in dem, wie Briony sagte, jeden Sommer die herrlichsten Pfirsiche gediehen. Letzten Monat erst hatte sie Hunderte geerntet. Entlang der Drahtspaliere, die die Mauern horizontal unterteilten, streckten die Pfirsichbäume ihre jetzt leeren Äste aus. Eine Glasschüssel mit rosafarbenem Inhalt wurde zu Jody hinübergeschoben: Pfirsiche in Honig und Wein.

Es war bereits fünf, als das Essen zu Ende ging. Alle waren beschwipst und voller Wohlgefühl, sogar Jody. Die vier kehrten zum Cottage zurück, Connie ließen sie bei Jane. Sie hatte ihrer Mutter gestanden, daß sie sich noch immer ein bißchen komisch fühle, und Angela hatte ihr ans Herz gelegt, sofort anzurufen, sollte es ihr schlechter gehen. Augenblicklich wollten die Eltern dann herüberkommen.

Es wäre schade gewesen, das letzte Sonnenlicht nicht zu nutzen, das jetzt weniger grell, aber angenehm warm war, und so setzten sie sich auf die Bank vor dem Küchenfenster und tranken Tee. Mauersegler schwirrten kreischend durch die blaßblaue Luft. Der Hund, der auf den warmen Steinen wohlig ausgestreckt dalag, wedelte, wenn es ihm einfiel, mit dem Schwanz. Die Bienen summten auch noch, nachdem das Licht verblaßt und eine stille, heimelige Dämmerung eingekehrt war. Niemand sprach viel. Angela und Henry, die sehr früh aufgestanden waren, waren verständlicherweise müde. Einmal machte Jody eine Bemerkung, die das freundschaftliche Gespräch hätte einleiten können, das, wie sie meinte, der Sinn dieses Wochenendes war, aber weder Angela noch Henry griffen ihren Versuch auf. Vermutlich hatten sie recht: Der Abend war so selten schön, daß man jede Minute genießen mußte.

»Zum Abendessen werden wir nicht viel brauchen«, sagte Angela, als sie schließlich aufstanden.

»Ja«, sagte Henry, »nicht viel, aber etwas. Ich werde meine Kartoffelsuppe machen. Das ist nicht viel Arbeit, und sie schmeckt hervorragend.« Er ging in die Küche. Die anderen wollten es sich gerade im Wohnzimmer bequem machen, da klingelte das Telefon, und Angela stürzte sich auf den Apparat, als hätte sie nur darauf gewartet. Connie fühlte sich schlechter. Angela rief Henry aus der Küche, und gemeinsam brachen sie zu ihrer Tochter auf. Sebastian meinte, er könne ebensogut eine Suppe kochen wie Henry, und er und Jody übernahmen erneut die Verantwortung in der Küche. Doch Jody setzte sich an den Tisch und fing an zu weinen, versuchte erst gar nicht, die Tränen zu unterdrücken. Die großen, grauen Augen weit aufgerissen, starrte sie an Sebastian vorbei hinaus in die Dunkelheit, wo nur ein einziges schmales Fenster einen gelben Lichtstreifen aussandte. Sebastian schnitt Kartoffeln und Zwiebeln, von Zeit zu Zeit sah er sie an und nickte mitfühlend, fuhr jedoch fort, die Suppe vorzubereiten.

Ihr Weinen stellte keine Ansprüche an ihn oder die Welt. Irgendwann einmal reichte er ihr ein Paket Taschentücher. Dann schob er ihr ein Glas Wein hin – als ob sie noch nicht genug getrunken hätte. Später fragte er: »Ihr Sohn?« Und sie nickte.

»Ich habe ihn verloren, verstehen Sie?«

Lange sah er sie prüfend an, hielt Ausschau nach Anzeichen von Übertreibung, brummte schließlich Zustimmung. »Tut mir leid, Jody. Es muß schwer für Sie sein zu sehen, wie Angela und Henry damit umgehen.«

Sie seufzte und sagte: »So gut wie möglich. Und Ihr Kind? Marion?«

»Glücklicherweise ist sie genauso alt wie Connie.«

»Und es gibt noch Ihre Frau, nicht nur Henry und Angela.«

Er nickte. »Da haben Sie recht. Olga und ich sind übereingekommen, Marion nicht in unsere Zwistigkeiten hineinzuziehen. Ich glaube nicht, daß wir so weit gehen wie Henry und Angela, meiner Meinung nach übertreiben sie es. Aber Marion geht es gut.« Auf ihren Blick hin insistierte er. »Ja, wirklich, es geht ihr gut. In der Schule hat sie keine Schwierigkeiten, das ist doch ein gutes Zeichen, oder? Und sie kommt gern mit Olga hierher. Vor einem Monat waren sie hier, die beiden.«

»Ihre Ex-Frau Olga und Ihre Tochter und Henry und Angela und Connie und Sie?«

»Und noch ein paar Leute mehr. Es gab eine Party. Ich war nicht da, ich mußte arbeiten. Schließlich habe ich einen Beruf.«

»Ich auch«, beharrte sie. »Ich arbeite hart.«

»Wir alle arbeiten hart. Wir sind die hart arbeitende Klasse.«

Sie hatte aufgehört zu weinen, saß jetzt aufrecht, wie es ihre Art war, die Schultern gereckt, in einer Haltung, wie in einem Gymnastikkurs gelernt, die sie strikt beibehielt. Die geballten Fäuste auf dem Tisch zeugten von ihrem angespannten Zustand.

»Weiß Ihr Ex-Mann, wie Sie darüber denken?«

Bevor sie explodieren konnte – er spürte, daß einer ihrer Ausbrüche unmittelbar bevorstand –, fuhr er mit Nachdruck fort, blickte ihr dabei ins Gesicht, eine freundlich gemeinte Warnung, ein sanfter Druck: »Ich meine, ich wüßte nicht, wie Olga über die Sache denkt, hätten wir nicht so oft darüber gesprochen, darüber diskutiert und geredet...« Er klang fast frivol, doch sein Lachen war kläglich. »Meiner Ansicht nach kann man die Dinge allerdings auch zerreden.«

»Soviel habe ich schon verstanden.«

»Aber Olga hat immer darauf bestanden. Alles, was Marion anbelangt, wirklich alles sprechen wir durch. Und sie hat recht damit.«

Aus Jodys großen Augen tropften Tränen. »Bestimmt weiß Olga nicht, wie glücklich sie sich schätzen kann. Und Angela auch nicht.«

»Haben Sie jemals wirklich versucht, mit ihm zu reden? Ich meine, mit Marcus?«

»Vielleicht am Anfang... aber jetzt ist es zu spät.«

»Hat er wieder geheiratet?«

»Ja, letzten Winter.«

»Aha.«

»Genau. Aha. Es gibt Dinge, Situationen, an denen nichts zu ändern ist.«

»Ich glaube, ich bin nicht bereit, das zuzugeben.«

Wieder war diese Spur Frivolität in seiner Stimme, von

der sie wußte, daß sie dazu diente, der Situation etwas von ihrer Tragik zu nehmen. Denn sie war tragisch, das wußten beide.

Dann wurden Haus- und Küchentür aufgerissen, und Henry und Angela stürzten atemlos herein. Sie waren über dunkle Straßen und Wege und durch den Torbogen über den Hof bis ins Haus gelaufen. Es regnet, riefen sie, nicht sehr, aber große, schwere Tropfen wie unter der Dusche. Und voller Vitalität übernahmen sie die Küche.

Jody ging schnell und unbemerkt hinaus, um sich das Gesicht zu trocknen und ihr Make-up zu erneuern.

Während sie Suppe und Brot aßen, tranken sie wieder Wein. Wie am Abend zuvor begannen Angela und Henry zu gähnen. Sie seien schon vor sechs aufgestanden, sagten sie, doch Sebastian meinte um Jodys willen, daß sie ihre Müdigkeit noch etwas bekämpfen müßten, damit das berühmt-berüchtigte Gespräch stattfinden könne.

»Natürlich«, sagte Angela. »Aber wir werden auch morgen noch hiersein, und ich glaube nicht, daß es soviel zu besprechen gibt. Sind wir nicht alle vollkommen vernünftige Wesen?«

Henry und Angela gingen nach dem Essen ins Wohnzimmer, Sebastian kochte Kaffee. Jody blieb zunächst bei ihm, doch als er sich ans Abspülen machte, folgte sie den anderen. Als Sebastian dann mit dem Tablett ins Zimmer trat, sah er, daß sich Jody in den großen Sessel gesetzt hatte, damit ihr das Licht nicht ins Gesicht schien. Angela und Henry plauderten über Briony, über Oliver, der demnächst aus Neuseeland zurückkehren würde, über Jane und daß sie Connie in London besuchen wollte und über ein Wochenende im nächsten Monat, an dem sich alle wieder hier einfinden sollten.

Sie saßen nah beieinander und sahen sich an. Wenn der eine, gleichgültig, ob Henry oder Angela, ausgeredet oder einen Vorschlag gemacht hatte, antwortete der andere sofort.

Wieder war es unmöglich zu übersehen, welch ein Paar die beiden abgaben, wie ähnlich sie sich sahen ... und trug nicht Angela Henrys Hemd, die Ärmel so aufgekrempelt, daß sie neben seiner kräftigen Gestalt verletzlich und klein wirkte? Ihre geröteten Gesichter waren sich auf die geheimnisvolle Weise lang miteinander Verheirateter ähnlich, aus alter Gewohnheit suchten sie einander mit den Augen, um Themen aufzugreifen, die der andere nur andeutete ... Je länger das Gespräch dauerte, desto mehr wandten sie sich einander zu, saßen sich schließlich von Angesicht zu Angesicht gegenüber. Mehr als eine halbe Stunde später redeten sie noch immer über Connies Pläne, Weihnachten in der Schweiz zu verbringen, Connies Wunsch, ein Musikinstrument zu lernen ...

Sebastian mischte sich ein. »Ich glaube, wir sollten uns einmal darüber unterhalten, wie wir Stephen mit einbeziehen könnten ... Ihr wißt schon, Jodys Jungen. Er sollte sich mit den Mädchen anfreunden.«

Die Unterhaltung brach abrupt ab. Langsam wandten sich Henry und Angela voneinander ab, lehnten sich zurück und starrten zuerst Sebastian, dann Jody an, deren Gesicht immer noch im Schatten lag.

»Natürlich«, sagte Henry. Dann fügte er, an Jody gewandt, hinzu: »Haben wir darüber noch nicht gesprochen, Schatz? Aber bestimmt doch.«

»Du hast es erwähnt.«

»Vielleicht kann er herkommen, wenn auch Marion und Olga über Weihnachten hier sind?« schlug Henry vor.

»Im Winter ist es hier etwas spartanisch, wirklich, aber es kann auch sehr gemütlich sein«, sagte Angela.

»Auf harte Bedingungen werden sie ja vorbereitet«, erwiderte Jody. Stephen war in einem Internat, das nicht gerade für seinen Komfort berühmt war.

»Schade, daß Stephen ein Junge ist«, sagte Henry.

»Ja, mit einem Mädchen wäre es einfacher. Marion und Connie kommen prima miteinander aus. Und auch Jane versteht sich mit Marion«, sagte Angela.

»Auf dieser Schule lernen sie nicht unbedingt, wie man mit Mädchen umgeht«, sagte Jody. Ihre Stimme klang sachlich, nichts von dem, was sie empfand, war ihr anzuhören. Sie saß da, hielt die Kaffeetasse in ihrer schlanken, gepflegten Hand, die sie elegant auf der Armlehne abstützte. Allerdings veranlaßte das leise Klappern der Tasse auf der Untertasse Sebastian, sich vorzubeugen, als wollte er sie ihr abnehmen, ihr irgendwie helfen. Dann lehnte er sich wieder zurück, schlug die Beine übereinander. Jody stellte den Kaffee ab.

»Diese Internate sind längst nicht mehr so schlimm wie in früheren Zeiten«, sagte Henry.

»Würde sein Vater zustimmen, daß Stephen für ein paar Tage zu uns kommt?« fragte Sebastian.

»Das weiß man bei Marcus nie«, sagte Jody. »Aber wenn diese drei kleinen Mädchen so gute Freundinnen sind, wie werden sie reagieren, wenn ihnen plötzlich ein Junge aufgezwungen wird?«

»Wir sollten es einfach versuchen«, meinte Angela voller Begeisterung.

»Wir reden jetzt so, als wäre Connie nicht bei deiner Mutter«, sagte Henry. »Vielleicht wäre Ostern besser.«

»Und wann wollen wir alle heiraten?« fragte Angela Henry.

»Das solltest du Sebastian fragen. Jody und ich dachten an Oktober.«

Daß er sich mit Jody in Verbindung brachte, löste allgemeine Verblüffung aus, so wenig waren die beiden an diesem Wochenende als Paar aufgetreten.

»Oktober käme mir gelegen«, sagte Jody.

Angela sagte zu Sebastian: »Du hast auch Oktober vorgeschlagen, nicht wahr? Oder vielleicht doch erst im November? Connies Schulausflug ist zu bedenken. Sie fährt mit ihrer Klasse nach Frankreich«, erklärte sie den anderen. »Und es muß auch noch Zeit bleiben für ein Hochzeitskleid und so weiter.«

»Ich wußte nicht, daß ihr eine richtige Hochzeit wollt«, sagte Henry. »Einen Termin auf dem Standesamt können wir jederzeit einschieben.«

»Was soll das denn heißen?« protestierte Angela. »Keine Hochzeit wie bei *uns*, aber immerhin eine Hochzeit. Ich will, daß Connie und Marion die Brautjungfern machen.«

»Brautjungfern!« Henry lachte.

»Warum nicht? Das würde ihnen gefallen.«

»Ich bezweifle, daß mein Stephen damit einverstanden ist, wenn Henry und ich heiraten«, sagte Jody. »Bislang wechselt er sofort das Thema, kaum kommt die Sprache darauf.«

»Wie hat er auf die Heirat seines Vaters reagiert?«

»Als ich ihn danach gefragt habe, hat er gesagt, das sei schon in Ordnung«, sagte Jody.

Henry lachte. Angela ebenfalls. Dann sagte Angela um Jodys willen ganz sachlich: »Wie schrecklich. Jungen sind so kompliziert.«

»Besonders mit dieser schrecklichen, lächerlichen, unverzeihlichen Verdrehung ihrer Gefühle, die man ihnen hier antut«, sagte Jody. Ihre Stimme klang jetzt alles andere als gefaßt, und Henry griff nach ihrer Hand und drückte sie. Die beiden Hände baumelten zwischen Sofa und Sessel, und aufgrund der unbequemen Haltung zogen sie sie wieder zurück.

»Wir sollten auch über Geld reden«, sagte Sebastian. »Wenn ich mit Olga herkomme, möchte ich mich an den Unkosten beteiligen.«

»Wir können über alles sprechen«, sagte Angela und gähnte.

»Dann ist da noch die Frage von Connies Schulgebühren«, sagte Henry zu Angela. »Hast du sie rechtzeitig bezahlt?« An die anderen gewandt: »Tut mir leid, aber wir müssen über eine Menge Dinge reden.«

»Wir haben uns seit... seit wann haben wir uns nicht mehr gesehen, Henry?«

»Seit Wochen«, sagte Henry.

Erneut hatten sie sich einander zugewandt und setzten ihr Gespräch über praktische Angelegenheiten, Schulgebühren, Ferien und allen genehme Termine fort. Sollte Connie vielleicht die Schule wechseln? In Sebastians und Angelas neuer Wohnung mußte ein Zimmer für Connie ebenso wie für Marion eingerichtet werden. Und auch in Henrys und Jodys Wohnung. Und so weiter... Wieder schien es, als warteten die beiden darauf, daß der eine ausgeredet hatte, um dann gleich mit einer Erwiderung zur Stelle zu sein. Es war ein intimer, harter Austausch von Worten, als wären Worte etwas Greifbares, eine Erweiterung dessen, der sie benutzte.

Während des ganzen Wochenendes hatten sich Sebastian und Jody nicht gestattet, die Situation mit Blicken zu kommentieren, aber jetzt sah Jody Sebastian unverwandt an, und dann erwiderte er langsam, als wäre er entschlossen, sich seiner Verantwortung nicht zu entziehen, ihren Blick. Es war ein langer, nüchterner Blick.

Wieder verging eine halbe Stunde. Henry und Angela konnten ihr Gespräch nicht beenden, das sie nach wie vor angeregt führten, mit lauten Ausrufen, Ablehnungen, Übereinkommen und Vorschlägen... dann schlug die Uhr im Flur. Angela sprang auf. »Himmel, ich gehe ins Bett. Ich falle um vor Müdigkeit. Sebastian, Liebling, komm bald nach...« Sie ging hinaus und winkte den drei Zurückgebliebenen zu, doch Henry folgte ihr, und die beiden gingen die Treppe hinauf, sprachen ernst miteinander. Die zwei Zurückgelassenen sahen sich an, während sie lauschten, wie Henry und

Angela ihr Gespräch auch am Ende der Treppe noch fortführten ... bis schließlich Henry in das Zimmer ging, das er mit Jody teilte, und Angela in das am anderen Ende, in dem sie Sebastian in Kürze fest schlafend vorfinden würde.

Sie schwiegen.

Jody sagte: »Sie reden so miteinander, sie *müssen* so miteinander reden, weil sie nicht miteinander schlafen können.«

Er wurde rot, wich jedoch nicht aus. »Ich muß zugeben, daß ich dieses Wochenende Dinge gesehen habe ...«

»Ja«, sagte Jody.

»Ich werde mir etwas zu trinken holen«, sagte er, und es lag auf der Hand, daß er sich dadurch von ihr und ihrer festen Entschlossenheit, daß er dasselbe wie sie fühlen und sehen sollte, würde abwenden können. Ohne sie zu fragen, schenkte er auch ihr einen Whiskey ein und reichte ihr das Glas. Am liebsten hätte er sich nicht wieder gesetzt, doch er zwang sich dazu. Sie brauchte ihn so sehr.

»Ich glaube, ich werde morgen in aller Frühe abreisen«, sagte sie. »Vielleicht werde ich heute nacht sogar hier unten schlafen.«

Er war verblüfft. Dann sagte er in einer Anstrengung, ihr entgegenzukommen: »Ich glaube nicht, daß Angela letzte Nacht überhaupt gewußt hat, daß ich da war. Sie war völlig erschöpft, die Arme.«

»Tja«, sagte Jody, wie um ihm begreiflich zu machen, daß sie einen anderen Standpunkt einnahm als er. »Wie auch immer. Ich glaube nicht, daß ich es ertrage.« Tränen drohten, ihre Stimme zu ersticken. Doch sie schüttelte den Kopf, trank einen Schluck und zwang sich zu lächeln.

»Ich weiß nur eins. Die Entscheidungen, die man trifft, wenn man sich so aufregt, sind meist die falschen.«

»Ich habe nicht gesagt, daß ich eine Entscheidung treffe, ich sagte, ich würde morgen früh abreisen ... Gut, von mir aus, dann ist es eben eine Entscheidung. Ich glaube nicht, daß Entscheidungen, die in aller Eile getroffen werden, notwendigerweise falsch sind.«

»Vielleicht ist es nicht immer von Vorteil, wenn man etwas so erbarmungslos durchschaut«, sagte er, und es klang trotzig, deswegen fügte er hastig noch hinzu: »Ich will nicht behaupten, daß Sie unrecht haben. Aber was erreichen Sie damit? Nein, machen Sie es wie ich, ich habe darüber nachgedacht. Auf Ihre Veranlassung hin. Was nützt es mir, wenn ich jedes noch so kleine Detail wahrnehme?« Ihre ironische Miene besagte: *jedes wesentliche Detail.* »Vielleicht habe ich schon längst, ohne mir dessen bewußt zu sein, die Entscheidungen getroffen, *nicht* alles zu sehen... Schließlich werde ich Angela heiraten, und wir werden miteinander glücklich werden...« Er brach ab, es war ein schlechter Augenblick. Ihm kam in den Sinn – selbstverständlich war es Jody schon längst durch den Kopf gegangen, dachte er wütend –, daß es alle möglichen neuen Arrangements, Komplikationen und Verlagerungen geben würde, sollten Henry und Jody nicht heiraten.

»Es gibt etwas, was Sie zu übersehen scheinen«, sage sie. »Olga.«

»Olga?«

»Sie haben Olga, *Ihre beste Freundin.*«

Er überlegte. »Ja, meine beste Freundin. Sie haben recht, ohne Olga... Ja, ohne sie käme mir alles zu...«

»Ich habe nur Marcus. Wenn sie Ihre beste Freundin nicht hätten... Hat sie wieder geheiratet?«

»Nein. Bislang nicht. Ich bin sicher, es würde ihr gefallen, aber bisher...«

»Sie würden sie nicht wieder heiraten?«

»Sehen Sie, Sie scheinen nicht... Ich liebe Angela. Ich weiß, daß dieses Wochenende nicht gerade... Sie geben der Sache zuwenig Zeit. Ich denke völlig anders darüber als Sie.«

»Ihr amüsiert euch gut hier.«

»Wie bitte?«

Sie betrachtete ihn, wie er mit dem Glas in der Hand dasaß. Dann erinnerte sie sich an einige Vorfälle der letzten zwei Tage und dachte darüber nach, nahm sich Zeit dafür. Schließlich lächelte sie mißbilligend und sagte: »Ihr seid so zufrieden mit euch. So selbstgefällig.«

»Zufrieden? Aus Ihrem Mund klingt das, als wäre es ein Verbrechen. Ja, ich glaube schon, daß ich zufrieden bin. Mir gefällt mein Leben.« Er sah sie an, diesmal nicht lange und bedächtig, sondern nur kurz, weil er die Qual ihres Unglücks nicht ertragen konnte.

»Ich habe etwas versäumt«, sagte sie. »Das habe ich heute hier von euch gelernt. Ich habe es versäumt, mich um die beste aller Beziehungen zu kümmern. Ich habe keinen besten Freund – den Ex-Mann, die Ex-Frau.« Ihr Lachen klang erbärmlich.

Er nickte lächelnd, zollte ihrer Intelligenz Anerkennung.

»Tut mir leid«, sagte er und stand auf. »An Ihrer Stelle würde ich es mir noch einmal überlegen. Henry ist in Ordnung. Ich kenne ihn gut. Er ist wirklich okay.«

»Ja, noch ein guter Freund.«

»Tja«, sagte er. »Ich kann dazu weiter nichts sagen, außer...«

»Daß es Ihnen leid tut«, sagte sie. »Mir tut es auch leid.«

Er ging hinauf ins Bett. Sie blieb sitzen, wo sie war.

Tiere im Park

Ein älterer Mann stand dem Drahtgitter der Vogelvoliere zugewandt. Alles an ihm wirkte gelblich und vertrocknet, wie Schimmel auf einem alten Baumstamm, seinem Rücken jedoch war eine empörte Vitalität anzusehen. In der Voliere leben hauptsächlich Flamingos und Jungfernkraniche, er aber betrachtete ein Federvieh, ein Hühnertier, einen Hahn wie ein explodierender Sonnenaufgang, irisierendes Schwarz, Gold und Scharlachrot, einen schillernden Gokkel, der auf einem glänzenden Baumstamm saß, mit den Flügeln schlug und krähte; es klang wie ein Triumphschrei. »Halt die Klappe!« warnte ihn der Mann durch das Gitter. Der Hahn konterte scharf: »Kikerikiie« oder vielleicht »Kikrikiki«, und der Mann sagte: »Was bist du so selbstzufrieden?«, woraufhin der Gockel meinte: »Krähkeräkääh«, und sich ein paar Zentimeter von seinem Stamm in die Luft hob und wieder niederließ. »Kikirie!« – »Halt bloß die Klappe«, sagte der Mann. Die Leute sahen ihn belustigt an und deuteten auf ihn. Er bemerkte es, wandte sich ab, reckte die Schultern und starrte wütend um sich. Dann marschierte er von dannen, eins-zwei, eins-zwei, zwischen den Bäumen hindurch. Der Gockel schüttelte scharlachrote Kehllappen und stieg geziert von seinem Stamm herab.

Nicht weit von der Voliere befindet sich ein Gehege mit Rotwild und Ziegen, vor dem Generationen von Kindern die elterlichen Einstellungen Tieren gegenüber übernommen haben. »Widerliche, falsche Viecher, diese Ziegen«, sagt Mama, weil sie die jahrhundertealten Bilder im Kopf hat – Luzifer, Hexenfreunde, Sünder, die davongejagt werden, und der kleine Junge sagt: »Böse Ziegen.« Oder es heißt: »Sieh mal, das süße kleine Zicklein.« Doch alle Welt liebt Rehe und Hirsche.

Rotwild und Ziegen leben zusammen, und die Ziegen sind stärker. Wenn es besondere Leckerbissen gibt, Karotten, Äpfel, Brot, lassen sich sogar die großen Hirsche von den Ziegen beiseite drängen, die nur knapp ein Drittel ihrer Größe erreichen. Wenn die Zeigen satt sind, beherrschen die Hirsche den Zaun. Dann kommen die Hirschkühe, entsprechend ihrer Größe und ihres Gewichts und, vielleicht, auch ihrer Persönlichkeit. Dahinter stehen die einjährigen Kitze, während sich die Jüngsten, die noch wie Bambis aussehen (»Oooh, schau mal, die Bambis!«), im Hintergrund halten und die Älteren beobachten, die sich nach vorn drängen, um auch ein paar Leckerbissen zu ergattern. Am liebsten jedoch springen die Jüngsten aufgrund irgendeines Impulses in die Luft und rennen wie von der Tarantel gestochen über die Wiese.

Die Wildtiere organisieren sich nach Regeln, die wir nur erraten können. Manchmal liegen die zwei Hirsche mitten unter ihren Untertanen, königliche Geschöpfe, die um sich eine Aura verbreiten wie zu Zeiten, als der König und sein Gefolge noch zur Jagd ausritten, oder gar wie vor Tausenden von Jahren, als Schamanen sich in Wild verwandelten und sich in feierlichen Zeremonien Hörner auf die Stirn banden. Wann wurden auf der Stirn sprießende Hörner obszön?

Manchmal ruhen die zwei Hirsche allein beieinander oder äsen Seite an Seite, dann wirken sie hochmütig und gleichgültig, während die Hirschkühe weiter entfernt die Kitze säugen. Manchmal, wenn die Kitze neu geboren sind, richten Mütter und Kinder unter der riesigen Eiche ein Kinderzimmer ein, während sich die weiblichen Tiere, die zum Tragen noch zu jung sind, und die Einjährigen zwar in der Nähe, aber doch abgesondert aufhalten. Letztes Jahr wurden sieben Kitze geboren, vorletztes Jahr ebenfalls. Die Population wächst zu schnell für das Gehege, und es kann sein, daß man eines Tages am Zaun eintrifft, an dem die vielen kleinen Kitze mit Karotten gefüttert worden sind oder an Grasbüscheln gezerrt haben, und feststellen muß, daß während der Nacht das Schicksal zugeschlagen und in Form eines Lieferwagens ein halbes Dutzend oder mehr Tiere fortgeschafft hat. Wohin wurden sie gebracht? Qualvolle Gedanken, denen man besser nicht zu lange nachhängt. Gute Freunde, die plötzlich verschwunden sind. Die weiße Hirschkuh fehlt, die ihr diesjähriges Kitz gerade erst gelehrt hat, Vertrauen zu den Menschen zu haben. Das Kitz ist noch da. Und der junge Hirsch, dessen Geweih eben zu sprießen begann? Und die fünf Einjährigen? Aber auch das Gegenteil ist möglich. Vorletzten Herbst waren es von einem Tag auf den anderen plötzlich zwölf Kitze statt sieben – sie, die Schicksalsgöttinnen, betrachten diesen wohlmeinenden Ort eindeutig als akzeptables Kinderzimmer. Irgendwo, in einem anderen Gehege, einem Wald oder einem Tierpark, suchen trauernde Hirschkühe nach ihren Kitzen, die hier herumspringen.

Es gibt immer zwei Hirsche. Warum ausgerechnet zwei? Irgendein tierkundliches Gesetz muß zwei Hirsche für eine Herde vorschreiben. In der Brunftzeit sind sie nicht gerade miteinander befreundet. Während ich dies schreibe, ist der zweite Hirsch betrübt, allein, steht mit gesenktem Kopf abseits, will nichts essen, und die Leute sagen: »Ach, du armer Rudolph, bist du krank?« Nein, er ist nicht krank. Der Platzhirsch steht etwas erhöht, wendet das große Geweih hin und her und wirft es nach hinten, recht das Gras damit, gibt grunzende Laute von sich und hüllt sich in Moschusdunst. Der zweite Bock wird jedesmal davongejagt, wenn er sich einer Hirschkuh nähert, jede Minute in diesem langen Oktober wird ihm seine Inferiorität vor Augen geführt. Manchmal sieht man den Tieren die Depression an wie den Menschen.

Bald werden sie das schon morsche, splitternde Geweih abwerfen. Die beiden Hirsche werden ungehörnt zwischen den Kühen herumlaufen, auf den ersten Blick lediglich durch den Hals und die Schultermuskulatur von ihnen zu unterscheiden. Und dann ... dann ... Wunder über Wunder, fängt das neue Geweih an zu sprießen, pulsierende, samtene Knospen, die bald so groß sind wie Griffe oder Riegel, weich wie Moos, wenn man sie berührt, und sie verzweigen sich, drängen aus diesen empfindlichen Köpfen, und in kürzester Zeit ist es da, das neue Geweih.

Erstaunliche Vorgänge sind zu beobachten, mögen auf anthropomorphe Weise interpretiert werden oder auch nicht, je nach Geschmack. Im Juli vor einem Jahr kamen wir an den Zaun, als eine Kuh gerade ein Kitz auf die Welt brachte. Ein blutiges Bündel fiel aus dem hinteren Ende einer ziemlich jungen Hirschkuh auf den Boden, und sie drehte sich gerade in dem Augenblick danach um und wollte daran riechen, als ihr Kitz vom letzten Jahr, mittlerweile ein halb ausgewachsenes Tier, angerannt kam. Es war schier von Sinnen vor Eifersucht, warf das Neugeborene, das sich auf die Beine zu rappeln versuchte, wieder um und jagte die Mutter durch das riesige Gehege. Das arme, von der Geburt erschöpfte Tier, dem die Nachgeburt heraushing, wurde über die ganze Wiese gehetzt, stolperte immer wieder und ließ Klagelaute hören. Das einjährige Kitz, das aufgrund der neuerlichen Geburt seinen Platz bei der Mutter verloren hatte, ließ sie nicht zur Ruhe oder in die Nähe des Neugeborenen kommen. Die Nachgeburt fiel zu Boden. Sofort stürzten sich die Krähen darauf. Unterdessen standen die beiden Hirsche auf, die bislang scheinbar unbeteiligt unter der großen Eiche gelegen hatten. Der Platzhirsch und der zweite Hirsch spazierten, gefolgt von einem halben Dutzend Kühe, gemächlich zu dem im Gras liegenden Kitz. Die zwei großen Hirsche beugten sich über das Baby. Sie wandten die Köpfe, um nach der Mutter zu sehen, die noch immer von dem eifersüchtigen Spießbock gejagt wurde. Dann neigte der Platzhirsch den Kopf und schubste das Baby mit der Nase auf die Beine. Es schwankte. Fiel wieder hin. Der Platzhirsch stützte das Kitz noch einmal mit der Nase. Es stand für eine Weile, dann brach es wieder zusammen. Aber die Hirsche und Kühe waren zufrieden. Sie schlenderten zum Zaun und fraßen, was ihnen ihre Menschenfreunde anboten. Als wir eine halbe Stunde später gingen, versuchte die Mutter noch immer ihrem Einjährigen zu entfliehen, ließ heisere Protestschreie verlauten und stürzte hin und wieder zu Boden.

Am nächsten Tag säugte sie ihr Baby, doch der abgeschobene Einjährige, der Spießbock, hielt sich nach wie vor in ihrer Nähe auf, und sie stellte sich stets zwischen ihn und das Neugeborene.

Auch bei den Ziegen ereignen sich Dramen. Dieses Jahr wurden zwei besonders stämmige in einem kleinen Gehege, in dem auch eine Hütte steht, abgesondert und mit einem Bock gepaart. Das überraschte uns. Die Ziegen sind so überfüttert mit Brot und Gemüse, daß sie aussehen, als seien alle permanent schwanger, doch nur zwei wurden für eine Paarung auserwählt. Nachdem sie wieder bei der Herde im großen Gehege waren, blähten sie sich auf wie Schlauchboote. Bis die eine – seht mal! – ein Zicklein auf die Welt brachte. Es war ein kleines, schwarzweißes Tier, frech und großspurig vom ersten Atemzug an, sprang auf die freiliegenden Wurzeln der großen Eiche und stand angeberisch da: Mir gehört die Welt. Dann hüpfte es herunter und präsentierte sich einer erwachsenen, um ein Vielfaches größeren Ziege mit gesenktem Kopf; diese nahm die Herausforderung an, senkte ebenfalls vorsichtig den Kopf und ließ das Baby dagegenstoßen.

Die alarmierte Mutter beobachtete den Wettkampf, konnte es aber schon bald nicht mehr mit ansehen und stellte sich zwischen die große Ziege und das Zicklein, das frech und tollkühn weiterhin auf die große Ziege losstürmte, sich dann eine andere suchte, den lockigen Kopf senkte und spielerisch zustieß, die ängstliche Mama immer in der Nähe.

Und die zweite Ziege? Irgend etwas mußte geschehen sein. Lange Zeit über wurde sie abgesondert, ihr geschwollenes Euter sah aus wie ein Dudelsack, und sie beobachtete die Ziegenmutter und ihr Kind. Schließlich schrumpfte ihr Euter wieder. (War sie gemolken worden? Oder sorgte die Natur selbst dafür?) Bald kehrte sie kinderlos zu den anderen zurück.

Immer sind eine Menge Krähen in der Nähe, sie sitzen in den Bäumen oder auf der Erde, hüpfen und watscheln herum, suchen nach Essenresten in den Fäkalien oder nach übersehenen Brotkrumen. Die Krähen würden den Kitzen die Augen auspicken, wären die Mutterkühe nicht wachsam. Aber während Hirschkühe und Ziegen ein scharfes Auge auf die Krähen haben, die ihren Jungen zu nahe kommen, kann man sehr wohl beobachten, wie die Vögel von im Gras liegendem Rotwild Fliegen und andere Insekten wegpicken, die während der langen, heißen Sommermonate zur Plage werden. Und zuletzt hatten wir zwei gute Sommer, so daß die Insekten in wahren Schwärmen über Rotwild und Ziegen herfielen.

In ungefähr einer Woche werden die Bäume im Gehege die letzten Blätter verloren haben, und dann wird man sämtliche Krähen und auch die anderen Vögel sehen, unzählige, viel zu viele Vögel, denn die milden Winter haben die Populationen explodieren lassen. Letzte Woche, als ich sie mit Brotresten fütterte, habe ich wohl hundert Krähen gezählt, und ständig flogen aus allen Himmelsrichtungen weitere herbei. Es scheint, als sei immer eine Krähe damit beauftragt –

vielleicht beauftragt sie sich auch selbst damit –, die anderen herbeizurufen, und es gibt einen charakteristischen Schrei, der sich anhört wie: »Kommt schnell, hier gibt's was zu essen.« Interessant ist, daß sie während des letzten strengen Winters, als sie alle eine harte Zeit durchmachen mußten und ich in meinem eisüberzogenen Garten auch Fleischreste für sie auslegte, Brot bevorzugten. Zunächst aßen sie das Brot, ein halbes Dutzend Laibe in fünf Minuten, und dann erst machten sie sich an die Fleischreste. Das Oxford English Dictionary schreibt unter dem Stichwort *Raptores*: »Gattungsname für Raubvögel wie Adler, Falke, Bussard, Eule et cetera.« Wer von ihnen, frage ich mich, würde sich an Weißbrot gewöhnen, wenn man es ihm anböte?

Hinter den Zäunen leben die wilden Tiere. Vor den Zäunen treiben sich die Menschen herum – und die Hunde. Das Rotwild mag es nicht, wenn Hunde am Zaun herumschnüffeln, und manchmal sehen sie welche, wo gar keine sind. Ich habe einen brauen Wollmantel, den ich bisweilen als Bündel unter dem Arm trage, und dann bleiben Wild und Krähen auf Distanz. Sie nehmen eindeutig ein Tier mit braunem Fell wahr. Wenn ich den Mantel anhabe, ihn mit einer menschlichen Gestalt fülle, scheuen sie nicht zurück.

Die Hunde ärgern sich über die Zäune. Sie schnüffeln daran und versuchen sich zu erinnern, wie ihr Verhältnis zu diesen Wesen einmal ausgesehen hat, deren Geruch uralte Erinnerungen in ihnen wachruft. »Weg da!« rufen die Hundebesitzer. »Komm her, Bonzo! Millie! Trixie!« Jedes Wochenende werden die Parks von Hunden überrannt, und dieser Park, einer der schönsten Ausläufer des Heath-Parks, wird von Hunden bevölkert, die wahrscheinlich eine trübselige Woche in Häusern oder Wohnungen hinter sich haben; sie wurden zwar ausgeführt, aber nur gelegentlich für kurze Zeit von der Leine gelassen, und das auch nur, weil es stillschweigend geduldet wird. Hunde, die kaum mehr einen anderen Hund zu Gesicht bekommen haben, seit sie von den Zitzen der Mutter und ihren Spielgefährten getrennt wurden, begegnen überall im Park großen und kleinen Artgenossen, Hunden wie sie selbst. »He, wart mal ...«, flüstern ihnen ihre Instinkte zu, »ein Hund muß nicht notwendigerweise das Anhängsel eines Menschen sein.« Und so laufen sie aufeinander zu, wedeln mit dem Schwanz, schnüffeln an Hinterteilen, stehen still, um beschnüffelt zu werden, umkreisen sich und suchen nach betörenden Düften – Düften, die in ihrem Hirn Instruktionen zur Explosion bringen, die allem widersprechen, was man ihnen beigebracht hat. Ein Hund läuft mit einem Stecken in der Schnauze auf einen anderen Hund zu oder bellt ihn einladend an: Komm und spiel mit mir, komm und fang mich. Und plötzlich laufen ein Dutzend Hunde aller Größen herum und jagen sich gegenseitig, ihr Gebell klingt wie Freudengeschrei. All diese Hunde mögen Nachkommen von Nachkommen an Haus und Menschen gewöhnter Hunde sein, aber sofort bilden sie ein Rudel: Man erkennt den Chef und die Hierarchie des Rudels ... und man kann sich vorstellen, wie sie sich verhalten würden, überließe man sie sich selbst, wie sie plündern, jagen und kämpfen würden. Und auch in sich selbst spürt man die Ahnung uralter Instinkte, über die unsere Urahnen noch verfügten, als sich ihre Nackenhaare aufstellten, wenn in einer kalten Winternacht ein Wolf heulte. Aber ... da kommen die Besitzer, die Menschen, sie kommen angelaufen, um die Ordnung wiederherzustellen. »Hierher, Bonzo! Gruff! Fiffi! Lulu! ... Böser Hund. Bei Fuß!« Das Rudel fällt auseinander, und die Hunde kehren ernüchtert zu ihren Besitzern zurück. Und sie trotten hinter menschlichen Beinen her, schnüffeln an Menschenhänden, die sie streicheln und tätscheln und ihnen das Fressen hinstellen. Aber sie blicken zurück zu den anderen, verbotenen Hunden. Und dieser Blick ist nicht nur sehnsüchtig, sondern verwirrt.

Es gibt einen bärengroßen, schwarzen Hund, den ich häufig in dem Café antreffe, in dem ich mit Freunden viele glückliche Stunden verbracht habe. Wenn er hereinkommt, folgen ihm die Blicke, und diejenigen, die ihn noch nie zuvor gesehen haben, mögen ein wenig alarmiert sein. Der Monsterhund bleibt folgsam neben dem Stuhl sitzen, während seine Familie Kaffee und Kuchen holt. Seine heraushängende Zunge sieht aus wie eine rosa Plastikkrawatte, und er scheint zu lächeln. Dann kommt seine Familie zurück und hat ihm Eiscreme mitgebracht. Er öffnet seine bärengroße Schnauze, und das Eis rutscht aus der Waffel auf die große rosa Zunge, er schluckt es genießerisch hinunter, und anschließend verschlingt er die Waffel. Er wedelt mit dem langhaarigen, schwarzen Schwanz und legt sich hin.

Während der heißen Tage des letzten Sommers setzten sich zwei riesige schwarze Hunde in der Nähe der Brücke in den Teich, und dort saßen sie wie Bären in Sesseln, leckten an den Wellen und lächelten, während ihre junge Besitzerin rief: »Komm her, Bruno, komm raus da, Baxter!« Doch die beiden nahmen keine Notiz von ihr, blieben im kühlen Schlamm sitzen, ihre Pfoten zappelten im Wasser unter ihrem Kinn, sie blickten schuldbewußt drein, aber nicht so sehr, als daß sie das köstliche Naß verlassen hätten und in die Hitze zurückgekehrt wären. »Kommt da *raus*! Bruno! Baxter!« Sie rührten sich nicht vom Fleck, zwei ausgelassene, freche Hunde.

Zur Verteidigung der Underground

In einem kleinen Tabakwaren- und Süßigkeitenladen vor der U-Bahn, der Underground, unterhält sich der Inder hinter dem Ladentisch lautstark mit einem jungen Mann. Beide sind so wütend, daß Kunden, die den Laden eigentlich betreten wollten, es sich anders überlegen.

»Sie haben mein Auto ruiniert, sind mit ihrem Wagen an ihm entlanggekratzt, bis der Lack an der Seite völlig hinüber war. Ich hab es gesehen, weil ich zufällig am Fenster stand. Halb totgelacht haben sie sich dabei, haben gewendet und die andere Seite demoliert. Anschließend sind sie davon wie der Teufel, haben mich am Fenster stehen sehen und gelacht.«

»Man muß die Sache selbst in die Hand nehmen«, sagt der Inder. »Letzen Monat haben sie sich den Laden meines Bruders vorgenommen, haben brennendes Papier in den Briefkasten gesteckt. Ein Glück, daß nicht der ganze Laden abgebrannt ist. Die Polizei hat nichts unternommen. Mein Bruder hat angerufen und ist aufs Revier. Zwecklos. Also haben wir herausgebracht, wo sie wohnen, sind hin und haben ihren Wagen zertrümmert.«

»Ja«, sagt der andere Mann; er ist weiß. »Die Polizei will davon nichts wissen. Ich hab ihnen erzählt, daß ich alles beobachtet habe. Sie waren betrunken, hab ich gesagt. Und was erwarten Sie von uns? hat der Polizist gefragt.«

»Ich sag Ihnen, was Sie tun können«, sagt der Inder.

Die ganze Zeit über stehe ich unbeachtet daneben. Die beiden sind viel zu wütend, um darauf zu achten, ob ihnen jemand zuhört und sie womöglich der Polizei melden könnte. Dann sagt der junge weiße Mann, womöglich ein Bauarbeiter oder Lastwagenfahrer: »Und Sie meinen, ich soll's genauso machen?«

»Nehmen Sie sich ihren Wagen mit einem großen Hammer oder einem Brecheisen vor, wenn Sie wissen, wo sie wohnen.«

»Ich hab da so eine Vorstellung.«

»Na also.«

»Sie haben recht. Also gut.« Er verläßt den Laden und kommt gleich wieder zurück, wegen der Zigaretten, die er hatte kaufen wollen, in seinem Zorn aber vergessen hat.

Der Inder bedient mich, automatisch. Während seine Hände arbeiten, ist er mit den Gedanken woanders.

Als ich gehe, sagt er »cheers« und dann, als ob er das andere Gespräch fortsetzen wollte: »Na also.«

In unserer Gegend verrammeln nicht nur die Inder nachts ihre Läden mit Gittern so engmaschig wie ein Kettenhemd.

Jetzt stehe ich auf dem Gehsteig in einem Garten. Die Frau vom Blumenladen hat ihre Pflanzen wie immer in ordentlichen Reihen aufgestellt, hoffnungsvolle, sprießende Pflanzen, und es ist an der Zeit, sie auszubringen, mit anderen Worten, es ist später Frühling. Eine Lilie, die einen guten Monat zu früh blüht, verströmt einen Duft, der intensiver ist als der Gestank der Autos, die sich den ganzen Tag und die halbe Nacht durch diese Hauptverkehrsstraße Richtung Norden wälzen. Es ist eine häßliche Straße, die man tunlichst vermeiden sollte, wenn man mit dem Auto unterwegs ist, denn für ein paar hundert Meter kann man hier eine halbe Stunde brauchen.

Vor nicht allzulanger Zeit markierte die Stelle, an der ich

jetzt stehe, die Grenze Londons. Eine alte Frau hat es mir erzählt, die früher jeden Sonntag hergefahren ist, von Marble Arch mit dem Bus für einen Penny. Das heißt, »wenn ich einen Penny erübrigen konnte. Ich hab ihn mir vom Essen abgespart und mich die ganze Woche schon drauf gefreut. Dahinten waren überall Felder und kleine Bäche, und wir haben unsere Schuhe und Socken ausgezogen und die Füße ins Wasser gesteckt und den Kühen zugeschaut. Und die Kühe haben uns zugeschaut. Und Vögel, es gab eine Unmenge Vögel.« Das war vor dem Ersten Weltkrieg, in einer Zeit, die in vielen Büchern als Goldenes Zeitalter beschrieben wird. An etlichen Kiosken vor den Eingängen zur Underground kann man noch Postkarten mit Fotos von dieser Straße von vor rund hundert Jahren finden. Es war immer eine ärmliche Straße, und sie ist es auch heute noch, in diesen Zeiten des Wohlstands und des Friedens. Trotzdem, zuviel hat sich nicht verändert, nur sind die Schaufenster auffälliger dekoriert und voll bunter, billiger Kleidung, und es gibt eine Tankstelle. Auf den Postkarten sieht man bescheidene, respektable Gebäude und fast in jedem Haus im Erdgeschoß ein Geschäft von der Art, wie es sie schon längst nicht mehr gibt, Geschäfte, in denen die Kunden persönlich bedient wurden. Vor den Geschäften – hinter den Ladentheken hervorgebeten, um den Mittelpunkt der Fotos zu bilden – stehen Männer mit Bowler-Hüten oder Arbeitsschürzen; handelt es sich um eine Frau, trägt sie eine Art Hut, die hartnäckig auf Respektabilität besteht, denn das ist eine für die Armen unverzichtbare Eigenschaft. Und nur ein paar hundert Meter weiter nordwestlich ließ meine Freundin sonntags die Beine in den Bach baumeln, während sich die Kühe um sie scharten. »Das Wasser war kalt, und es hat einem zuerst schier den Atem verschlagen, aber man gewöhnte sich schnell daran. Es war der schönste Tag der Woche.« Noch etwas weiter nördlich stand eine Mühle. Eine andere, etwas jüngere Frau hat mir erzählt, daß sie sich noch daran erinnert. »Mill Lane – die Straße heißt so wegen der Mühle. Aber dann hat man sie abgerissen.« An ihrer Stelle steht jetzt ein Gebäude, das kein Mensch beachten würde, wüßte man nicht, daß sich früher dort die Mühle befand. Wenn es sie noch gäbe, wären wir stolz auf sie und würden Eintritt zahlen, um hineinzugehen und einen Blick in die Vergangenheit zu werfen.

Ich betrete den U-Bahnhof, kaufe eine Fahrkarte an einem Automaten, der in der Regel funktioniert, und steige die lange Treppe hinauf. Hier gab es einmal schöne Toiletten. Heute sind sie geschlossen, denn kaum hat man sie in Ordnung gebracht, sind sie auch schon wieder verwüstet. Es gibt einen freundlichen, geheizten Wartesaal, aber oft ist ein Fenster eingeschlagen, und immer sind die Wände voll Graffiti. Was wollen die jungen Leute – denn in der Regel sind es junge Menschen, überwiegend Männer – zum Ausdruck bringen, wenn sie zerstören, was sie nur können? Sie sind nicht gewalttätig, weil es ihnen an etwas mangelt. Es ist noch gar nicht lange her, daß ich einer berühmten Universität im Norden Englands einen Besuch abgestattet habe. Auf jeden freien Studienplatz kommen dort zwanzig Bewerber, und neunundneunzig Prozent der Studienabgänger finden innerhalb eines Jahres nach ihrem Abschluß eine Anstellung. Diese jungen Leute sind privilegiert, und sie führen ein aktives, abwechslungsreiches soziales Leben, für das ihre Lehrer sie bewundern, wenn nicht gar beneiden. Doch auch sie demolieren, was nicht niet- und nagelfest ist, und zwar nicht allein aus jugendlicher Flegelhaftigkeit, sondern es scheint sich dabei um ein Bedürfnis nach systematischer Zerstörung zu handeln. Was ist das für ein Bedürfnis? Was wissen wir darüber?

An dieser Haltestelle wartet man auf die Züge auf einem Bahnsteig hoch über den Dächern der Häuser, auf gleicher

Höhe mit den Baumwipfeln. Man fühlt sich in den Himmel hochgestreckt. Sonne, Wind und Regen treffen einen erfrischend unmittelbar.

Ich fahre gern mit der Underground, und das sage ich nicht ohne Trotz. Überall höre und lese ich, daß die Menschen sie hassen. Der Autor eines Buches, das ich gerade lese, schreibt, daß er nur selten mit ihr fährt, und wenn es doch einmal für ein paar Haltestellen sein muß, dann findet er es ekelhaft. Ein starkes Wort. Muß jemand um die Mittagszeit fahren, dann läßt sich eine solche Aussage verstehen, aber auch Leute, die nie zu den Hauptverkehrszeiten unterwegs sind, beklagen, wie schrecklich die U-Bahn ist. Ich fahre immer mit der Jubilee Line. Es dauert höchstens fünfzehn Minuten, und man ist im Zentrum. Die Wagen sind hell und neu – nun ja, fast. Es gibt sehr gute Anzeigetafeln: Nächster Zug nach Charing Cross in fünf Minuten, drei Minuten, einer Minute. Auf den Bahnsteigen liegt nicht mehr Abfall als auf den Straßen, häufig sogar weniger oder gar keiner. »Ja, aber das hätten Sie früher mal sehen sollen. Da sah es hier anders aus.«

Ich kenne eine alte Frau – »Lady« wäre sicher der bessere Ausdruck –, dic behauptet: »Leute wie Sie…«, und damit meint sie Fremde, Ausländer, obwohl ich vierzig Jahre hier gelebt habe, »…haben keine Ahnung, wie London früher war. Für eine halbe Krone konnte man mit dem Taxi quer durch die ganze Stadt fahren.« (Zur Zeit Elizabeths I. kostete ein Schaf ein paar Pence, und unter den Römern konnte man zweifellos mit einer Silbermünze eine Villa kaufen – Währungen verlieren nie ihren Wert, wenn Nostalgie am Werk ist.) »Und alles war ordentlich und sauber. Die Leute waren höflich, die Busse immer pünktlich und die U-Bahn war billig.«

Diese Frau hat zur Londoner *jeunesse dorée* gehört, die zwanziger Jahre waren die Zeit ihrer Jugend. Wenn sie davon erzählt, spiegeln sich in ihrer Miene zärtliche Erinnerungen, aber auch Einsamkeit; und sie erwartet erst gar nicht, mich oder irgend jemand anders überzeugen zu können. Was hat es schon für eine Bedeutung, auf dieser paradiesischen Insel gelebt zu haben, wenn einem keiner glaubt? Wenn sie ihr Loblied auf die Vergangenheit singt, sieht man Scharen hübscher Mädchen mit pastellfarbenen Lippen und rot geschminkten Wangen vor sich, sie tragen Charlestonkleider mit geblümten Säumen und onduliertes Haar, sie schwirren von Party zu Party und fahren mit unterwürfigen Taxis, deren Chauffeure nur zu gern einen Penny Trinkgeld annehmen. Es ist höchst unwahrscheinlich, daß diese Frauen nördlich bis nach West Hampstead oder Kilburn gekommen sind. Ich glaube, damals war Hampstead noch nicht in Mode, obwohl in den Erzählungen von D. H. Lawrence dort Künstler und Schriftsteller lebten. Was an den Reminiszenzen an jene Zeiten auffällt, ist nicht nur, daß es verschiedene Londons gab für die Armen und die Mittelschicht, von den Reichen ganz zu schweigen, sondern vor allem, daß diejenigen, die mit ihren Erinnerungen hausieren gehen, sich dessen nicht bewußt zu sein scheinen. »Seinerzeit, als ich ein kleines Mädchen war, hab ich immer die Treppen gescheuert, auch wenn es schneite, barfuß, und meine Füße waren blau vor Kälte. Beim Bäcker habe ich immer das Brot vom Vortag geholt, weil es billiger war, und meine arme kleine Mutter hat an sechs Tagen die Woche sechzehn Stunden gearbeitet. Oh, das waren schlimme, grausame Zeiten.« – »Seinerzeit waren wir stolz darauf, in London zu leben. Jetzt ist es schrecklich, alles ist voll von schrecklichen Leuten«.

In meinem Teil des Waggons sitzen drei Weiße, der Rest ist braun oder schwarz. Oder, nach einer anderen Einteilung, fünf Frauen und sechs Männer. Vier junge Leute und sieben Personen, die entweder mittleren Alters oder wirklich alt sind. Zwei japanische Mädchen sitzen da und lächeln vor sich hin, so schillernd und selbstzufrieden wie junge Katzen. Ob diejenigen, die dem alten London nachweinen, den Japanern Beifall zollen, die nie, wirklich nie schmuddelig oder unachtsam scheinen? Wahrscheinlich nicht. In jenem anderen London gab es keine Ausländer, nur, wie Shaw sagt, rosagraue Engländer, man war ganz *chez nous*, das Empire war noch nicht zusammengebrochen, die fremde Welt hatte noch nicht Einzug gehalten, und obwohl es in jeder Familie mindestens einen Verwandten gab, der in den Kolonien oder Protektoraten ein Amt ausübte oder Soldat war, so handelte es sich doch um Ausland, es war dort, nicht hier, die Kolonien hatten ihre Herren noch nicht heimgesucht.

Die japanischen Mädchen befinden sich in einer unsichtbaren Blase, sie blicken aus einer behüteten Welt heraus. Als ich in Japan war, lernte ich viele junge Japanerinnen kennen, denen daran gelegen war, »süß« zu sein. Sie kicherten und machten »oh« und »ah«, während sie hin und her hüpften und vor Vergnügen oder Entsetzen leise quietschten. War man dann mit einer von ihnen allein, erwies sie sich stets als starke junge Frau mit einer sehr realistischen Ansicht vom Leben. Nicht, daß ich mich oft ungestört mit einer unterhalten konnte, denn immer war irgend jemand zur Stelle, der sie gleich wieder in die Sicherheit der Gruppe zurückholte.

Ein junger Schwarzer sitzt verträumt da, in seinen Ohren stecken die Kopfhörer eines Walkmans, seine Füße wippen sanft zu einem unhörbaren Rhythmus. Er ist teurer gekleidet, mehr herausgeputzt, als sonst jemand in diesem Waggon. Neben ihm sitzt eine Inderin mit einem ungefähr zehnjährigen Mädchen. Die beiden tragen Saris, die ein Stückchen Taille so braun wie Sahnebonbons freilassen, darüber Strickjacken. Saris wie Schmetterlinge und alltägliche Strickjakken, die lapidar feststellen: Wenn du also im Norden leben willst, so ist das die Strafe dafür. Niemals sind Kleidungsstücke eine traurigere Verbindung eingegangen als Saris und

Strickjacken. Frau und Kind sprechen leise miteinander, auf eine Art, die das kleine Mädchen ebenfalls als Frau erscheinen läßt. Die beiden und der Schwarze steigen in der Finchley Road aus. Dafür steigen vier Amerikaner ein, zwei Jungen und zwei Mädchen in Turnschuh-Uniform, T-Shirts und Jeans. Sie reden laut miteinander und nehmen niemanden außer sich selbst wahr. Zwei haben es sich links und rechts, zwei gegenüber einer großen alten Frau, vermutlich einer Schottin, bequem gemacht, deren Füße in blank polierten Schuhen nebeneinander stehen, die zierliche knochige Hand auf dem Griff einer Einkaufstasche auf Rädern. Sie blickt vor sich hin, als existierten die lärmenden Jugendlichen nicht, vielleicht erinnert sie sich... an welches London? Den Krieg? (Den Zweiten Weltkrieg diesmal.) Mit Sicherheit nicht an ein armes London. Sie ist elegant gekleidet, mit Tweedkostüm und Seidenbluse, und auf ihren Fingern stecken wertvolle Ringe. Sie und die vier Amerikaner steigen in St. John's Wood aus, die Jugendlichen auf dem Weg zur amerikanischen Schule, und sie lebt dort wahrscheinlich. In St. John's Wood, das wissen wir von Galsworthy, versteckten reiche oder zumindest respektable Männer ihre Geliebten in diskreten, hübschen Villen. Diese Villen können sich heute nur noch Reiche leisten, oft sind es Araber.

Während die Leute in den Wagen kommen, fällt mir ein, daß ich erst kürzlich einen französischen Freund in einem Hotel in St. John's Wood besucht habe. Als ich an der Rezeption auf ihn wartete, kamen drei Araber in weißen Roben aus dem rückwärtigen Teil des Hotels und gingen zum Aufzug. In Schulterhöhe trugen sie ein Tablett mit Bergen von Reis, und obenauf lag ein ganzes gebratenes Schaf. Der Duft von Gewürzen und gebratenem Fleisch schwebte durch die Lobby. Auf meinen fragenden Blick hin sagte die Frau an der Rezeption: »Oh, das ist für Scheich Soundso, er feiert jeden Abend ein Fest«, und fuhr fort, mit einem Freund zu telefonieren: »Ach, das sagst du nur so. Ich weiß alles über Männer, du kannst mir nichts erzählen.« Soweit es sie betraf, war sie die erste, die das je gesagt hatte. Sie spielte mit dem Haar über ihrem linken Ohr, und an ihrer schön geformten weißen Hand trug sie einen riesigen synthetischen Bernstein von der Größe eines Hühnereis. Auch ihr glänzendes Haar war bernsteinfarben, frisiert im Stil der zwanziger Jahre. Vier weitere Araber wallten vorüber, ihre langen braunen Finger spielten mit Gebetsperlen; sie wirkten wie Nonnen, die mit dem Rosenkranz in der Hand die Welt zurückweisen: »Gegrüßet seist du, Maria...« Sie nickten und lächelten und sprachen über weltliche Dinge, aber ihre Finger hielten an der Rechtschaffenheit fest. Als erneut vier Scheichs durch die Drehtür kamen, entschwebten sie mit dem Aufzug – vermutlich waren sie unterwegs zu dem Fest.

Nicht weit, in der Abbey Road, befinden sich die Studios, in denen die Beatles etliche ihrer Platten aufgenommen haben. Am Fußgängerüberweg, den die vier weltberühmt machten, stehen stets Unmengen von Touristen aller Altersklassen und Rassen, und während ihre Finger auf den Auslöser der Kamera drücken, strahlen sie vor Glück. Überall auf der Welt, in Tausenden von Fotoalben stecken heißgeliebte Aufnahmen dieses schmuddeligen Orts.

Dieser Teil Londons ist nicht wirklich alt. Als in den Villen noch Geliebte und Kurtisanen lebten, war es ein ziemlich junger Vorort. Auf dem ganzen Weg aus Nordwesten ins Stadtzentrum durchquert man relativ junge Stadtviertel und kommt dann in das London, das seit vorrömischer Zeit zu immer neuen Höhen aufstieg, um anschließend wieder zu zerfallen. Vor kurzem aß ich in dem Haus zu Mittag, das früher einmal Gladstone gehört hat und das heute einen Presseclub beherbergt. Die meisten von uns können sich kaum vorstellen, daß dort tatsächlich einmal eine Familie gelebt hat, da alles für öffentliche Begegnungen wie geschaffen zu sein scheint, aber es ist auch niemandem möglich, auf der Carlton House Terrace zu stehen und zu denken: Hier gab es vor nicht allzu langer Zeit einen Wald, Bäche und grasende Tiere. Nein, die Natur befindet sich eine grandiose Treppenflucht weiter unten, jenseits der Mall im St. James's Park, wo sie wohlversorgt wird. Die Gewichtigkeit von Gebäuden, Bürgersteigen und Straßen verbietet Gedanken, wie sie einem in St. John's Wood noch ganz automatisch kommen: Hier muß einmal ein Wald gewesen sein, und wer oder was war eigentlich St. John? Höchstwahrscheinlich eine Kirche. Es fällt leicht, in den vielen Bäumen die Reste jenes Waldes zu sehen: So unwahrscheinlich es ist, es ist nicht unmöglich.

Heute bin ich froh, daß ich hier nicht aussteige. Die Rolltreppe ist häufig außer Betrieb. Erst vor einem Monat wurde den Fahrgästen in flotter weißer Kreideschrift auf einer schwarzen Tafel mitgeteilt: »Sie fragen sich wahrscheinlich, warum die Rolltreppen so häufig außer Betrieb sind? Wir können es Ihnen sagen. Weil sie alt sind und oft kaputtgehen. Tut uns leid. Wir wünschen Ihnen noch einen schönen Tag.« Diese Nachricht, abgefaßt mit dem typischen Londoner Humor, sardonisch und ein bißchen brutal, genügte, um mich aufzuheitern und auf den langen Aufstieg vorzubereiten.

Drei Jugendliche stürmen herein. Halbstarke. Flegel. Hooligans. Ungefähr sechzehn Jahre alt, mit anderen Worten ungestüme männliche Heranwachsende mit einem lauten, heiseren, unglücklichen, schmetternden Lachen und einem wütenden Geschlechtstrieb. Zwei Weiße und ein Schwarzer. Ihr Geschrei und ihr Gepolter ziehen die Aufmerksamkeit aller auf sich – darum geht es schließlich auch. Ein Weißer und der Schwarze rempeln ständig den dritten an, der sich mit gespielter Resignation damit abfindet und lächelt wie ein weltkluger christlicher Märtyrer: wahrscheinlich die Pose eines Fernseh- oder Filmhelden. Es ist unmöglich zu verstehen, was sie sagen, sie reden ein Kauderwelsch, als würden sie unter Sprachfehlern leiden; wahrscheinlich ist es Absicht, denn wer will schon mit sechzehn von Erwachsenen verstanden werden? Ihre Aggressivität ist lediglich grober Unfug, auch wenn sie ständig in wirkliche Gewalttätigkeit umzuschlagen droht. In der Baker Street drängen die zwei Peiniger den dritten hinaus und versuchen, ihn daran zu hindern, wieder einzusteigen. Das ist nicht leicht zu bewerkstelligen, denn die Baker Street ist einer der Verkehrsknotenpunkte Großlondons, und so halten die Züge eine ganze Weile. Die drei werden der Rauferei überdrüssig, steigen wieder ein und bleiben in der Nähe der Tür, wo sie durch ihr bloßes Herumstehen andere am Einsteigen hindern. Entschuldigung, Entschuldigung, sagen die Fahrgäste, denen die drei stämmigen Jugendlichen gegenüberstehen, ohne Widerstand zu leisten oder gar handgreiflich zu werden, sie nehmen nur ungeheuer viel Platz ein, und das wissen sie auch, sie wissen, daß sie ein verdammtes Ärgernis darstellen, aber sie behalten ihre unschuldigen Mienen bei, denen Gemurmel und wütende Blicke nichts anhaben können. Als sich die Türen zu schließen beginnen, schubsen die zwei Aggressoren ihr Opfer hinaus, machen alle möglichen anzüglichen Gesten und rufen ihm stumme Beleidigungen zu. Der Kerl auf dem Bahnsteig schreit ihnen seinerseits Beleidigungen nach, deutet dann jedoch in die Fahrtrichtung des Zugs, vermutlich ein Hinweis auf das vorher abgesprochene Ziel. Er läuft halb schlendernd, halb tanzend auf dem Bahnsteig neben dem Zug her und schickt uns eine obszöne Geste nach. Die beiden scheinen ihn zu vermissen, sitzen gelangweilt herum, sammeln Energie für den nächsten Ausbruch, der sich in der Bond Street ereignet, wo sie in gefährlichen Känguruhsprüngen hinaushüpfen und Obszönitäten grölen. An wen gerichtet? Ist das wichtig? Mittlerweile sind Leute im Abteil, die nicht die ganze Abfolge der Ereignisse miterlebt haben und wahrscheinlich denken: Gott sei Dank, daß ich nie wieder so jung sein muß! Oder etwa nicht? Ist es möglich, daß Leute, wenn sie seufzen, ach, währe ich doch noch einmal jung, bedauern, was wir gerade gesehen haben, sich aber an ihre eigene Jugend als eine innere Landschaft grenzenloser Möglichkeiten erinnern?

In der Bond Street steigen eine Menge Leute aus, und der Zug steht lang genug, um in Ruhe das Gedicht lesen zu können, das die Wächter des Untergrunds zwischen zwei Reklametafeln gehängt haben.

Der Adler

Er faßt die Klippen mit krummer Hand,
nahe der Sonne, im einsamen Land,
die Welt, der er trotzt, ein azurner Rand.

Unter ihm krault das runzlige Meer,
er beobachtet es von der Felswand her
und stößt hinab wie Donner und Speer.

Alfred Lord Tennyson

Eine Schar dänischer Schulkinder steigt ein, vielleicht machen sie einen Tagesausflug. Sie wissen sich zu benehmen und werden von einem lächelnden Mädchen betreut, das kaum älter wirkt als sie selbst. Wohl geordnet steigen sie in Green Park wieder aus, und erneut füllt sich der Wagen. Mit Touristen. Sind sie es, die die Leute meinen, wenn sie sich darüber beschweren, daß die Underground so chaotisch ist? Ist da letzlich wieder die Fremdenfeindlichkeit der Briten im Spiel? Beziehungsweise der älteren Generation von Briten? Ist es genau das, was ich an London so liebe – seine Mannigfaltigkeit, die Menschen aus allen Ecken der Welt, seine Wandelbarkeit, denn manchmal kann einem die Stadt das Gefühl vermitteln, man schaute Wolkenschatten nach, die über eine Ebene jagen –, ist es das, was sie so hassen?

Aber für Leute, die sich so bedroht fühlen, halten sich die Londoner eigentlich ganz tapfer. Vor nicht allzulanger Zeit konnte ich folgenden Vorfall beobachten. Er trug sich in einem großen Londoner Krankenhaus zu, in der geriatrischen Abteilung. (»Ich bin grad unterwegs zu den Geriatrischen«, mag man eine blutjunge Schwester zu einer anderen sagen hören, und ihr Finger zielt auf den Aufzugknopf.) Einer alten, schlohweißen Frau, die nach einem Sturz eingeliefert worden war, wurde eine Bettpfanne angeboten. Die Frau war alt, ja uralt, und wäre deshalb von Rechts wegen eine Bewohnerin des versunkenen Garten Edens gewesen, in dem sich ausschließlich rosa-graue Menschen aufhalten, aber sie entstammte der Arbeiterklasse und war eine alte Jungfer. (Ab und zu begegnet man noch Frauen, wie sie in angestaubten Dokumenten beschrieben werden, Ehestand: Jungfer.) Schlimm genug, daß einer solchen Frau an einem öffentlichen Ort eine Bettpfanne angeboten wurde, noch bevor die Vorhänge um ihr Bett zugezogen waren. Aber daß sich auch noch ein Mann, eine männliche Schwester, um sie kümmern mußte, war etwas, was sie nie für möglich gehalten hätte. Am schlimmsten jedoch war, daß er schwarz war, ein junger, gelassener schwarzer Mann in Schwesternkleidung. (»Nein, ich bin kein Arzt, ich bin Schwester – ja, ganz richtig, eine Schwester.«) Er schlug die Bettdecke zurück, half der alten Frau auf die Bettpfanne, schob ihr freundlich das Nachthemd über die alten Oberschenkel und zog die Vorhänge zu. »Bin gleich wieder da, meine Beste.« Und ließ sie allein. Hinter dem Vorhang vollzog sich ein Drama, das sich Leute, die ein polyglottes, weltläufiges London gewöhnt sind, gleichgültig, ob sie sich damit nun wohl fühlen oder nicht, kaum vorstellen können. Als der junge Mann zurückkehrte, den Vorhang aufzog, fragte, ob alles in Ordnung sei und ob er ihr vielleicht ein wenig beim Säubern helfen solle, und dann die Bettpfanne entfernte, schimmerte in ihren Augen würdevolle Selbstbehauptung. Sie hatte sich in das Unmögliche gefunden. »Schon gut, mein Lieber, alles in Ordnung. Das kann ich immer noch allein.«

In einer Schule im Süden Londons, an der ein Freund von mir Direktor ist, werden fünfundzwanzig Sprachen gesprochen.

Im Augenblick fahren wir unter dem alten London durch, wiewohl es nicht der älteste Teil ist, der liegt ein paar Meilen weiter östlich. Jenseits dicker Erdschichten, die von Röhren, Kabeln, Leitungsdrähten und Abwasserkanälen, dem Schutt ehemaliger Gebäude und Städte durchzogen werden wie Gartenerde von Würmern und Wurzeln, liegen St. James's Park, Downing Street, Whitehall. Wenn man immer nur durch diese unterirdischen Galerien führe und nie ans Tageslicht käme, könnte man leicht glauben, das Leben, die Welt habe nichts mehr zu bieten. Es gibt eine Science-fiction-Geschichte über einen Planeten, für den Sonnen und Monde nur alle paar Jahre aufgehen, und die Bewohner warten auf das Wunder, die Offenbarung ihrer Welt im Universum. Natürlich haben sich die Priester längst dieses Wunders bemächtigt, und sie behaupten, der Glanz der Sterne bezeuge ihr Recht zu regieren. Und auch bei uns gibt es bereits Städte, wo das Leben unter der Erde dasjenige darüber widerspiegelt, zum Beispiel Houston in Texas. Man geht durch eine unauffällige Tür, wie in einem Traum, und befindet sich in einer riesigen unterirdischen Stadt mit Geschäften, Restaurants und Büros. Eigentlich bräuchte man nie wieder zurück an die Oberfläche. Es gibt Menschen, die Kellerwohnungen bevorzugen, ständig die Vorhänge geschlossen halten und das Licht einschalten, sich selbst einen Untergrund schaffen, denen das Leben auf der Erdoberfläche so gefährlich erscheint wie jemandem, der lange im Krankenhaus oder im Gefängnis gewesen ist. Sie weisen sich selbst in eine Anstalt ein, erschaffen sich einen Ort, an dem sie alles unter Kontrolle haben, einen ruhigen, kritischen Blicken entzogenen Ort ohne die Launen des Wetters und den Wechsel von Tag und Nacht. Bis die Maschinerie versagt: eine undichte Gasleitung, ein defektes Telefon.

In den Fünfzigern kannte ich einen Mann, der seine Tage damit verbrachte, wieder und wieder um den inneren Ring der Stadt zu fahren. Für ihn war das wie eine Arbeit, eine Disziplin. Von neun bis sechs. Er behauptete, *sie* würden ihn dort nicht aufspüren können. Dann erlitt er einen Nervenzusammenbruch. Brachen die Leute damals aus fantasievolleren Gründen zusammen als heute? Manchmal scheint mir, daß dem Wahnsinn heutzutage das Flair fehlt. Allerdings: Vor ein paar Tagen näherte sich uns im Heath-Park ein Sachse, das heißt ein junger Mann, der aussehen wollte wie möglicherweise einstmals die Sachsen. Er trug ein braunes Wollhemd, darüber ein Wams aus dickem, braunem Papier mit einem Gürtel. Gummibänder machten aus normalen Hosen oberhalb der Waden Kniebundhosen. Ein um den Kopf geschlungener brauner Schal bildete eine Mönchskapuze. In der Hand hielt er einen Plastikspeer. »Sprecht an, freundlicher Herr«, sagte mein Begleiter. »Wohin des Wegs?« Der junge Sachse blieb stehen, lächelte uns hocherfreut an, während seine Begleiterin, eine besorgte junge Frau, den Blick geradeaus gerichtet hielt. »Hinaus. In die Ferne.«

»Wie heißt du? Beowulf? Olaf der Rote? Erich der Kühne?«

»Erich der Schwarze.«

»Es ist aber nicht dein *richtiger* Name«, sagte seine Aufseherin in dem Streben, ihn auf den Boden der Tatsachen zurückzuholen.

»Doch, das ist er«, hörten wir noch, während wir weiter durch den unvergeßlichen Herbst 1990 wanderten. »Ich heiße doch Erich, oder? Also *bin* ich Erich.«

Charing Cross. Alles steigt aus. An den Drehkreuzen nach draußen kommt ein Mädchen von unten hinter uns hergelaufen und piept wie ein Wecker. Sie zieht unser aller Aufmerksamkeit auf sich, und tatsächlich ist jetzt ein beständiger Piepton zu hören. Alles glaubt an einen Feueralarm. Heutzutage gibt es soviel elektronisches Gepiepe, Geziepe, Gepfeife, Getriller und Gesumme, daß wir es meist schon gar nicht mehr hören. Das Mädchen ist ein übermütiges Geschöpf, blonde Locken fliegen um ein gerötetes Gesicht. Sie lacht wie verrückt und führt eine Schar junger Dinger an, die zu abendlichen Abenteuern ins West End einfallen; alle scheinen bereits außer sich vor Vergnügen, bewegen sich in einer anderen Dimension von Geschwindigkeit und Unbeschwertheit, wie Funken, die erstrahlen und wieder verglühen. Das Mädchen und zwei ihrer Freundinnen fliehen den Tunnel entlang der Oberwelt zu, aber drei andere überholen sie mit Triumphgeschrei, und ihre Jugend stellt eine solche Herausforderung an uns dar, daß der Kontrolleur beschließt, sie zu ignorieren, denn einzuschreiten wäre so frevelhaft, wie Schmetterlinge zu erschlagen.

Ich will zum Trafalgar Square hinauf und nehme einen Gang, in dem sich ständig etliche Jugendliche zusammendrängen und über Dinge beugen, die auf Schachteln und Tüchern ausgebreitet daliegen. Ringe, Ohrringe, Armbänder, Broschen, aller mögliche Tand aus Messing und Glas, weißem Metall und billigem Silber, wertlose Sachen voller Versprechen und Verheißungen.

Schließlich stehe ich auf dem Trafalgar Square. Vor mir, jenseits des großen grauen Platzes mit dem niedrigen Brunnen, befindet sich die National Gallery und, nicht weit davon entfernt, die National Portrait Gallery. Der Himmel ist von einem funkelnden Hellblau, zerbrechliche Wolken werden von Winden gejagt, die weit über unserer Lebenswelt blasen, denn hier unten ist es windstill. Genüßlich werde ich mir die Zeit in dem einen oder anderen Museum oder in beiden vertreiben, erst im letzten Moment muß ich mich entscheiden, ob ich nach links zur National Gallery oder die fünfzig Schritte weiter gehen will, um in die Gesichter unserer Geschichte zu blicken. Als ich später wieder ins Freie trete, hat der Himmel eine intensive, spätnachmittägliche Färbung angenommen, es ist Zeit, ins Café zu gehen, Freunde zu treffen und dann... in etwa einer Stunde wird sich der Vorhang in einem Theater oder in der Oper heben. Noch immer, nach so vielen Jahrzehnten, gibt es für mich keinen Augenblick, der dem vergleichbar wäre, in dem sich ein Vorhang hebt und die Lichter erlöschen... Oder ich fahre nach einem kleinen Bummel einfach nach Hause zurück, wobei ich mich stets bemühe, nicht in den Berufsverkehr zu geraten. Vor kurzem stand ich während der Rush-hour in der U-Bahn und hielt mich an einer Halteschlaufe fest. Um mich herum lasen drei von vierzehn Menschen ein Buch, der Rest las Zeitung. Auf dem Weg zur Arbeit werden die Menschen ihren eigentlichen Bindungen untreu: die Times, der Independent, der Telegraph, die Mail. Die miesen Blätter, derer sich manche von uns schämen, sind kaum zu sehen, aber schließlich ist die Jubilee auch eine erstklassige Linie, zumindest strecken- und zeitweise. Abends kommt noch der Evening Standard dazu. Drei Leute hielten ihn in der Hand. Der Mann rechts von mir las die »Ilias«, eine Frau mir gegenüber »Moby Dick«, und als ich mich zur Tür durchzwängte, fiel mein Blick auf eine junge Frau, die über dem Kopf eines Babys, das sie sich vor den Bauch gebunden hatte, die »Sturmhöhen« las. Wenn die Leute einmal mehr voller Bedauern über unsere Ungebildetheit klagen, erzähle ich von den dreien, und man freut sich, bleibt jedoch skeptisch.

Das Gedicht, das sich diesmal gegen die Reklame behauptete, lautete:

Kindchen Freude

»Ich hab keinen Namen:
Ich bin erst zwei Tage alt.«
Wie ruf ich dich bloß?
»Ich bin froh,
nenn mich so.«
Freude sei dein Los!

Hübsche Freude!
Freude, zwei Tage alt,
Freude ruf ich dich bloß.
Lächle du,
ich sing dazu,
Freude sei dein Los!

William Blake

Auf dem Weg von der Underground nach Hause komme ich an drei Kirchen vorbei. Zwei von ihnen dienen nicht länger als Leiter für himmlische Ströme: Die eine ist ein Theater, die andere zerfällt. Auf so engem Raum drei Kirchen… Jener Besucher aus einer anderen Welt, der so nützlich ist, wenn es darum geht, unsere Vergleichsmöglichkeiten zu beleben, mag sich noch vor siebzig Jahren gefragt haben: »Wozu dienen sie, diese Gebäude, die einander so ähnlich und allen anderen so unähnlich sind, immer einige in jedem Stadtteil? Sind es Verwaltungsgebäude? Gehören sie zu einem Netz von Regierungsbüros? Noch dazu sind es Neubauten!« Heutzutage dagegen würde diesem Besucher, ihm oder ihr, auffallen, daß sie oft gar nicht mehr genutzt werden. »Ein

Regierungswechsel vielleicht?« Bestimmte Gebäudetypen sieht man jedoch durchgängig von einem Ende der Stadt bis zum anderen. »Bei meinem letzten Besuch habe ich sogenannte ›Pubs‹ gesehen, in denen Rauschmittel verteilt werden, und Einstiegszentren für schnelle Bewegungsmittel, die auf Schienen fahren. In anderen Hallen werden Maschinen gewartet, die aussehen wie Wanzen oder Käfer aus Metall – auch etwas Neues, was es bei meinen früheren Besuchen noch nicht gab. Und noch etwas: Alle paar Meter steht ein Haus, in dem Medikamente, chemische Substanzen, verkauft werden.« Ein seltsames Geschäft, könnte er oder sie sinnieren und einen Bericht formulieren, der dann zum Kanopus gefaxt würde. »Wenn ich sie nach der Häufigkeit ihres Auftretens ordne, stehen die Apotheken an erster Stelle. Auf diesem Planeten lebt eine Art, die zusätzlich zur Nahrung chemische Substanzen zu sich nimmt.« Im Umkreis von einer Meile von meinem Haus befinden sich mindestens fünfzehn Apotheken, und darüber hinaus gibt es in jedem Lebensmittelladen Regale mit frei verkäuflichen Medikamenten.

Wenn ich an der Ecke, an der die alte Mühle stand, abbiege, lasse ich den Gestank und den Lärm des Verkehrs, der nach Norden drängt, hinter mir, und einmal mehr fällt mir auf, wie unangenehm während der letzten paar Minuten die Luft zu atmen war. Ich gehe durch die Mill Lane, in der ständig neue Läden eröffnet werden, Bankrott machen und von neuen Besitzern wiedereröffnet werden, besonders in jüngster Zeit, wo sich die Preise für Mieten und Pachten verdrei- und vervierfachen. Bald erreiche ich die kleinen Sträßchen einer Wohngegend, und der Verkehr ist nur noch ein zwar beständiges, aber leises Hintergrundbrummen. Die Straßennamen hier zeugen von einer Neigung zur Klassik: Agamemnon, Achilles, Ulysses und Orestes Mews. Fügt man dann noch Gondar hinzu, mag man an einen klassisch gebildeten Feldherrn denken, dem es oblag, die Straßen zu benennen. Und in der Tat liegt man dabei gar nicht so falsch. Die Geschichte geht folgendermaßen (wahr oder erfunden? – egal, jedes Ereignis aus der jüngeren oder älteren Vergangenheit muß geglättet, abgerundet, folgerichtig gemacht werden): Ein ehemaliger Offizier aus dem niederen Adel hatte eine Frau mit vielen Kindern auf dem Land und eine Geliebte mit noch mehr Kindern in der Stadt. Um ihnen allen eine standesgemäße Erziehung angedeihen zu lassen, erwarb er Grundbesitz, einträgliches Ackerland, das sich über einen Hügel mit Blick auf London erstreckte, und erbaute dort, was einer der ersten nördlichen Pendlervororte gewesen sein muß. Denn man darf nicht vergessen: Im Tal am Fuß des Hügels in Richtung London gab es die Bäche, Kühe und grünen Wiesen, denen meine Freundin sonntags mit dem Bus für einen Penny ihren Besuch abstattete. Die Pendler fuhren mit Pferdedroschken oder dem Zug in die Stadt.

Einige der Gebäude sind große Mietshäuser mit von Anfang an mehreren Wohnungen, doch die meisten waren ursprünglich normale Häuser, die man erst in jüngerer Zeit in jeweils drei Wohnungen unterteilt hat. Schwer vorstellbar, wie diese Häuser früher genutzt wurden. Die Keller sind alle feucht. In meinem lösen sich innerhalb von drei Monaten die Etiketten von den Flaschen. Früher war mein Keller ein Waschraum. Von wem wurde er benutzt? Hat etwa jemand in dieser Erdhöhle gewohnt? Vielleicht war er damals noch nicht so feucht. Jetzt befindet sich ein rundes Loch, ein kleiner Schacht, in der Erde, denn vor langer Zeit schon hat die Feuchtigkeit den Zementboden gesprengt, und durch dieses Loch kann man beobachten, wie sich der Wasserspiegel hebt und senkt. Allerdings nicht gemäß der Niederschlagsmengen. Wer in dieser Gegend wohnt, weiß, daß der Grundwasserspiegel von den lecken Leitungen des Wasserreservoirs abhängt, das von den Fenstern ganz oben im Haus wie eine riesige, von hohen Bäumen gesäumte Wiese oder Grünfläche aussieht. Die Viktorianer legten ihre Reservoirs unter der Erde an. (Man sagt, daß der Mann, der das wertvolle Naß bewacht, einen – falls man ihn kennt – vielleicht durch eine kleine Tür führt und unter einer niederen Decke, an der Lichter glimmen, einen Blick auf die große Fläche stillen, schwarzen Wassers werfen läßt. Diesem filmreifen Bild mag man das leise Plumpsgeräusch einer Ratte hinzufügen, die vor dem plötzlichen Licht die Flucht ergreift, und eine einzige, sich langsam ausbreitende Welle.) Der Speicher oben über meiner Wohnung ist ausgebaut. Das muß lange nach der Errichtung des Hauses geschehen sein. Im zweiten Stock befinden sich drei Schlafzimmer, eines ist so klein, daß man nur allein darin schlafen kann. Die zwei Räume im ersten Stock, früher vermutlich ein Eß- und ein Wohnzimmer, sind jetzt ein Raum. Die Küche ist schön, aber unpraktisch neben einer Terrasse, einem »Patio«, gelegen, den es noch nicht allzu lange gibt. Ursprünglich war es keine Küche. Im Erdgeschoß gibt es nur ein Zimmer, vordem waren es zwei, in jüngerer Zeit eingebaute »Örtchen«, und einen Wintergarten, vormals vermutlich ein Kinderzimmer. Früher hatte man viele Kinder, oft lebten Verwandte zusammen, und jeder Haushalt der Mittelschicht hatte zumindest eine Bedienstete, gewöhnlich aber mehr. Wo waren sie nur alle untergebracht? Wo kochte man, wo war die Speisekammer, wo wurde die Wäsche gewaschen? Wie wurde geheizt? In jedem Zimmer befindet sich ein kleiner offener Kamin mit einer winzigen Feuerstelle.

Vor hundert Jahren wurden dieses Viertel und seine Häuser erbaut, die Wände sind solide und dick, und die Handwerker, die kommen, um das Dach oder irgendeine Leitung zu reparieren, sagen immer wieder, wie gut sie gebaut sind, was für erstklassiges Material man damals benutzt hat. »So was gibt's heute nicht mehr.« Auch von den nassen Kellern lassen sich diese Fachleute nicht beirren. »Wenn der Lehm um die Fundamente naß bleibt, dann schrumpfen sie nicht mal in Sommern, wie wir sie zur Zeit haben, und alles ist bestens.«

Als ich in die Straße einbiege, in der ich lebe, arrangiert das Licht die Wolken zu einer getönten Masse. Die Sonnenuntergänge hier sind, zurückhaltend ausgedrückt, überaus zufriedenstellend.

Das Eckhaus ist mit Efeu überwachsen, in dem Stare nisten, sie schwirren heraus, tauchen wieder ein und verstummen bis zum nächsten Morgen.

Die »Gebärmutterstation«

Acht Betten in einem großen Zimmer, die viel zu nah beieinanderstanden, jeweils vier auf beiden Seiten. Es war ein schäbiges viktorianisches Krankenhaus im Norden Londons, und wahrscheinlich war der Raum ursprünglich nicht als Krankenzimmer gedacht gewesen. Aber er war anständig, rosa geblümte Vorhänge hingen an den Fenstern und waren über rollbare Wandschirme gespannt, mit denen man die Betten in vertraulichen Augenblicken vor fremden Blicken schützen konnte. Da Besuchszeit war, hatte man die langen, dekorativen rosa Vorhänge zur Seite gezogen. Überall saßen Leute auf Stühlen oder auf den Betten. Seit zwei Uhr nachmittags waren Mütter, Schwestern, Brüder, Cousins und Cousinen, Freunde und Kinder gekommen und gegangen. Nicht jedoch die Ehemänner, die würden später erst kommen. Einer war allerdings da; er saß neben dem Kopfende eines Betts, in dem eine hübsche, ungefähr fünfundvierzigjährige Frau ihm zugewandt lag. Sie sah ihm ins Gesicht, während er ihre Hände hielt. Seine Hände waren groß, er war kräftig gebaut und gut gekleidet, trug ein graues Tweedjackett und ein blendendweißes Hemd, wie in einem Werbespot. Die Krawatte hatte er ausgezogen und über die Stuhllehne gehängt, was ihn weniger feierlich aussehen ließ. Die Intensität seiner Besorgnis und ihr flehender Blick isolierten die beiden, als wären sie in ihrer eigenen Wohnung und nur ein Vorhang hätte sich geöffnet. Die Besucher, die kamen und gingen, bemerkten sie nicht. Er hatte sie zur Mittagszeit hergebracht, und seitdem saß er bei ihr, lange bevor die Besuchszeit offiziell begonnen hatte.

Es war eine gynäkologische Station oder, wie es die Frauen scherzhaft nannten, die »Gebärmutterstation«. Die sieben anderen Frauen waren zum Teil schon operiert worden, zum Teil warteten sie auf eine Operation oder eine andere Art von Behandlung. Keine von ihnen war ernsthaft krank, und in diesem Zimmer wurde mehr gelacht als in irgendeinem anderen, und doch war die Bedrückung nie fern, und die Schwestern, die immer wieder hereinschauten, hatten ein Auge darauf, ob jemand weinte oder schon zu lange nichts mehr gesagt hatte.

Um sechs Uhr wurde das Abendessen gebracht, und die meisten Besucher gingen nach Hause. Niemand hatte so recht Appetit. Der Mann überredete seine Frau, etwas zu essen, obwohl sie darauf bestand, keinen Hunger zu haben. Sie weinte ein bißchen, beruhigte sich jedoch wieder, als er sie wie ein Vater tröstete. Dann saß sie folgsam mit einer Schüssel Eiercreme in der Hand da, aus der er sie mit einem Löffel fütterte. Ab und zu legte er den Löffel ab, um ihr die Augen mit einem großen, altmodischen, blütenweißen Taschentuch trockenzutupfen, denn sie konnte die Tränen nie lange zurückhalten. Sie weinte wie ein Kind, schluchzte, schniefte, holte tief Luft, beobachtete ihn dabei ständig aus ihren weitaufgerissenen, nassen blauen Augen, die dazu gedacht waren, Glück auszustrahlen, das Weinen stand ihr nicht.

Die anderen Frauen verfolgten die Szene. Von Zeit zu Zeit trafen sich ihre Blicke und kommentierten die Ereignisse. Nach Ende des Arbeitstages kamen nun auch die Ehemänner, und für ungefähr eine Stunde saßen Paare im Zimmer, beredeten praktische Dinge, sprachen über Kinder und häusliche Angelegenheiten. Insgesamt waren vier Männer gekommen. Eine alte Frau blieb allein, blätterte in einer Zeitschrift und beobachtete die anderen. Eine andere, Miss Cook, hatte nie geheiratet. Auch sie verfolgte die Vorgänge im Zimmer und strickte dabei. Die dritte Frau ohne Mann las in einem Buch und hatte sich die Kopfhörer ihres Walkmans aufgesetzt. Sie war die »Pferdenärrin«. (Ob sie das tatsächlich war, wußte niemand, man nahm es einfach an, da sie der Oberschicht angehörte.)

Schließlich war es an der Zeit, daß die Männer gingen: Küsse, Winken, bis morgen. Die Frau, die erst an diesem Tag eingeliefert worden war, klammerte sich an ihren Mann und weinte. »Geh noch nicht, geh noch nicht, Tom, bitte bleib noch.« Er hielt ihre Hand, streichelte über ihren Rücken, ihre Schultern, ihr weiches, graues, schön gewelltes Haar, das etwas durcheinandergeraten war. Mehrmals sagte er: »Ich muß jetzt gehen, Liebes. Bitte, hör auf zu weinen. Mildred, du mußt dich jetzt zusammennehmen, bitte, Liebes.« Aber sie sah keinen Grund dafür. Sie hob den Kopf, stellte eine tragische Maske zur Schau, legte ihn wieder an die Schulter ihres Mannes und weinte noch heftiger.

»Mildred, bitte hör auf. Der Arzt hat doch gesagt, er glaube nicht, daß es etwas Ernstes ist. Das hat er doch gesagt, oder? Ich habe ihn gebeten, uns auch das Schlimmste nicht vorzuenthalten, aber er hat gesagt, daß es in deinem Fall gar nichts Schlimmes gibt. Er sagt, in einer Woche bist du wieder draußen...« In dieser Manier sprach er mit seiner ruhigen, festen Stimme immer weiter, streichelte sie und gab ab und zu besorgte Laute von sich, aber sie schluchzte nur noch lauter, klammerte sich an ihn und schüttelte den Kopf, um deutlich zu machen, daß sie nicht wegen der medizinischen Behandlung weine, sondern aus Gründen, die er zwar kenne, aber vorziehe zu ignorieren.

Sie weinte so laut, daß eine Schwester hereinkam und sie anstarrte, aber nicht wußte, was sie tun sollte. Der Mann,

Tom, warf ihr einen ernsten Blick zu, brachte damit aber nicht etwa Hilflosigkeit zum Ausdruck, ganz im Gegenteil, er sagte damit: Mehr kann ich nicht tun, nun sind Sie dran.

»Mildred, ich gehe jetzt.« Und er machte sich von ihr los, drückte ihre Arme nach unten, die sie sofort wieder hob, um sie um seinen Hals zu schlingen. Schließlich hatte er sich befreit und bettete sie auf ihr Kopfkissen, erhob sich und sagte freundlich zur Schwester (nicht als Entschuldigung, denn er war kein Mann, der ohne weiteres die Notwendigkeit einer Entschuldigung einsah, sondern als Erklärung, auf die sie ein Recht hatte): »Meine Frau und ich waren noch nie getrennt, seitdem wir verheiratet sind, seit fünfundzwanzig Jahren, nicht eine einzige Nacht.« Als sie das hörte, nickte seine Frau heftig, während ihr die Tränen auf ihr hübsches rosa Jäckchen liefen. Dann, als sie ihn aufrecht dastehen sah, nicht gewillt, sich noch einmal zu ihr hinunterzubeugen, wandte sie den Blick von ihm und starrte gegen die Wand.

»Ich gehe jetzt, Liebes«, sagte Tom und verließ den Raum, wobei er der Schwester einen Blick zuwarf, der endgültig alles weitere an sie übertrug.

»Jetzt aber, Mrs. Grant«, sagte die Schwester in jenem aufmunternden Ton, der ihrer Profession eigen ist. Sie war um die zwanzig, und sie sah müde aus; das letzte, was sie jetzt brauchen konnte, war eine (nach ihren Maßstäben) alte Frau, die nicht aufhören wollte zu jammern. »Sie bringen ja die anderen um ihre Ruhe, Sie sollten ein bißchen Rücksicht nehmen«, versuchte sie es hoffnungsvoll.

Ihr Appell zeigte keine Wirkung, und den Mienen der anderen Frauen war anzusehen, daß sie damit auch gar nicht gerechnet hatten. Zumindest aber weinte Mildred Grant jetzt nicht mehr so laut. »Möchten Sie eine Tasse Tee?« Keine Antwort. Nur leise Schluchzer und Schniefer. Die Schwester sah die anderen Frauen an, die alle wesentlich älter waren als sie, und verließ das Zimmer.

Neun Uhr. Bald sollten sie schlafen. Ein Wagen mit milchigen Getränken, die das Einschlafen erleichterten, wurde hereingefahren. Die meisten Frauen bürsteten sich das Haar oder drehten Lockenwickler hinein und rieben sich mit methodischen Bewegungen Creme auf Gesicht und Hals. Die Stimmung war ruhig, die Zeit schien auf der Stelle zu treten, die Tagschicht wurde von der Nachtschicht abgelöst.

Die alte Frau – die einzige wirklich alte Frau, die die Schwestern »Oma« nannten – bemerkte heiter: »Mein Mann ist vor zwanzig Jahren gestorben. Seit zwanzig Jahren lebe ich jetzt allein, und wir waren wirklich glücklich. Aber seitdem er tot ist, bin ich allein.«

Das Weinen hörte auf. Ein paar Frauen beglückwünschten sie mit einem Lächeln oder einem anerkennenden Gesichtsausdruck, aber dann brach es erneut aus der allein gelassenen Frau heraus.

Die alte Frau seufzte, zuckte die Achseln. »Manche Leute wissen ihr Glück einfach nicht zu schätzen«, sagte sie.

»Da haben Sie recht«, erwiderte die Frau ihr gegenüber, Miss Cook. »Ich habe nie einen Mann gehabt. Jedesmal, wenn ich dachte, jetzt hab ich aber einen netten an der Angel, hat er sich wieder davongemacht!« Sie lachte laut auf, wie schon oft zuvor über diesen tapferen Spaß, und blickte kurz in die Runde, um sich seiner Wirkung zu vergewissern. Alle lachten. Miss Cook war Komikerin. Vielleicht hatte sie ebendieser Witz vor Jahrzehnten auf ihre Karriere gebracht. Sie war eine große, beeindruckende, rotgesichtige Frau um die siebzig.

Bald waren alle gewaschen, gekämmt, sauber und im Bett. Die Nachtschwester, noch eine frische junge Frau, kam herein, um einen letzten Blick in die Runde zu werfen. Von den Schwestern, die tagsüber Dienst getan hatten, war sie über die schwierige Patientin informiert worden, und so unterzog sie die schluchzende Mildred Grant einer eingehenden, unschlüssigen Musterung und sagte: »Gute Nacht, meine Damen, gute Nacht.« Erst schien es, als wolle sie noch ein paar Ermahnungen und Ratschläge zum besten geben, doch dann schaltete sie das Licht aus und ging.

Im Zimmer war es dunkel. Die hohen gelben Lampen, die den Krankenhausparkplatz beleuchteten, warfen ihr Licht herein und zeichneten hell-dunkle Muster auf die Wände, und auch das Rosa der Vorhänge war noch zu erkennen, ein dumpfer, aber hartnäckiger Farbton.

Sieben Frauen lagen angespannt in ihren Betten und horchten auf Mildred Grant.

Ihr Bett stand in der Nähe der Tür. Neben ihr lagen Hausfrauen, ausgestattet mit der tatkräftigen Energie der mittleren Jahre, sie herrschten über Kinder, Schwiegertöchter, Schwiegersöhne, Ehemänner und alle Arten von Verwandten, die sie ständig besuchten und Blumen und Obst mitbrachten, so daß es schien, als sei alles nur ein einziges Fest. Mrs. Joan Lee und Mrs. Rosemary Stamford verlangten mehrmals täglich nach dem Telefon, um Termine beim Zahnarzt oder anderen Ärzten zu vereinbaren, die Familie an dies oder das zu erinnern, im Lebensmittel- oder Gemüseladen anzurufen, um zu bestellen, was das sorglose Volk zu Hause mit Sicherheit vergessen würde. Sie mochten zwar mit Unterleibsproblemen im Krankenhaus liegen, aber mit dem Kopf waren sie weit weg. Doch jetzt zwang Mildred Grant sie hierzusein und zuzuhören. Im vierten Bett auf ihrer Seite lag die Komikerin, Miss Cook. Ihr gegenüber stand das Bett der wirklich alten, verwitweten Frau, neben der die »Pferdenärrin« lag, eine hübsche junge Frau, mit der hohen, klaren, gebieterischen Stimme ihres Standes, die weder plump vertraulich noch eine Außenseiterin war, sondern mit Hilfe ihrer Bücher und ihres Walkmans hartnäckig auf ihrer Ungestörtheit bestand. Ein atavistischer Widerwille war die Ursache dafür, daß die anderen darin übereinstimmten (wenn sich die »Pferdenärrin« einmal nicht im Raum aufhielt), daß ihre Abtreibung in einem staatlichen Krankenhaus nur eigennützig zu nennen war. Sie hätte in eine Privatklinik gehen sollen, denn so, wie sie gekleidet war und ihr Lebensstil zu sein schien, hätte sie sich das sicherlich leisten können. Neben ihr lag ein jung verheiratetes Mädchen matt in ihrem Bett, das eine Fehlgeburt hinter sich hatte, sie wirkte wie eine Ertrunkene, blaß und traurig, aber tapfer. Neben ihr und gegenüber von Mildred Grant lag eine nicht mehr ganz junge Ballerina, die ihren Lebensunterhalt als Tanzlehrerin verdiente. Sie war gestürzt, hatte innere Verletzungen erlitten und war deprimiert, machte aber gute Miene zum bösen Spiel. »Lache, und die Welt lacht mit dir!« sagte sie oft voller Lebhaftigkeit. Das war ihr Motto, ebenso wie: »Das Leben ist wunderbar, solange man stark ist!«

Die Frauen drehten sich in ihren Betten von einer Seite auf die andere. Ihre Augen schimmerten im Licht der Parkplatzlampen. Eine Stunde verging. Die Nachtschwester hörte von draußen das Schluchzen und trat ins Zimmer. Sie stellte sich neben Mrs. Grants Bett und sagte: »Mrs. Grant, was ist mit Ihnen? Die Patientinnen müssen schlafen, und auch Sie sollten sich etwas Ruhe gönnen. Morgen früh werden Sie untersucht. Sie brauchen davor keine Angst zu haben, sollten aber ausgeruht sein.«

Das Schluchzen ließ nicht nach.

»Tja, ich weiß auch nicht«, sagte die Schwester. »Wenn sie in ein paar Minuten nicht aufhört, klingeln Sie nach mir.« Sie ging wieder hinaus.

Mildred Grant weinte jetzt leiser. Es war ein trübseliges, mechanisches Schluchzen, das allen an den Nerven zerrte. In jeder einzelnen der Frauen schlummerte noch das ungezähmte Mädchen mit seinen Rechten und Ansprüchen, und plötzlich waren sie gezwungen, sich daran zu erinnern – und auch daran, wieviel es sie alle gekostet hatte, dieses Mädchen in die Schranken zu weisen. Die junge Frau mit der Fehlgeburt weinte mittlerweile ebenfalls. Lautlos, aber alle sahen die glänzenden Tränen auf ihren Wangen. Die tapfere Tänzerin lag zusammengerollt da wie ein Fötus, den Daumen im Mund.

Die Pferdenärrin, tatsächlich haßte sie Pferde, hatte den Kopfhörer ihres Walkmans wieder aufgesetzt, doch nach wie vor beobachtete sie das Zimmer und war wahrscheinlich nicht in der Lage, mit der Musik, die sie ausgesucht hatte, die Weingeräusche auszuschließen. Jede Frau war sich der anderen bewußt, sie beobachteten einander in der Furcht, daß eine durchdrehen und zu schreien beginnen würde.

Mrs. Rosemary Stamford, die hartgesottene Hausfrau, von der man als letzte erwartet hatte, daß sie etwas unternehmen würde, sagte in einem verdrießlichen Ton, der das Ende ihrer Geduld anzeigte: »Sie sollten sie in ein anderes Zimmer verlegen. Das ist nicht fair. Ich werde mit ihnen sprechen.«

Doch bevor sie sich in Bewegung setzen konnte, machte sich Miss Cook daran, aus ihrem Bett aufzustehen. Sie war nicht gerade groß oder schwerfällig, aber vom Rheumatismus geplagt, und so benötigte sie einige Zeit dafür. Langsam zog sie einen geblümten Bademantel an, der gefüttert war, weil ihr Zimmer, wie sie sagte, kalt war und sie es sich nicht leisten konnte, richtig zu heizen, und dann beugte sie sich hinunter, um ihre Pantoffeln heranzuziehen. Wollte sie hinausgehen, um an die Schwestern zu appellieren? Mußte sie auf die Toilette? Wie auch immer, sie lenkte die Aufmerksamkeit aller von Mildred Grant ab.

Doch genau die war es, zu der sie ging. Sie ließ sich auf dem Stuhl nieder, den Mildreds Mann für Stunden innegehabt hatte, und legte ihr eine kräftige Hand auf die Schulter.

»Also, meine Liebe«, sagte oder vielmehr befahl sie. »Ich will jetzt, daß Sie mir zuhören. Hören Sie mir zu? Wir sitzen hier alle im selben Boot. Wir haben alle unsere kleinen Problemchen, alle. Ich hatte eine Hysteäktomie«, sagte sie, und es sollte ein Witz sein, denn obwohl sie eine echte, altmodische Frau aus der Arbeiterklasse war, die einzige, abgesehen von der Witwe, wußte sie genau, wie man das Wort korrekt aussprach. »So wie ich die Sache sehe, ist das nicht fair. Was hat mir mein Bauch schon genutzt?« Sie hob den Kopf, damit die anderen sehen konnten, wie sie ihnen mit dem linken Auge zuzwinkerte. Immer zu einem Scherz aufgelegt, so bin ich nun mal, das besagte das Zwinkern. Und dann fuhr sie mit noch lauterer Stimme fort, um so das Schluchzen zu übertönen: »Sehen Sie mal, meine Liebe, wenn Sie das ganze Leben jemanden gehabt haben, der Ihnen Abend für Abend eine gute Nacht gewünscht hat, dann ist das mehr, als die meisten Menschen haben. Können Sie es nicht so sehen?«

Mildred weinte weiter.

Durch das Fenster fiel gerade genug Licht, daß alle Miss Cooks Gesicht sehen konnten. Es sah angespannt und müde aus, trotz der Clownerien.

Sie legte den Arm um die Schulter der weinenden Frau und wiegte sie sanft. »Ist ja gut, meine Liebe«, sagte sie, »hören Sie auf zu weinen, Sie müssen doch nicht...«

Mildred drehte sich um und schlang die Arme um Miss Cooks Hals. »Ach«, schluchzte sie, »es tut mir leid, aber ich kann nichts dafür. Ich hab nie allein schlafen müssen, nie, immer war mein Tom bei mir...«

Miss Cook umarmte Mildred, wiegte und schaukelte das arme, allein gelassene kleine Mädchen. Ihr Gesicht war, wie man sagt, sehenswert. Sie schien mit sich selbst zu kämpfen. Und als sie schließlich wieder sprach, klang ihre Stimme barsch, sogar ärgerlich: »Was für ein glückliches Kind Sie doch sind. Haben immer Ihren Tom gehabt, nicht wahr? Ich bin sicher, die meisten von uns wünschten, sie könnten was Ähnliches von sich behaupten.« Dann beherrschte sie den Ärger und sagte mit beruhigender, monotoner Stimme: »Armes kleines Ding, armes kleines Mädchen, was für eine Schande es doch ist… meine Liebe, armes Ding…«

Die Frauen dachten daran, daß Miss Cook keine Kinder hatte, nie verheiratet gewesen war, allein lebte und außer ihrer Katze niemanden hatte, den sie berühren, streicheln oder festhalten konnte. Und doch war sie es, die Mildred Grant in den Armen hielt, und wahrscheinlich war es das erste Mal seit Jahren, daß sie überhaupt jemanden umarmte, egal, ob nun Mann oder Frau.

Was mußte es für ein Gefühl sein, an diese andere Welt erinnert zu werden, in der sich die Menschen in den Arm nahmen, sich festhielten und küßten, nachts nebeneinanderlagen, im Dunkeln aus einem Traum aufwachten, sich umarmt fanden oder die Hand ausstrecken und sagen konnten: »Halt mich fest, hab ich geträumt«?

Und sie sprach weiter, ihre Stimme freundlich, unpersönlich, fest. »Armes, kleines Ding. Armes, kleines Mädchen. Was für eine Schande, aber das macht nichts, bald werden Sie Ihren Tom wiederhaben, bald…«

So ging es ungefähr eine Viertelstunde. Das Schluchzen hörte auf. Miss Cook legte die erschöpfte Frau aufs Bett zurück, ließ ihre Arme und den Kopf in eine bequeme Stellung fallen, so wie man es mit einem Kind tut.

Als sie aufstand und auf die schlafende Frau hinunterblickte, war ihr Ausdruck, falls das möglich ist, noch sehenswerter. Sie ging zurück zu ihrem Bett, zog den geblümten Bademantel und die Pantoffeln aus und legte sich vorsichtig wieder hin.

Wortlos kommunizierten die Frauen miteinander.

Es war dringend geboten, daß eine etwas sagte. Es war Miss Cook. »Tja«, meinte sie, »man lernt nie aus.«

Und bald waren alle in ihrer eigenen Welt versunken, in tiefem Schlaf.

Spatzen

Zwanzig Minuten nachdem es aufgehört hatte zu regnen, kamen die ersten Gäste in den Garten des Cafés. Es handelte sich um zwei ältere Frauen und einen lächelnden Labrador, die sich wie zu Hause fühlten, denn sie steuerten geradewegs auf einen bestimmten Tisch weiter hinten zu, und der Hund ließ sich auf dem Grasstreifen daneben nieder, ohne daß er dazu aufgefordert worden wäre. Die Frauen stellten die Stühle auf, die wegen des Regens nach vorn gegen die Tische gelehnt worden waren. Die eine hängte ihren Regenschirm an die Stuhllehne, setzte sich und holte ein Paket mit belegten Broten aus der Tasche. Die andere ging ins Café und kehrte mit einer kleinen Kanne Kaffee und zwei Tassen zurück. Sie versicherten einander, daß eine Kanne für zwei vollauf genüge, und aßen die belegten Brote mit einer kontemplativen, verklärten Miene, die deutlich machte, daß sie Schuldgefühle für unter ihrer Würde hielten.

Überall im Norden Londons sagten die Leute: »Es regnet nicht mehr, komm, wir gehen hinauf in den Heath-Park.« Schon spazierten sie den Weg entlang, von dem aus man hinunter zum See von Kenwood blicken kann, ließen sich in der Hoffnung auf Sonne auf den Bänken nieder und stiegen zum Café hinunter. Aber wo war die Sonne? Sie schmollte hinter dunklen Wolken, blinzelte ab und zu für Minuten hervor, tupfte Bäume und Rasen mit vielversprechenden, schwülen gelben Flecken und zog sich wieder zurück.

Ein paar Jugendliche kamen aus dem Café, balancierten Tabletts mit sprudelnden Getränken, Kaffee und Kuchen. Sie stellten zwei Tische zusammen und breiteten sich aus. Elegante, aufsehenerregende Kleidung und üppiges, vielfarbiges Haar schufen eine festliche Stimmung. Ihre unzufriedene Indolenz – Bestandteil ihres Lebensstils – veranlaßte die zwei frugalen Damen, die Brauen in die Höhe zu ziehen und zu murmeln: »Manche Leute wissen ihr Glück einfach nicht zu schätzen, nicht wahr, meine Liebe?«

Ein großer, blasser Jugendlicher mit strohblondem Haar und der Figur eines Balletttänzers erschien in der Küchentür. Er gähnte, wirkte verschlafen, band sich jedoch eine blauweiß gestreifte Schürze um und verwandelte sich so in das Abbild eines beflissenen Kellners. Er überblickte den Schauplatz seines Wirkens, überlegte, ob er die Stühle um die pfützenübersäten Tische herum wieder aufstellen oder gar die Tische trockenwischen sollte, warf einen Blick auf den Himmel und beschloß, sich die Mühe zu sparen.

Die beiden Damen warfen den Spatzen, die ihnen um die Beine und hinter ihren Stühlen herumhüpften und sich sogar auf ihren Tisch wagten, Brotstückchen zu. Am Ende des Gartens und nicht allzu deutlich sichtbar stand auf einem Schild: »Bitte sehen Sie im Interesse der öffentlichen Gesundheit davon ab, die Vögel zu füttern.« Der Kellner zuckte die Achseln und verschwand.

Drei Personen traten aus dem Gebäude, versteckt hinter den vollbeladenen Tabletts, die sie trugen. Als sie sich setzten, kamen drei Japaner zum Vorschein, ein junges Paar in weichen schwarzen Overalls aus Seide und wohl die Mutter von einem der beiden. Auch sie trug schwarze Designerkleidung und reichlich Schmuck, war zu herausgeputzt für diesen Ort. Sie zogen einen Tisch neben den, den sie sich ganz in der Mitte ausgesucht hatten, um ihre Tabletts und das, was ihnen zusätzlich von einem Kellner gebracht worden war, darauf abzustellen. Das Buffet war noch nicht groß genug, ein weiterer Tisch wurde danebengestellt und mit Essen beladen. Sie hatten gekauft und gedachten zu verspeisen: jeder ein vollständiges englisches Frühstück, verschiedene Stücke Sahnetorte, Rosinenbrötchen mit Butter und Marmelade, noch mehr Kuchen, mehrere Teller mit Hühnersalat und natürlich Kaffee, Coca-Cola und Fruchtsäfte.

Der Kellner, der sicher irgendwo aus dem Mittelmeerraum stammte, ein dunkler, geschmeidiger, hübscher junger Mann, überblickte die Szene bewundernd und ungläubig. »Japaner? Guten Appetit!« Er blieb noch einen Moment stehen, zog die Augenbrauen hoch – ein stummes Ausrufezeichen – und ging. Die Spatzen, die von den zwei Rentnerinnen keine weiteren milden Gaben zu erwarten hatten, näherten sich scharenweise, um neue Jagdgründe zu erkunden. Die japanische Mutter schrie verärgert und empört auf, stopfte sich mit einer Hand Essen in das stark geschminkte Gesicht, das vor Wut und Gier zu einer häßlichen Grimasse verzerrt war, während sie mit der anderen höchst unwirksam herumfuchtelte, um die Spatzen zu vertreiben, als wären sie Fliegen.

Die Jugendlichen hatten das Gefühl, die Vorgänge aus zu großer Nähe beobachten zu müssen; sie standen auf und setzten sich mehrere Tische weiter weg. Dabei machten sie sich nicht die Mühe, alles mitzunehmen, und ließen Chips und Erdnüsse zurück. Die Spatzen fielen darüber her, flogen von den Bäumen, vom Dach, von überall her auf die Tische. Die japanische Mutter kommentierte dies lautstark, doch ihre Kinder ignorierten sie und aßen, als hätten sie wochenlang gedarbt.

Die beiden älteren Damen verfolgten das Geschehen, schienen unfähig, den Blick abzuwenden. Ihre Mißbilligung der Jugendlichen war reine Gewohnheit gewesen, sogar mit Nachsicht vermischt, aber das hier – das sagten ihre Mienen –

war etwas ganz anderes! Eine der beiden streichelte mit zitternder Hand den Kopf des großen Hundes.

»Ist ja gut, braver Hund«, sagte sie und klang dabei unglücklich. Ein Spatz kam der japanischen Mutter zu nahe, und sie schrie auf. Ein weiterer Kellner tauchte in der Küchentür auf und ließ wie ein General den Blick über die Szene schweifen. Ein kleiner, stämmiger, kompetenter junger Mann, das Haar glatt nach hinten gekämmt, alles an ihm war sauber und ordentlich, offenbar war es ihm bestimmt, in höchstens fünf Jahren eine eigene Firma oder zumindest eine Abteilung zu leiten. Er schritt selbstsicher aus, vertrieb Wolken von Spatzen, indem er so energisch mit den Armen nach ihnen schlug, als mache er gymnastische Übungen. Er nickte den Japanern lächelnd zu und ging zurück in die Küche. Die Spatzen kamen wieder.

Ein Paar mittleren Alters erschien, strotzte vor Gesundheit und glänzte vor Sonnenschutzcreme, und beide hielten sie eine karge Tasse Kaffee in der Hand. Sie waren offensichtlich erst vor kurzem aus einem sonnenreichen Urlaub zurückgekehrt und konnten es sich leisten, die Sonne hinter den schwarzen Wolken anzulächeln, die den halben Himmel bedeckten. Sie stellten ihre Tassen neben der Regenwasserpfütze auf einem Tisch ab und setzten sich auf eine Weise auf den Rand ihrer Stühle, die klarmachte, daß sie die Wege im Park in entschiedenem Tempo abzuschreiten gedachten.

Ein weiteres Paar mittleren Alters, das gerade eintraf, war ihr genaues Gegenteil. Vorsichtig stiegen die beiden die Stufen hinauf, paßten auf, wohin sie ihre frisch geputzten Schuhe setzten. Jeder trug ein Tablett mit einer Tasse Tee, einem Hörnchen und einem Stückchen Butter. Sie entschieden sich für einen Tisch ganz hinten vor einem kleinen Grasstreifen.

Hinter ihnen befand sich eine hohe Ziegelmauer mit einer stets verschlossenen Tür, wie zum »Geheimen Garten«. Die

Frau saß da, rührte in ihrem Tee, sah lächelnd zu dem Labrador, zu den leuchtend saftiggrünen Büschen und Bäumen zu ihrer Rechten, zu den Baumwipfeln, die über die Palisade zu ihrer Linken ragten, und schließlich voller Wohlgefallen geradeaus auf das lange, wohlgeformte Gebäude, einen Flügel des Kenwood-Hauses, der einst ein Kutschenhaus gewesen war und die Dienerschaft beherbergt hatte und sich jetzt rasch mit Leuten füllte, die frühstückten, Tee tranken oder zu Mittag aßen. Die offenen Fenster im ersten Stock erlaubten einen Blick auf das durchaus interessante Leben, das sich hinter ihnen abspielte, und auf dem langen, niedrigen Dach saßen Vögel aller Art, vor allem aber Spatzen und Tauben, die ihren um nichts weniger interessanten Angelegenheiten nachgingen. Mit besonderer Genugtuung betrachtete die Frau die unzähligen Spatzen auf einem Baum hinter ihr, die sich danach umsahen, wo ihnen möglicherweise als nächstes etwas zufallen würde. Ihr Mann lehnte bereits über dem Tisch, um hektisch sein Hörnchen zu verzehren wie jemand, der aufaß, was immer vor ihm lag, um sich anschließend zu fragen, warum er es so eilig gehabt hatte.

Ein Spatz flog aus dem Baum und ließ sich neben der Frau auf der Lehne des Stuhls nieder, der immer noch an den Tisch gekippt dastand. Vorsichtig schob sie ihm ein paar Krumen hin.

»Hilda, was tust du da?« stellte sie ihr Mann mit leiser, drängender, mürrischer Stimme zur Rede. »Das ist doch verboten.« Und er reckte den Hals, um sich zu vergewissern, daß das Schild noch da war.

»Na und, das ist doch lächerlich«, sagte sie frohgemut und lächelte dem Spatz zu. Ihr Mann starrte sie an, die Hand mit dem Hörnchen auf halber Höhe zum Mund, frustriert wie jemand, der sich ohne jeden Einfluß wähnte. Als der Spatz unverschämterweise auf seine Hand mit dem Hörnchen zuflatterte, stopfte er es sich in den Mund, schlang es hinunter und sagte: »Am liebsten würden sie einem das Essen noch aus dem Mund holen.«

Hilda stellte behutsam den angelehnten Stuhl auf seine vier Beine und den nächsten ebenfalls. Sofort ließen sich Spatzen über Spatzen auf ihnen nieder. Sie legte ein Stück Hörnchen auf den Tisch und wartete. Ein erfahrener Spatz, der sicher bereits einige Sommer hinter sich hatte, ein magerer Jäger mit grauem, schokoladenbraun und schwarz gesprenkeltem Gefieder, schoß herunter, schnappte es sich und flog damit zum Dach des Kutschenhauses, zwei weitere verfolgten ihn.

Auf dem Stuhl direkt neben ihr saßen Seite an Seite drei Spatzen und beobachteten sie.

»Sieh mal, Alfred«, sagte sie, »das sind Junge, sieh mal, ihre Schnäbel stehen noch ein bißchen offen.«

In den Ecken waren ihre Schnäbel gelb. Die drei sahen sauber und hübsch aus. Wie neu. Ihr graubraunes Gefieder glänzte. Der Mann betrachtete sie mit einem der Situation völlig unangemessenen ängstlichen Ausdruck.

Aus der Entfernung wirkte der Mann jünger, als er war, lebhaft, sauber, gekämmt, ordentlich, doch aus der Nähe sah man, daß sich Krümel auf seiner Jacke und ein frischer Teefleck auf seiner Krawatte befanden. Seine Haut war gräulich und leicht vertrocknet. Seine große, füllige Frau saß aufrecht neben ihm, alles an ihr deutete darauf hin, daß sie das Sagen hatte, die Hände gepflegt und tatkräftig, das Haar schön gewellt, die Kleidung sauber. Auch wenn sie nicht wirklich wesentlich jünger war als er, so wirkte sie doch so.

Sie legte ein paar Krümel vor die drei Vögel, der kühnste von ihnen zögerte noch einen Augenblick, schnappte sich dann einen und flog davon. Der zweite kämpfte mit sich selbst, startete von der Lehne, doch auf halbem Weg überkam ihn Panik, und mit Gewirbel und Geflatter machte er kehrt und flog zurück.

»Na los, trau dich«, ermahnte sie ihn. Erneut ein zögerlicher Start, auf halbem Weg ein paar Sekunden Geflatter und dann der Rückzug. Schließlich jedoch überwand der Spatz seine Furcht, widerstand dem Impuls, noch vor Erreichen seines Ziels wieder umzukehren, schaffte es bis zu den Krümeln und bewies, daß ihm eine erfolgreiche Zukunft bevorstand, denn er pickte gleich mehrere davon auf und flog mit vollem Schnabel davon, um seine Beute ungestört genießen zu können.

Der letzte Spatz saß jetzt allein da. Er war der kleinste, und hier und da waren noch Flaumreste zu sehen. Die Ecken seines Schnabels waren hellgelb. Er hatte seine Freunde mit einem ruhigen, verklärten Blick aus runden Augen beobachtet, wie ein Baby im Kinderwagen.

»Komm schon, das kannst du auch«, sagte sie. Aber der kleine Vogel blieb sitzen und drehte das Köpfchen, als ginge ihn das alles nichts an.

Dann landete ein anderer Spatz zwischen den Krümeln auf dem Tisch und pickte sie so rasch auf, wie er nur konnte. Er war älter, sein Gefieder nicht mehr so glänzend und frisch. Und jetzt hüpfte auch der Kleine zu ihm auf den Tisch, duckte sich, plusterte sich auf, bis er aussah wie ein weicher Ball, und öffnete den Schnabel.

»Was ist los mit ihm?« fragte der Mann, wie von Panik erfaßt. »Ist er krank?«

»Nein, nein«, beruhigte ihn seine Frau. »Schau.«

Der ältere Vogel reagierte sofort auf den aufgeplusterten kleinen Kerl in seiner geduckten Haltung und begann Krümel in seinen Schnabel zu stopfen. So ging es eine ganze Weile, der kleine Vogel bettelte, als säße er noch in seinem Nest, und der ältere fütterte ihn. Aber dann landete ein räuberischer Spatz auf dem Tisch. Der alte Vogel pickte nach ihm, und zankend flogen die zwei aufs Dach. Der kleine, im Stich gelassene Spatz richtete sich wieder auf, legte die Federn an, schloß den Schnabel, flog zurück auf die Stuhllehne und nahm erneut seine gleichgültige Baby-Haltung ein.

»Aber er ist doch erwachsen«, sagte der Mann mit Groll in der Stimme. »Er ist erwachsen und erwartet trotzdem, daß seine Eltern ihn füttern.«

»Wahrscheinlich hat er heute erst sein Nest verlassen«, sagte sie. »Wahrscheinlich ist er heute zum erstenmal in der großen, bösen Welt ganz allein auf sich gestellt.«

»Warum frißt er dann nicht einfach? Wenn seine Eltern ihn aus dem Nest geworfen haben, sollte er für sich selbst sorgen.«

Sie warf ihm einen argwöhnischen Blick zu, enthielt sich aber einer eingehenderen Inspektion, als ob sie seine Reaktion darauf fürchtete, nahm ein Stück Hörnchen in die Hand und sah zu den Spatzen hinüber, die die mittlerweile geleerten Teller und Platten des japanischen Trios plünderten. Die Mutter ärgerte sich lauthals über die Vögel. Das junge Paar beruhigte sie, winkte den trägen Kellner mit dem strohblonden Haar heran, der gelangweilt zu ihnen kam, die Tabletts aufeinanderstapelte, damit von dannen zog und so den Spatzen ihr Buffet raubte. Sie wirbelten hoch in die Luft, das Spatzenkind mit ihnen.

Der kleine Garten des Cafés füllte sich mit Menschen. Die Sonne befand sich wieder einmal am Rand einer dicken Wolke, eine Hälfte des Himmels war leuchtend blau. Das athletische Paar entfernte sich mit weit ausholenden Schritten. Der junge Japaner ging noch einmal in das Café. Er würde doch nicht noch mehr Essen holen? Die zwei älteren Damen saßen weiterhin da, obwohl ein Kellner bereits ihr Kaffeekännchen und die zwei leeren Tassen abgeräumt hatte.

Der Hund lag mit der Schnauze im Gras und sah einem Spatzen zu, der ein paar Zentimeter vor seiner Nase herumhüpfte.

Der kleine Spatz kehrte allein auf die Stuhllehne zurück.

»Schau, da ist er wieder«, sagte die Frau liebevoll. »Der ganz junge.«

»Woher weißt du, daß es derselbe ist?«

»Siehst du das denn nicht?«

»Für mich sehen sie alle gleich aus.«

Sie erwiderte nichts, sondern schob ein paar Krümel näher und näher an den Spatz heran, um ihn in Versuchung zu führen, ohne ihm angst zu machen.

»Vermutlich wartet er auf seinen Vater, damit er ihn füttert«, brummte der Mann. Aus ihrer wachsamen, aber skeptischen Haltung zu schließen, hatte die Frau mit so einer Bemerkung gerechnet.

»Womöglich auch auf seine Mutter«, sagte sie in trockenem, ironischem Tonfall – und bereute die Bemerkung augenblicklich, denn er explodierte lautstark. »Sitzen nur herum und warten darauf, daß wir sie...«

»Sieh mal, Vater«, sagte sie bedächtig. »Ich hab es dir heute morgen schon gesagt: Wenn du es nicht willst, dann laß es sein.«

»Und du wirfst es mir bis in alle Ewigkeit vor. Oder?«

Sie antwortete nicht, sondern beugte sich vor, um die Krümel noch näher an den Vogel heranzuschieben.

»Und sie, nehme ich an, kommt dann zurück nach Hause und erwartet von uns, daß wir sie bedienen, für ihren Unterhalt sorgen...«

Die Frau zählte bis zehn, bevor sie sprach. »Deswegen will sie ausziehen und eine eigene Wohnung haben.«

»Auf unsere Kosten.«

»Das Geld liegt sonst doch nur auf der Bank.«

»Aber stell dir mal vor, wir würden es brauchen. Reparaturen am Haus... und der Wagen ist auch schon ziemlich alt...«

Sie seufzte, ohne es zu wollen. »Wie gesagt, wenn du so

darüber denkst, dann laß es. Es sind nur zehntausend Pfund. Das ist nicht viel für einen ersten Schritt in die Unabhängigkeit. Es ist eine gute Gelegenheit, das hast du selbst gesagt. Und ihr gehört dann etwas, auch wenn es nur ein Teil der Wohnung ist.«

»Wir haben sowieso keine andere Wahl. Entweder bleibt sie zu Hause, und wir müssen sie und ihr Freunde mit durchfüttern, oder wir müssen zahlen, damit wir sie loswerden.«

»Sie ist einundzwanzig«, sagte die Mutter, plötzlich schien sie erschöpft vor Ärger, ihre Stimme war leise und angespannt. »Es ist Zeit, daß wir etwas für sie tun.«

Er hörte die Anspannung und wollte einen Rückzieher machen, sagte aber zunächst: »Nach dem Gesetz ist sie volljährig, eine Erwachsene, kein Baby mehr.«

Sie antwortete nicht.

Der junge Japaner kam mit einem weiteren Tablett heraus. Noch mehr Kuchen mit Sahne und Marmelade und noch mehr Kaffee. Kaum hatte er es vor seiner Frau (Freundin? Schwester?) und seiner (ihrer?) Mutter hingestellt, machten sich die drei darüber her, als nähmen sie an einem Freßwettbewerb teil.

»Sie haben alles, was sie brauchen«, brummelte er.

Diese mißmutige alte Stimme. Er stand kurz vor der Senilität. Bald war es soweit, und dann würde sie ihn pflegen müssen. Wahrscheinlich dachte sie irgend so etwas, während sie den Vogel anlächelte.

»Komm schon«, sagte sie. »Es ist nicht schwer.«

Und dann ... hüpfte das Spatzenkind auf den Tisch, seine runden Augen fixierten sie, und unbeholfen faßte es mit dem Schnabel einen der Krümel und schluckte ihn hinunter.

»Wahrscheinlich hat er das gerade zum erstenmal in seinem Leben getan«, flüsterte sie, und in ihren Augen standen Tränen. »Das kleine Ding ...«

Der kleine Spatz pickte zunächst noch unbeholfen. Dann

hatte er den Dreh raus und war bald so gefräßig wie seine älteren Artgenossen. Sie fuhr fort, Krümel in seine Nähe zu schieben. Als er den Tisch leergegessen hatte, flog er davon – er war erwachsen.

»Wie schön«, sagte sie. »Herrlich. Wahrscheinlich hat er heute morgen noch in seinem Nest gesessen, und jetzt...« Und sie lachte mit Tränen in den Augen.

Der Mann sah sie an. Zum erstenmal, seit sie hier saßen, hatte er sein selbstsüchtiges Gefängnis verlassen und nahm sie wirklich wahr.

Aber er sah sie nicht so, wie sie jetzt war, sondern so, wie sie irgendwann einmal gewesen war. Eine Erinnerung...

»Ein netter kleiner Vogel«, sagte er, und als sie diese Stimme aus der Vergangenheit hörte, nicht das halb senile Gejammer, wandte sie sich ihm zu und lächelte ihn an.

»Oh, es ist wunderbar«, sagte sie und vibrierte vor Freude. »Ich liebe dieses Fleckchen. Ich liebe...« Und tatsächlich war die Sonne herausgekommen und erfüllte den grünen Park mit Sommer. Die Menschen strahlten und lächelten.

Flugzeuge am Himmel

Ich kannte einmal einen Mann, einen Schwarzen, der mir erzählte, daß er in einem Dorf aufgewachsen sei, das so weit von der nächsten Stadt entfernt liege, daß er einen ganzen Tag gebraucht habe, um dorthinzugelangen. Später begriff er, daß diese »Stadt« auch nur ein Dorf war, mit einem Postamt, einem Laden und einer Metzgerei. Damals hatte er die Städte des weißen Mannes, auch wenn er von ihnen gehört hatte, noch nicht gesehen. Das alles trug sich im Süden Afrikas zu. Die Dorfbewohner betrieben Ackerbau ausschließlich für den eigenen Bedarf, sie bauten Mais an, Hirse und Kürbisse, und sie hielten Hühner. Sie lebten so, wie die Menschen jahrtausendelang gelebt hatten – mit einer Ausnahme. Alle paar Tage tauchte am Himmel zwischen den Wolken und den Kreise ziehenden Bussarden ein kleines, glitzerndes Flugzeug auf. Der Mann wußte nicht, was es war, woher es kam oder wohin es flog. Unerreichbar in weiter Ferne, erschien es wie ein Wunder über dem Wald, hinter dem die Sonne aufging und verschwand, wo sie unterging. Er hielt danach Ausschau. Er dachte darüber nach. Er träumte von leuchtenden, zerbrechlichen Wesen, die auf einem Zweig saßen und sangen oder davonrannten, wie eine kleine Antilope oder ein Kaninchen vor seinem Vater und den anderen Jägern flüchtete, und stets den Speeren entkamen. Er erzählte, daß er dieses Flugzeug am Himmel sah, wann immer er sich an seine Kindheit erinnerte. Es hatte nichts zu tun mit dem, was er jetzt war, ein nüchterner, moderner Mann, der in einer Großstadt lebte, sondern mit den Geschichten und Liedern seines Volkes, denn es war nichts Reales gewesen, das man auf die Erde herunterholen und berühren konnte.

Als er ungefähr neun Jahr alt war, zog er mit seiner Familie zu Verwandten in ein nahes Dorf, das größer war als die Handvoll Hütten im Busch und auch größer als die »Stadt«, in der sie bisweilen Zucker oder Tee oder ein Stück Stoff kauften. Die Menschen dort arbeiteten in einer kleinen Goldmine. Zweimal pro Woche landete mitten im Busch auf einem Stück gerodeten Land ein Flugzeug, aus dem Pakete und Briefe geworfen wurden, manchmal entstieg ihm auch ein Mensch, und dann flog es wieder davon. Mittlerweile besuchte er eine Missionsschule. Jeden Morgen ging er mit seinem älteren Bruder und seiner jüngeren Schwester dorthin, um sechs brachen sie auf, um um acht dort zu sein, und am Nachmittag marschierten sie zurück. Später, als er Entfernungen nicht mehr an der Zeit maß, die er brauchte, um sie zurückzulegen, sondern in Kilometern, Metern und Zentimetern, wie er es in der Schule gelernt hatte, wußte er, daß er dreizehn Kilometer zur Schule und noch einmal dreizehn Kilometer zurückgegangen war.

Die Schule war die Pforte zur Welt des Wohlstands und des Reichtums, wie sie die Weißen repräsentierten. So sah er es. Autos, Fahrräder, die Waren in den Läden, Kleidung – alle diese Dinge waren sein, wenn er in der Schule gut vorankam. Die Schule war das Wichtigste. An Samstagen, an Sonntagen und an Feiertagen schlich er sich heimlich, manchmal mit Bruder und Schwester, zur Landepiste, setzte sich ins Gras und wartete auf das kleine Flugzeug. Als er zum erstenmal einen Mann aus der hoch aufgerichteten Pilotenkabine springen sah, hörte sein Herz auf zu schlagen, dann setzte es heftig pochend wieder ein, und er lief ausgelassen schreiend in den Busch. Er hatte nicht gewußt, daß in dieser Erscheinung, die aussah wie eine Motte, aber aus einem ihm unbekannten Material bestand, ein Mensch saß. Ein junger, weißer Mann wie die Lager- und Vorarbeiter in der Mine. In seiner frühen Kindheit hatte er mit Heuschrecken gespielt und so getan, als wären sie Flugzeuge. Jetzt bastelte er kleine Flugzeuge mit dem Silberpapier aus den Schachteln der Zigaretten, die sein Volk nicht rauchen konnte, weil sie zu teuer waren.

Mit diesen kindlichen Modellen in der Hand erschien ihm das Flugzeug nicht mehr so fremd, und er kroch aus dem Busch, lief hin und berührte es. Aber der Pilot sah ihn und schimpfte, und er rannte davon. Er war durcheinander, Zweifel und Entzücken vermischten sich – das war die Entfernung zwischen ihm und dem Flugzeug. Er sagte sich nie: »Wenn ich groß bin, werde ich Pilot.« Er träumte vielmehr von einem Fahrrad, aber Fahrräder kosteten so viel – fünf Pfund –, daß sein Vater, der eines besaß, ein Jahr lang dafür hatte arbeiten müssen. (Sein Vater war Lagerarbeiter in einer Mine geworden, und diese Stelle und der Umzug in das Dorf sollten seinen Kindern den Besuch in der Schule und den Eintritt in die neue Welt ermöglichen.) Nein, das Flugzeug bedeutete etwas Wunderbares, verwirrend viele Möglichkeiten, die alle unklar waren. Wenn er das Flugzeug auf der Landepiste sah oder, später, dieses oder ein anderes am Himmel, träumte er davon, wie er mit seinem Fahrrad fahren würde, wenn er erst eines besaß, wie er auf den Wegen durch den Busch rasen würde, so schnell, daß ...

Als er vier Jahre in die Schule gegangen war, hätte er sie verlassen können. Er hatte bereits eine längere Schulbildung als die meisten Kinder in seinem Land zu jener Zeit. Er konnte einigermaßen lesen, ein bißchen schreiben und ziemlich gut rechnen. Mit diesen Fertigkeiten hätte er eine Stelle als Vorarbeitergehilfe oder eine Anstellung in einem Laden bekommen können, aber sein Vater hatte andere Pläne mit ihm. Da die Kinder intelligent waren, wurde ihnen angeboten, eine weiterführende Missionsschule zu besuchen, und wegen der Gebühren mußte der Vater nicht nur tagsüber als Lagerarbeiter, sondern auch noch nachts als Wachmann arbeiten. Und sie, die Kinder, erledigten an den Wochenenden und in den Ferien Gelegenheitsarbeiten, machten Botengänge und verkauften zusammen mit ihrer Mutter Obst an den Hintertüren der Häuser, in denen die Weißen lebten. Alle arbeiteten ohne Unterlaß, und wieder waren die Kinder tagtäglich vier Stunden unterwegs, um zur Schule und zurück nach Hause zu kommen. (Ich kannte einmal einen Tschechen, der mir erzählte, daß er jeden Tag zehn Kilometer zur Schule und wieder nach Hause gehen mußte, egal, ob es regnete, schneite oder die Sonne herunterbrannte. Er stammte aus einer armen Familie, war eines von elf Kindern, und da er etwas lernen wollte, mußte er den Weg auf sich nehmen. Er wurde Arzt.)

Dieser Mann, der Afrikaner, beendete schließlich die Schule. Die neblige Region in seinem Kopf, durch die noch immer das Flugzeug flog, hatte er durchschaut. Inzwischen hatte er wesentlich größere Flugzeuge gesehen. Er wußte jetzt, daß das glitzernde Wesen seiner Kindheit nichts war im Vergleich zu den Monstern, die zu den großen Flughäfen der Städte flogen. Ein Krieg hatte stattgefunden, und er hatte in den Zeitungen von großen Schlachten in Europa und im Fernen Osten gelesen, und er hatte begriffen, wozu man Flugzeuge benutzen konnte. Der Krieg hatte ihn und seine Familie kaum beeinflußt. Dann wurde sein Land, das bislang von Großbritannien auf eine Art regiert worden war, die ihn persönlich nur wenig tangierte (wobei er wußte, daß es ihm in den Ländern weiter unten im Süden ganz anders ergangen wäre), unabhängig, und Schwarze übernahmen die Regierung. Die Familie lebte mittlerweile in der Hauptstadt. Sie wohnten im Zweizimmerhaus einer Township. Auch dieser

Umzug, diese Verbesserung war zugunsten der Kinder erfolgt. Der Bruder hatte eine Verwaltungsstellung in einem Laden angenommen, und seine Schwester arbeitete als Krankenschwester in einem Hospital, er war jedoch entschlossen weiterzulernen. Schließlich wurde er Buchhalter, und er verstand die moderne Welt und was ihn, das arme, schwarze Kind, von dem Flugzeug getrennt hatte. Jetzt lächelte er über seine früheren Fantasien, aber er liebte sie noch immer, ebenso wie das kleine Flugzeug. Er sagte sich: »Mir selbst war es nie möglich, mit einem Flugzeug zu fliegen, es ist mir nie in den Sinn gekommen, weil Schwarze damals keine Piloten werden konnten. Aber mein Sohn ...«

Sein Sohn, der in der Stadt groß wurde, in der jeden Tag Flugzeuge starteten und landeten, sagte: »Wer will schon Pilot werden? Was ist denn das für ein Leben!« Er beschloß, Rechtsanwalt zu werden, und das ist er heute auch.

Mein Freund, der mir das alles erzählt hat, sagte: »Mein Sohn würde nie verstehen, nie in seinem ganzen Leben, was dieses kleine Flugzeug für mich und die Kinder im Busch bedeutet hat.«

Doch ich verstand es. Auf der Farm, auf der ich aufwuchs, beobachtete ich jede Woche einmal, wie ein kleines Flugzeug aus der Richtung, in der die Stadt lag, auftauchte. Es kam über den Bergkamm auf den Busch zugeflogen und landete bei der Mandora-Mine. Entzücken und Sehnsucht erfüllten mich damals. In jener Zeit flogen gewöhnliche Leute nicht. Wenn ein Kind Glück hatte, wurde es für fünf Pfund zu einem kurzen Rundflug mitgenommen. Das war eine Menge Geld, und jahrelang bin ich nicht geflogen.

Letztes Jahr traf ich in einem pakistanischen Flüchtlingslager ein kleines afghanisches Mädchen. Sie stammte aus einem Dorf, durch das ein Bach aus den Bergen floß, und es gab Obstgärten und Felder, und ihre ganze Familie und alle Verwandten lebten dort. Manchmal flog ein Flugzeug aus einer der größeren Städte Afghanistans auf dem Weg zu einer anderen über den Himmel. Dann lief sie zum Rand des Dorfs, um dem glitzernden Ding am Himmel näher zu sein, und hob beide Hände zum Kopf, während sie emporblickte. Oder sie rief ihrer Mutter zu: »Ein Flugzeug, schau!«

Und dann marschierten die Russen ein, und mit ihnen kamen die Kampfflugzeuge. Sie donnerten über ihr Dorf, warfen Bomben ab und flogen wieder davon. Das Haus, in dem sie ihr Leben verbracht hatte, wurde zerstört, ihre Mutter und ihr kleiner Bruder getötet. Ebenso mehrere Verwandte. Und als sie mit ihrem Vater, einem Onkel, einer Tante und drei überlebenden Cousins über die Berge floh, wurden sie von Hubschraubern und Flugzeugen angegriffen, und noch mehr Menschen starben. Wenn sie jetzt, im Exil dieses Flüchtlingslagers, an den Himmel in ihrem Land denkt, dann weiß sie, daß dort Tag und Nacht Flugzeuge fliegen, und das kleine Flugzeug über ihrem Dorf, auf dessen Flügeln die Sonne schimmerte, scheint nur noch etwas zu sein, was sie sich ausgedacht hat, ein kindlicher Traum.

Der Preis der Wahrheit

Ein Telefonanruf...

»Ich muß dir was erzählen, ich muß es ganz einfach *irgend jemandem* erzählen. Ich muß darüber sprechen. Plötzlich ist mir klargeworden, daß du die einzige noch lebende Person bist, die begreifen wird, wovon ich rede. Ist es dir auch schon mal so gegangen? Plötzlich merkt man: Mein Gott, das ist zwanzig, dreißig Jahre her, und ich bin der einzige Mensch, der noch weiß, was wirklich passiert ist.

Erinnerst du dich an Cäsar? Du weißt doch noch, daß ich für ihn gearbeitet habe? Erinnerst du dich? Die meisten Leute haben es vergessen. Wir nannten ihn Cäsar... das hat er natürlich nie gewußt. Weil er immer gesagt hat: Ich werde England erobern – erinnerst du dich daran? Wenn ja, sind wir, du und ich, die einzigen Menschen, die es noch nicht vergessen haben. Also, Cäsars Sohn hat letzte Woche meine Tochter geheiratet... Ja, genau, das Leben ist nicht zu überbieten, oder? Das Leben: Gottes kleiner Drehbuchschreiber. Aber du weißt erst die Hälfte. Also, *hör zu*.

Hast du Robert je kennengelernt? Cäsars Sohn? Wenn ja, muß er noch ein kleines Kind gewesen sein. Mittlerweile ist er ein charmanter junger Mann, bezaubernd, wirklich reizend.

Vor zehn Jahren hat er mich im Büro angerufen und zum Abendessen eingeladen. Damals war er vierzehn. Das hat mir die Sprache verschlagen. Soweit das bei mir überhaupt möglich ist. Ich war so *neugierig* und habe natürlich zugesagt. Aber warte, bis du hörst, wohin er mich eingeladen hat. Ins *Berengaria*. Stell dir vor. Ich weiß nicht, was ich erwartet habe, aber er machte alles perfekt. Er hätte fünfunddreißig sein können; dieser Junge, dieses *Baby* in seinem geliehenen Anzug, holte mich mit einem Taxi und einem Blumenstrauß ab. Er hatte einen Tisch reserviert und vorher alles persönlich mit dem Ober abgesprochen. Die Kellner scharwenzelten um uns herum wie die Kindermädchen und haben sich königlich über das Kind und mich amüsiert – selbstverständlich kannten sie mich seit Jahren, ich bin oft mit Cäsar hingegangen oder habe für ihn dort Abendessen arrangiert. Der Junge redete, als gehörte das Restaurant ihm... Kannst du dir das vorstellen? Mit keinem Nicken oder irgendeinem kleinen Wink brachten ihn die Kellner in Verlegenheit, sie waren wunderbar. Ich saß da und verlor fast den Verstand. *Vierzehn*. Dann dachte ich mir: Okay, vergiß es, mit vierzehn sind wir alle ein bißchen verrückt. Und wie gewöhnlich hatte ich wenig Zeit. Der Abend muß ihn fünfzig Pfund gekostet haben. Woher hatte er das Geld? Bestimmt nicht von seinem Vater, diesem gemeinen alten...

Als nächstes hat er mir einen Brief geschrieben, auf bestem, erstklassigem, elfenbeinfarbenem Büttenpapier, auf den oben sein Name gedruckt war: Robert Meredith Stone. Darin bat er mich, mit ihm im St. James's Park spazierenzugehen und anschließend im Ritz den Tee einzunehmen. Moment mal, dachte ich, nur einen Moment... es ist Zeit, ein bißchen nachzudenken.

Abendessen im Berengaria, gut und schön, schließlich war es Cäsars Stammlokal, aber ein Spaziergang im *Park*? Cäsar ist nie auch nur einen Schritt von den Londoner Bürgersteigen abgewichen. Er kann wahrscheinlich eine Narzisse nicht von einer Rose unterscheiden. Und jetzt, im hohen Alter, sitzt er verdrießlich wie ein bärbeißiger alter Ziegenbock da und sieht sich Videos von Filmen aus den dreißiger Jahren an, ich kann mir nicht vorstellen, daß er durch den Garten humpelt, philosophiert und die Rosen beschneidet. Dafür war Marie immer zuständig.

Ich dachte die Sache durch, dachte wirklich darüber nach, und dann habe ich Marie zum Mittagessen eingeladen. Ich mußte mit ihr sprechen, ohne daß Cäsar davon erfuhr, ich wollte den armen Robert nicht bloßstellen.

Ich hatte Marie seit Jahren nicht gesehen. Wir sind immer gut miteinander ausgekommen, wenn man es so nennen will, wir hatten nichts gemeinsam, aber vertrugen uns miteinander. Mittlerweile ist sie alt, sie hat beschlossen, daß sie eine alte Frau ist. Ich wollte verdammt sein, wenn es mir auch schon so ginge. Ich meine, es ist ganz schön anstrengend, alt zu werden, man muß die Art, wie man sich kleidet, ändern, den ganzen Lebensstil, einfach alles. Für sie ist das in Ordnung, sie hat die Zeit, sie hat in ihrem Leben nie arbeiten müssen. Natürlich war sie neugierig, was ich wollte, und ich wußte nicht, wie ich anfangen sollte. Sobald ich sie sah, wurde mir klar, daß ich sie nicht würde ausfragen können. Wie hätte ich es auch machen sollen? Sag mal, glaubt dein Robert, daß Cäsar und ich eine Affäre hatten, und wenn ja, was soll dann der Spaziergang im St. James's Park und das Entenfüttern?

Sie sagte, es sei unheimlich nett von mir, sie zum Essen einzuladen, aber dann wurde sie vage und sprach über Cäsars Freundinnen. Es hat mir nie was ausgemacht, sagte sie, nach der ersten nicht mehr... Und dann hat sie einen Witz gemacht, ja, tatsächlich, einen Witz. Nur die erste zählt, weißt du, *le premier pas qui coûte*, und es waren immer so nette Frauen, machte sie mir ein Kompliment, *noblesse oblige.* Und Sex habe ich selbst nie gemocht, sagte sie, vielleicht hatte ich auch mit Cäsar einfach nur Pech oder er mit mir. Ich schwöre dir, sie wollte, daß ich ihr erzähle, wie es für mich mit ihrem Cäsar im Bett gewesen war, und in diesem Augenblick habe ich was begriffen, es kam wie aus heiterem Himmel und verschlug mir die Sprache … Ja, ist schon gut, aber ich habe dir doch gesagt, daß ich darüber sprechen *muß*. Also, es geht um folgendes: Es war immer unheimlich wichtig für mich, daß ich nie mit Cäsar geschlafen habe, aber in diesem Moment, als ich mit Cäsars Frau dasaß und einen gesunden Salat aß … haha, wie absolut passend … begriff ich, *wie* wichtig es war, eine Frage des Stolzes. Und für sie war das Ganze so unwichtig, daß sie sich nicht einmal mehr daran erinnerte, wie ich damals zu ihr gegangen bin und gesagt habe: Sieh mal, Marie, ich weiß nicht, was die anderen denken, und es ist mir auch egal, aber es ist mir wichtig, was *du* denkst. Ich schlafe nicht mit deinem Mann und habe es auch nie getan. Sie erinnerte sich nicht daran, daß ich damals nur deswegen zu ihr gekommen bin, um ihr das zu sagen. Sie sah mich vage an und sagte: Ach ja? Wirklich? Komisch, ich vergesse so viele Sachen … Aber es hat mir nichts ausgemacht, weißt du? Es hat ihr sehr wohl etwas ausgemacht. Sie hatte beschlossen, es zu vergessen. Ob sie mir nun glaubte oder nicht, es hat ihr wahnsinnig viel ausgemacht, und mir hat es was ausgemacht, daß *es* ihr was ausmachte. Weil ich unschuldig war. Als ich mit ihr zu Mittag aß, war es genauso wie *damals* – weil ich ihr das Wichtigste nicht sagen konnte, nämlich: Dein Mann ist ein gemeiner, knausriger, knickriger Geizhals, und er hat mir so viel Arbeit aufgehalst, daß ich fast daran erstickt wäre, und offensichtlich muß er die Leute, die er anstellt, bis aufs Blut schinden und sie unterbezahlen. Du brauchst dir keine Sorgen zu machen, daß er mit mir schläft, hätte ich damals und an jenem Tag beim Mittagessen am liebsten gesagt, wenn man mit diesem Geizhals arbeiten muß, dann bleibt einem nicht mehr viel Kraft für Sex.

Erinnerst du dich, wie ich damals gelebt habe? Ich hatte zwei Kinder – erinnerst du dich wirklich? Das Komische ist, wenn man Leute in der Öffentlichkeit trifft, im Berufsleben, dann trifft man sie zwar als Einzelwesen, aber oft ist an ihnen wichtig, was man nicht sieht. In meinem Fall waren das zwei Kinder und ein Ex-Mann, der mir ab und zu ein paar Pfund zusteckte, in der Regel jedoch nicht. Ich bekam ein Sekretärinnengehalt, als ich Cäsars Büro leitete, ohne mich wäre er aufgeschmissen gewesen. Ich habe alles organisiert, *ich* war es, die die Kontakte hatte, die alle wichtigen Leute kannte, als er in der Branche anfing. Ich habe ganze Shows für ihn organisiert, und er hat dann die Lorbeeren dafür eingeheimst. Ich habe von acht in der Frühe bis elf, zwölf Uhr abends oder auch bis um eins gearbeitet. Ich habe diesen Mann gemacht, und das wußte er auch, aber wenn er mich entsprechend bezahlt hätte, hätte er meinen wahren Wert anerkennen müssen. Ich behaupte nicht, daß er ohne mich keinen Erfolg gehabt hätte, aber wenn er England eroberte – und das tat er, taten *wir*, er war überall bekannt, nicht nur in diesem Land, und hatte auch in Frankreich und Deutschland einen Namen –, wenn er das alles so erreicht hat, dann wegen mir. Einmal war ich so erschöpft, daß ich morgens nicht aufstehen konnte. Ich rief im Büro an und sagte, so ist es nun mal, ich kündige hiermit, ich halte es nicht mehr aus. Ich wollte mir eine Arbeit suchen, wo ich anständig bezahlt wurde. Ich war mit der Miete im Rückstand. Ich konnte den Kindern nicht mal mehr was zum Anziehen kaufen, und ihr Vater war seit Monaten arbeitslos – er war Schauspieler und konnte nichts dafür. Und plötzlich steht Cäsar vor der Tür, zum erstenmal, und damals arbeitete ich schon gut zehn Jahre für ihn. Er kommt rein, sieht sich um. Zwei Zimmer mit Bad, o ja, das schon, es war eine anständige kleine Wohnung, den Kindern sollte es daran nicht fehlen, ich schlief im Wohnzimmer und sie nebenan. Hübsche Wohnung, sagte Cäsar, schnüffelte überall herum und wollte den Preis von allem wissen. Du läßt es dir gutgehen. Er mit seinem verdammten Riesenhaus in Richmond. Ich bin wieder ins Bett und sofort eingeschlafen, ich war *so krank*, mir war alles egal. Du kannst mir nicht einfach kündigen, sagte er und schüttelte mich wach. Ich tu's aber, sagte ich. Um mich kurz zu fassen, er hat mein Gehalt um ein paar Pfund erhöht, und es reichte, um einen Teil meiner Schulden zu bezahlen. Dennoch verdiente ich immer noch nicht soviel wie eine gute PR-Angestellte. Du kannst mich nicht im Stich lassen, sagte er. Ich erinnere mich an seinen Ton, es hat mir die Sprache verschlagen, als hätte *ich ihn* schlecht behandelt.

All die Jahre hat er versucht, mit mir ins Bett zu gehen. Vor allem, wenn wir unterwegs waren. Ich wollte nicht. Zum einen, weil er nicht unbedingt mein Typ war, zum anderen war es eine Frage der Selbstachtung. Ja, noch mehr, es ging um mein *Überleben*. Ich konnte nicht zulassen, daß er sich vollkommen meiner bemächtigte. Er besaß meine ganze Arbeitskraft, aber den Rest... Fragst du dich noch immer, warum ich so lange bei ihm geblieben bin? Ich erinnere mich, daß du mich einmal gefragt hast: Warum bleibst du bei ihm, wo du woanders das Vierfache verdienen könntest? Die Sache war, die Stelle war wie geschaffen für mich... Ich und die Arbeit, wir waren zusammen groß geworden... Ich hatte diese Stelle *gemacht*, hatte ihn gemacht. Er wußte, daß ich sie nicht aufgeben konnte. Er wußte, daß wir auf eine komische Art und Weise miteinander stehen oder fallen würden, wir paßten zusammen, seine Talente und meine, wir waren ein Team. Er ist dabei reich geworden, weißt du? Er wurde Millionär. Typischerweise hat er immer gesagt: Was ist heutzutage schon eine Million? Und ich hätte nie im Leben gesagt: Wenn das für dich nichts ist, dann gib mir was davon ab. *Stolz*. Okay, okay, manchmal wundere ich mich auch darüber... aber ich glaube, was ich damals fühlte, war: Wenn ich das aushalte, kann ich alles aushalten. Ich fühlte mich stark... fühlte mich unzerstörbar.

Du hast gedacht, ich würde mit ihm schlafen, nicht wahr? Alle Welt hat das gedacht. Dafür hat er gesorgt. Hat auf diese bestimmte Art über mich gesprochen und auf eine Weise gelächelt... Wenn eine große Sache anstand, eine Premiere oder so was, dann hat er meinen Arm genommen und dafür gesorgt, daß es auch jeder merkte. Cäsar und seine Geliebte. Und ich hab mitgespielt, aber ich hab ihm einen Blick zugeworfen, und er hat ihn verstanden. Es war ein Kampf, ein Kampf bis auf den Tod. Ich sagte, in Ordnung, aber du und ich, wir kennen die Wahrheit. Ich bin nicht deine Geliebte und werde es nie sein.

So ging es jahrelang. Und dann wurde mir der Job angeboten, den ich jetzt habe, und dieses Angebot fiel mit Cäsars Entscheidung zusammen, daß er genug hatte, daß es für ihn an der Zeit war, die Beine hochzulegen.

Und all diese Jahre habe ich gedacht: Du alter Ziegenbock, du kleiner Gauleiter, geschlafen habe ich jedenfalls nicht mit dir.

Da saß ich also der alten Marie gegenüber, und plötzlich war mir klar, daß sie alles vergessen hatte und es ihr sowieso gleichgültig war. Und da hatte ich das Gefühl... als ob ich irgendwo in mir drin zusammenbrechen würde. Für mich war es so wichtig gewesen.

Zumindest verstand ich während des Mittagessens, was passiert war... Cäsars Kinder waren noch klein, als ich aufhörte, für ihn zu arbeiten. Doch als sie heranwuchsen, müssen sie ihn von mir auf eine Art reden gehört haben, als ob ich sein Eigentum gewesen wäre. Robert wird begriffen haben. In der Zwischenzeit hatte ich einen Erfolg nach dem anderen. Ich bin sehr *sichtbar*, verstehst du? Als ich für ihn arbeitete, war das *eine* Sache: Alle Welt sollte denken, daß sein Mädchen für alles auch mit ihm schlief. Und jetzt hätte er seit langer Zeit wirklich guten Grund, mit mir anzugeben. Aber wenn du dich fragst, woher Robert die Idee mit den Spaziergängen im Park und dem Teetrinken im Ritz hatte, also, ich weiß es nicht. Er ist ein süßer, lieber Junge, er ist wirklich nett, ich meine, er hat einen freundlichen Charakter, er ist romantisch, und wahrscheinlich hat er gedacht, daß Spaziergänge im Park und Tee im Ritz zu einer perfekten Liebesaffäre gehören.

Er schrieb mir Liebesbriefe. Ganz offensichtlich hatte er sie irgendwo abgeschrieben. Vielleicht aus einem Roman. Ich war völlig von den Socken wegen der Briefe, sie klangen, als stammten sie aus dem achtzehnten Jahrhundert, na ja, vielleicht taten sie das auch. Ich wartete ein paar Tage und schickte ihm Karten fürs Theater oder eine Premiere. Einmal sah ich ihn dann mit einem Mädchen und schließlich mit meiner Tochter Sonia. Erinnerst du dich an sie? Sie ist eine Schönheit. Ja, mittlerweile kann ich es sagen ... sie sieht aus wie ich, als ich jung war. Und *da* liegt der Hase begraben.

Robert begann regelmäßig mit ihr auszugehen. Ich hab mir nichts dabei gedacht. Ich hatte keine Zeit. Erst vor kurzem ist mir klargeworden, wie hart ich mein ganzes Leben lang gearbeitet habe. Warum und weshalb? Bis zum Umfallen habe ich gearbeitet, als ich für die Kinder zu sorgen hatte, aber auch als ich sie los war ... wenn man es so nennen kann, heutzutage wird man sie nie los, aber zumindest würden sie nicht verhungern, wenn ich sagen würde, genug, jetzt reicht's, von mir habt ihr nichts mehr zu erwarten. Weißt du, warum ich das nie sagen würde? Weil ich nicht so gemein sein will wie Cäsar, darum.

Dann, ungefähr vor einem Jahr, ruft Marie mich an, klingt recht weltklug und sagt: Was denkst du über unseren Robert und deine Sonia? Sie wollen heiraten. Wir haben zu ihm gesagt, ihr seid beide noch zu jung, aber natürlich hören sie nicht auf uns.

Den Rest kannst du dir denken. Robert wollte immer Cäsar der Zweite sein. *Aber*. Er ist nicht ehrgeizig, verstehst du. Er weiß überhaupt nicht, was Ehrgeiz ist. Er arbeitet brav in dieser Werbeagentur und träumt davon, wie Cäsar zu sein, aber irgendwie stellt er die Verbindung nicht her... Wenn man arbeitet, muß man sich schier umbringen oder jemand anders, der für einen arbeitet, dazu zwingen, sich schier umzubringen. Er ist zu nett, um erfolgreich zu sein, verstehst du? Aber wenn er die Geliebte seines Vaters bekommt, ist er schon ein gutes Stück weiter.

Fragst du dich, wieviel meine Tochter Sonia davon weiß? Nicht viel. Sie denkt, ich war Cäsars Geliebte, und haßt mich dafür. Einmal habe ich zu ihr gesagt, Sonia, ihr zwei Kinder und ich, wir haben auf engstem Raum in einer Zweizimmerwohnung gelebt, bis du zwanzig warst. Du weißt, ich hatte keine Männer, wo hätte ich sie unterbringen sollen? Was war auf den Reisen? fragt sie und meint, mich ertappt zu haben. Ich sage zu ihr, Sonia, ich war abends oft so müde, daß ich angezogen aufs Bett gefallen bin... Na ja, ab und zu habe ich mich ausgetobt, wenn ich noch Kraft dazu hatte, was nicht oft der Fall war. Sie begreift es nicht. Aber ich habe etwas begriffen... sie hat nie in ihrem Leben hart gearbeitet. Sie weiß nicht, was es heißt, so müde zu sein, daß man Angst davor hat, auch nur einen Millimeter nachzulassen, denn wenn man nachläßt, geht alles in die Brüche. Und sie wird es nie erfahren, weil Robert sich um sie kümmert, als wäre sie ein kleines Kätzchen, das niemals erwachsen wird. Er muß glauben, daß sich sein Vater so um mich gekümmert hat. Er ist so grundanständig, daß es ihm nie einfallen würde, etwas anderes zu denken. Cäsar hat als Vater eine freundliche, verständnisvolle Figur abgegeben, und das wird auch Robert tun.

Um mich kurz zu fassen...

Letzten Samstag war die Hochzeit. Sechshundert Gäste waren da. Alles Leute aus dem Showgeschäft, vom Fernsehen, Radio, Theater. Für Cäsar war es eine erinnerungsträchtige Veranstaltung, weil er sich schon vor so langer Zeit zurückgezogen hat.

Und *wir* waren auch alle da: Marie, die Mutter des Bräutigams, Cäsar, der Vater, Sonias Vater – aber er war schon immer eine eher unwesentliche Erscheinung, nicht, daß es sein Fehler wäre – und ich, die Mutter der Braut.

Als dann die Fotos gemacht wurden... nein, jetzt zur Sache. Robert kam plötzlich nach vorn und hat das Kommando übernommen, und auf einmal erkannte ich Cäsar in ihm. Erinnerst du dich an diese tödliche, ruhige, verdammte, lächelnde Entschlossenheit, diesen eisernen Willen, daß sich ihm nichts in den Weg stellen durfte? So war Robert, den ganzen Samstagnachmittag lang. Es war absolut unabdingbar, daß Fotos von ihm und Sonia mit mir und Cäsar zu beiden Seiten gemacht wurden, dann ein Foto, wie wir hinter ihnen stehen, vor ihnen sitzen... und so weiter und so fort. Es war peinlich. Papa und seine berühmte Geliebte, Papas Sohn und die Geliebte, wie sie früher war. Den ganzen Nachmittag über sagten Leute zu mir: Mein Gott, meine Liebe, aber deine Tochter sieht *genauso* aus wie du früher.

Na ja, ich habe Cäsar genau die Blicke zugeworfen wie früher, aber er begriff nicht, was los war. Ich schwör dir, manche Männer verlieren ihren Grips, wenn sie in Rente gehen, ich schwör dir, früher hätte er die Sache durchschaut, auch wenn er es nicht zugegeben hätte. Was er *nicht* gesehen hat, ist, daß sich seine *schreckliche*, skrupellose Zielstrebigkeit – ich kam, sah und siegte – in seinem Sohn wiederfindet, allerdings mit einem erbärmlichen Ziel: Papas Geliebte heiraten zu wollen.

Ich hatte mehr und mehr das Gefühl... als ob ich überhaupt nicht existierte. Verstehst du?

Na ja. Es war eine wirklich *gemütliche* Trauung, ein wunderbares Fest, ein großes Vergnügen für alle, und als das glückliche Paar schließlich nach Venedig abreiste, auf meine

Rechnung, hat mir meine Tochter einen Blick reinen Triumphes zugeworfen, obwohl Gott allein weiß, was sie glaubt, worin ihr Triumph besteht. Und er, dieser *liebe* Junge, hat mich geküßt, wie einen ein Liebhaber küßt, der sich für immer verabschiedet.

Aber das Wesentliche ist, das wirklich Wesentliche, das absolut *verdammt* Wesentliche … es gibt keine Möglichkeit, daß ich zu irgend jemandem sage, und ich wage kaum daran zu denken, daß es mir irgendwann einmal aus Versehen herausrutscht: Nein, ich war *nicht* Cäsars Geliebte, niemals, wir haben uns noch nicht einmal geküßt, denn das würde diesem lieben Jungen die Lebensgrundlage entziehen. Die ganze Sache – die Konzentration auf Sonia, das Ausstechen all ihrer anderen Verehrer, sie öffentlich und vor aller Welt, die sein Vater und ich kennen, zu heiraten, das Mädchen wie ein preisgekröntes Hündchen zu behandeln –, all das wäre auf *nichts*, auf überhaupt nichts gegründet.

Nada.

Und es gibt niemanden, mit dem ich darüber sprechen kann, niemanden, dem ich es erzählen kann … außer dir. Also, meine Liebe, irgendwann einmal werde ich mich hoffentlich revanchieren können.«